Heiko Flemming

VERKOHLTE BALKEN

Ein David Thomsen Roman (2)

Zweites Buch der Reihe.
Fortsetzung von „Und immer wieder Blut“.

Beide Bücher können unabhängig
voneinander gelesen werden.

ISBN 978-3-982-59860-4

Lektorat: Simona Turini | www.lektorat-turini.de
Umschlaggestaltung, Satz & Layout:
Agentur ANSICHTSSACHE | www.ansichtssache.net
Druck: WIRmachenDRUCK GmbH

Erschienen bei Thomsen Books
Heubnerstraße 5 | 01309 Dresden
heiko.flemming@thomsen-books.com
www.thomsen-books.com

Kontaktadresse nach EU-Produktsicherheitsverordnung (EU) 2023/988:
Thomsen Books, Heubnerstraße 5, 01309 Dresden, Deutschland
heiko.flemming@thomsen-books.com

Bildquellen
Cover – Freepik | ckybe (Premium-Lizenz), KI-generiertes Bild (Sora)
S. 338 – Foto: Heiko Flemming – Bearbeitung: Agentur ANSICHTSSACHE

1. Auflage 2025

Heiko Flemming

VERKOHLTE BALKEN

POLIT-THRILLER

Wir können unserer Vergangenheit nicht entkommen.

Manche von uns sind verdammt, sie zu wiederholen.

Mission: Impossible – Dead Reckoning (1)

1
PROLOG

Bolivien, Santiago de Okola, 2013
Der geschäftige Lärm des Tages war verklungen, nur ein paar Wellen klatschten träge an die hölzernen Pfähle. Das Geländer warf lange Schatten über den Steg.
Andächtig schritt Emilia über den hellen, neuen Schiffsanleger in der Bucht unter dem schlafenden Drachen. Schön sah er aus. Die verkohlten Balken waren verschwunden, es roch nach frischem Holz. Warum der Steg gebrannt hatte, wusste niemand im Ort. Die Polizei hatte angeblich auch keine Ahnung. Nach dem Brand hatte es ein Jahr gedauert, bis die Dorfbewohner es endlich gemeinsam geschafft hatten, ihn wieder instand zu setzen. Glücklicherweise waren die Touristen trotzdem alle weiter zu ihnen gekommen. Fast alle. Nun würde es endgültig wieder aufwärtsgehen.
Jemand packte sie von hinten und wirbelte sie durch die Luft.
Emilia lachte erschrocken auf. „Pedro, hör auf. Du weißt doch, dass ich vorsichtig sein muss!“
„Oh, das hatte ich vergessen.“ Schuldbewusst setzte ihr Mann sie vorsichtig wieder ab und gab ihr einen Kuss. Dann streichelte er sanft über Emilias Bauch.
Sie wehrte ihn kichernd ab. „Nicht doch, wenn uns jemand sieht.“
Er schaute sich um. „Wer soll uns sehen?“, fragte er. „Sind doch alle schon zur Tafel gegangen. Lass uns auch hingehen.“
Das war immer der Höhepunkt und Abschluss der gemeinsamen Arbeit: Die Tafel, an der alle aus Santiago de Okola

Platz nahmen, die das Wochenende geschuftet hatten. Jeder brachte etwas mit und stellte es auf die Tafel. Es gab Hühnchen, gekochte Eier, Chicha Morada, Pfirsichlimonade und vieles mehr.
Als Emilia und Pedro zu der lärmenden Runde stießen, rief einer: „Eine Rede, Emilia, du musst eine Rede halten."
Verlegen blickte sie zu Pedro. Der nickte ihr aufmunternd zu und sagte: „Du bist die Ortsvorsteherin, du musst eine Rede halten."
„Also gut." Emilia trat einen halben Schritt vor und hob die Stimme. „Liebe Nachbarn! Es ist geschafft. Lange hat es gedauert, aber nun ist es vollbracht. Dank eurer fleißigen Arbeit und Pachamamas Segen ist der Schiffsanleger schöner als je zuvor. Das wird wieder mehr Geld ins Dorf bringen und damit unser Projekt eines Sportplatzes realistischer machen.
Danke an alle, die mitgeholfen haben und ...", Emilia stockte und suchte nach Worten, „... lasst es euch schmecken!"
Der Beifall machte sie verlegen. Pedro neigte seinen Kopf zu ihr. „Wenn du rot wirst, siehst du noch hübscher aus. Gute Rede!", flüsterte er.

Die Sonne war längst im Titicacasee verschwunden, auch der Mond war bereits untergegangen, als Emilia erwachte. Sie wusste nicht, was sie geweckt hatte, aber seit sie schwanger war, wurde sie häufiger nachts wach.
Sie trank einen Schluck Wasser und trat ans offene Fenster. Der Sommer ging zu Ende und bald würde es deutlich kälter werden. Aber noch war dies eine laue Nacht.

Emilia vernahm deutlich Motorengeräusche aus Richtung Drachenbucht. Sie lauschte aufmerksamer, aber das Geräusch erstarb. Der leichte Nachtwind trug einen ungewohnten Geruch heran. War das Benzin? Bestimmt von dem Auto, das sie gehört hatte.

Eine dunkle Ahnung veranlasste Emilia, sich anzuziehen und leise aus dem Haus zu gehen.

Es war nicht weit bis zum Ufer. Sie hörte Stimmen, mehrere Männerstimmen. Der Benzingestank wurde intensiver. Langsam ging sie weiter, auf die Stimmen zu. Ein Pick-up stand am Ufer und beleuchtete mit seinen Scheinwerfern eine gespenstische Szenerie. Zwei halb nackte Gestalten sprangen mit Kanistern über den gerade wieder reparierten Steg und verschütteten großflächig Flüssigkeit. Die eine Gestalt kam ihr bekannt vor.

Eine Flamme schien auf, erst klein, dann wurde sie zaghaft größer. Emilia schrie auf. Und als hätte ihr Schrei eine Explosion ausgelöst, loderte ein riesiges Feuer. Die Flammen fraßen sich entlang der Benzinlachen über den ganzen Steg. Emilia stand wie erstarrt. Wieder wurde sie von hinten gepackt.

2
VERSÖHNUNG

Frankreich 2013
David Thomsen stand nackt auf der Terrasse, die warme Abendluft umspielte seine Haut. Er schaute auf den Rücken der ebenfalls nackten Frau vor ihm. Ihr Blick verlor sich in der weiten südfranzösischen Landschaft, während die letzten Sonnenstrahlen golden über ihren Körper strichen. Die sanfte Brise ließ ihr langes, blondes Haar tanzen.
Er trat näher, legte seine Hände auf ihre Schultern und sog den vertrauten Duft ihres Haares ein. Ein feines Zittern lief über ihre Haut, als seine Fingerspitzen sacht über ihre Arme glitten. Sie lehnte sich an ihn, ihre Wärme, ihre Atmung – alles an ihr zog ihn magisch an. Ihre Körper fanden einander mit der natürlichen Vertrautheit von Liebenden, ihr Zusammenspiel war ein wortloser Dialog aus Nähe, Verlangen und Hingabe.
Als sie gemeinsam ihren Höhepunkt erreichten, schien es, als hielte die Welt für einen Wimpernschlag den Atem an. Ihr leises Lachen durchbrach die Stille, als sie sich am Geländer aufrichtete. „Viel länger hätte es nicht dauern dürfen, ich bekam gerade einen Krampf."
David schmunzelte. „Oh, Entschuldigung."
Delilah drehte sich zu ihm um, ihre Augen funkelten schelmisch. „Du musst dich für einen Orgasmus nicht entschuldigen."

Delilah hörte schon an der Tür des Ferienhauses die Musik. Mit dem Baguette unter dem Arm betrat sie das Wohnzim-

mer. Die Tür zur Terrasse war geöffnet, die Stereoanlage laut aufgedreht. David tanzte nackt, wie er gerade aus dem Pool gestiegen war, zur Musik der Stranglers, „Always the Sun“, und stellte dabei Frühstücksgeschirr auf den Tisch.
Delilah lächelte bei dem Anblick. Er hatte einen schönen, durchtrainierten Körper. Die meisten seiner Narben waren verblasst und auf der sonnengebräunten Haut kaum noch sichtbar. Er bewegte sich kraftvoll und geschmeidig, tanzte selbstvergessen. Seinen Bewegungen sah man die militärische Ausbildung immer noch an, auch wenn sie schon lange her war. Aber die häufigen Auslandseinsätze hielten ihn in Form. Und bescherten ihm heftige Albträume.
Delilah sah wieder den Jungen, in den sie sich vor zwanzig Jahren verliebt hatte. Seine Haare waren immer noch schwarz, nur an den Schläfen wurde er langsam grau. Auch nach all den Jahren ließ er sich nicht gehen und achtete auf sein Aussehen. Nur, so schien es ihr, wollte er wohl nicht erwachsen werden.
Sie legte geräuschvoll ihre Einkäufe ab. Er bemerkte sie, tanzte auf sie zu, griff nach ihr und küsste sie. Sie schob ihn lachend weg und gab ihm ein Klaps auf den Po: „Zieh dir was an und lass uns frühstücken.“

David war aufmerksam wie immer zu Delilah. Er schnitt ihr sogar das Brot auf, obwohl sie das gar nicht wollte. Eine Marotte von ihm. Eine andere Marotte war, dass er ständig sein Handy im Blick hatte. Sie fand das unnötig: Die UNO würde so schnell nicht wieder anrufen, nicht nach den letzten Ereignissen. Zu seinem Team hatte er im Moment keine Verbindung und Jason, sein Assistent, konnte die Firma

auch ohne ihn leiten. Vielleicht sogar besser, als wenn David ihm ständig reinredete.
Diese Argumente, von Delilah freundlich, aber bestimmt vorgebracht, hatten David bewogen, sein Handy in ihrem Kurzurlaub auszuschalten. Sie wusste, es war ihm schwergefallen, aber ihr zuliebe hatte er es durchgehalten.
Es überraschte sie daher nicht, dass er nach dem Frühstück das Mobiltelefon in die Hand nahm und sie fragend anblickte. „Na gut, weil heute Abreise ist."
Er schaltete das Gerät ein und goss, während das Telefon nach einem Netz suchte, ihrer beiden Kaffeetassen voll.
Das Telefon piepste, als es mit seiner Suche fertig war. Dann piepste es unregelmäßig mehrmals weiter. David griff danach und verfolgte gespannt die eingehenden Nachrichten auf dem Bildschirm.
„Jason", erklärte er seiner Frau. „Er hat ein paar Mal versucht, mich zu erreichen. Ich soll unbedingt sofort zurückrufen."
„Ja, dann mach", sagte Delilah und seufzte resigniert.
David drückte die Anruftaste und führte seine Tasse zum Mund. Er musste nichts sagen, Jason schien sofort loszureden. David hörte gespannt zu und Delilah sah, wie er erbleichte. Er stellte die Tasse vorsichtig ab und legte das Telefon beiseite.
„Was ist los?", fragte sie.
„Nichts", sagte David.
„Ich seh dir doch an, dass etwas passiert ist."
„Nein, nichts", sagte David und griff wieder nach seiner Kaffeetasse. Er ließ sie los, bevor er sie angehoben hatte.

Delilah hatte es trotzdem bemerkt: Davids Hand hatte gezittert. „Jetzt sag mir schon, was los ist."
David sah sie mit einem Blick an, den sie nicht zu deuten wusste. Dann gab er sich einen Ruck und sagte: „Es ist was passiert. In Santiago de Okola ist was Schlimmes passiert."
Delilah zuckte innerlich zusammen. Santiago de Okola. Den Namen würde sie wohl nie wieder vergessen. Als David vor einem Jahr nach Hause gekommen war, äußerlich verwundet, innerlich schwer verletzt, hatte er ihr von Santiago de Okola erzählt. „Ist das nicht der Ort, wo deine Maria gestorben ist?", fragte sie.
„Meine …?" David verstummte. In seinen Augen sah sie wieder diesen unendlichen Schmerz.
„Du wärst dort doch auch fast gestorben." Sie sah David an, wie er mühsam gegen die Erinnerungen kämpfte. „Haben dich nicht damals die Bauern dort gerettet, weil sie dir mit ihren Flinten zu Hilfe geeilt sind? Und dann haben sie dich nach La Paz gebracht."
David zuckte mit den Schultern, als wollte er sagen: „Das habe ich dir doch alles erzählt."
„Und was ist dort nun passiert?", fragte sie weiter.
„Ich weiß keine Einzelheiten, aber sie bitten mich um Hilfe."
Delilah schwieg einen Moment. Dann fragte sie: „Was für Hilfe? Brauchen sie Geld?"
„Nein, sie bitten mich, sie mit ein paar bewaffneten Männern gegen eine Verbrecherbande zu unterstützen."
Wieder schwieg Delilah und überlegte. Sie hatte nicht vergessen, welche Sorgen sie sich jedes Mal machte, wenn er mit seinen Leuten im Ausland unterwegs war und wie oft er

mit einer frischen Narbe nach Hause kam. Seit einem Jahr war das endlich vorbei.

Und jetzt ging es erneut los?

„Was wirst du tun?"

David sah sie wieder lange an und sagte: „Nichts."

Einen Moment lang war Delilah erleichtert. „Du denkst, sie sollten sich lieber an die Polizei wenden?"

„Nein. Die Polizei ist korrupt. Schlimmstenfalls stecken die mit der Bande unter einer Decke. Nein, sie haben niemanden, der ihnen hilft, sie müssen sich selbst helfen."

Jetzt war Delilah schockiert. „Sie haben niemanden, der ihnen hilft? Und ihre Not ist so groß, dass sie in Deutschland anrufen und einen Menschen um Hilfe bitten, den sie kaum kennen?"

„Offensichtlich. Ja."

„Und was willst du tun?", wiederholte sie.

„Wie ich schon sagte, nichts." David schien genervt zu sein. Möglicherweise war ihm das ganze Thema unangenehm.

Delilah war entsetzt. „Das kann doch nicht dein Ernst sein. Der große Friedensheld, der in der halben Welt irgendwelche Menschen beschützt hat, der kneift plötzlich? Du kennst die Leute dort, sie haben dir das Leben gerettet. Und jetzt? Hast du etwa Angst?"

Sie sah, wie er seine Kiefermuskeln anspannte. Er versuchte, sich zu beherrschen.

Doch dann brach es aus ihm heraus: „Was denkst du denn, soll ich tun? Wenn ich runterfliege, brauche ich mein Team. Und Waffen. Mit meinen Leuten habe ich seit letztem Jahr keinen Kontakt mehr. Sunny, der uns immer mit Waffen versorgt hat, ist untergetaucht. Ich werde wahrscheinlich in

ganz Südamerika per Haftbefehl gesucht. Ich setze doch nicht alles aufs Spiel!“
Er machte eine Pause. Dann sprach er genauso heftig weiter: „Ja, ich habe Angst. Ich will dich nicht wieder verlieren, ich will das Geld und die Firma nicht verlieren. Du wolltest doch immer, dass ich was aus meinem Leben mache. Jetzt bin ich reich und kann dir ein Leben in Luxus bieten.“
Auch Delilah hob nun ihre Stimme. „Du glaubst, dass ich das will? Glaubst du das ernsthaft? Glaubst du wirklich, dass ich diesen ganzen verdammten Luxus brauche? Als ich sagte, mach was aus deinem Leben, habe ich doch nie an Geld gedacht. Ich wollte den aktiven, erfolgreichen, empathischen Jungen wieder, den ich vor zwanzig Jahren geheiratet habe. Der wusste, wo es lang geht und einen Plan für sein Leben hatte. Und einen moralischen Kompass.“
David schwieg.
Delilah fuhr etwas leiser, dafür umso eindringlicher fort: „Du bist doch immer ganz gut damit zurechtgekommen, dass dir jemand sagt, wo es lang geht. Ist das der Offizier in dir, dass du auf Befehle von anderen wartest? Du hast gesagt, dass du in Südamerika das Gefühl hattest, dass andere an den Strippen ziehen, an denen du hängst. Kann es sein, dass du selbst immer nach solchen Strippen suchst?“
David schaute Delilah groß an. Sie sah, dass es in ihm arbeitete.

„Willst du fahren?“ David hielt Delilah die Autoschlüssel hin. Mit einer schnellen und entschlossenen Handbewegung griff sie zu. „Was für eine Frage? Du kennst mich doch.“

Beide trugen das Gepäck zum Auto und verstauten es. Dann stieg Delilah auf der Fahrerseite ein und startete den Stingray. Ein satter Sound quoll aus Motor und Auspuff. David stieg ebenfalls ein und sank auf den Beifahrersitz. Der Wagen roch noch neu.

Nach wenigen Kilometern hatten sie die Autobahn erreicht, wo Delilah die Pferde von der Leine ließ. Sie trat das Gaspedal voll durch. David schloss die Augen und fühlte, wie die Beschleunigung ihn in die Lehne drückte. Er hatte sich immer gewünscht, mal so ein Auto zu fahren. Einen Tag vor ihrem Urlaub in der Nähe von Carcassonne hatte es ihm der Händler gebracht.

Als er Delilah damit vor ihrer Wohnung abgeholt hatte, war sie überrascht gewesen. „Wie lange hast du denn den schon?"

David schaute lässig auf seine neue Uhr und versuchte, cool zu wirken. „Fast 24 Stunden." Er genoss die Situation.

Hatte sie ihm nicht immer gesagt, er könne mehr aus seinem Leben machen? Das war sicher nicht der Grund, dass sie sich getrennt hatten, aber es hatte schon vorher lange an ihm genagt. Jetzt war er reich und konnte sich einen Stingray leisten. Er hatte es allen gezeigt.

David hing seinen Gedanken nach, während Delilah den Wagen verboten schnell über Frankreichs Autobahnen Richtung Deutschland jagte. Das satte, gleichmäßige Brummen des Motors machte ihn schläfrig. Er dachte an die schönen Tage zurück, die hinter ihnen lagen, und hatte das Gefühl, dass die alte Vertrautheit zwischen ihnen zurückgekehrt war. Vielleicht konnte alles wieder so werden wie früher.

Das Radio spielte „What a Fool Believes“ von den Doobie Brothers. Aus irgendeinem Grund hörte er diesmal auf den Text. Der Sänger hoffte, eine geliebte Frau zurückzubekommen, die ihn verlassen hatte. Er schien zu wissen, wie vergeblich sein Bemühen war, nannte er sich selbst doch einen Narren.

War er auch so ein Narr? Jagte er einem vergeblichen Traum hinterher? David war sich nicht sicher, wie es mit ihm und Delilah weitergehen würde. War ihre Reaktion am Morgen vielleicht ein Indiz dafür, dass sie noch Gefühle für ihn hegte, gar zu ihm zurückkehren würde? Was hatte sie damit gemeint, dass ihr sein Geld egal war? Sie konnte doch von dem Geld, das sie am Theater verdiente, kaum Reichtümer anhäufen.

Er hatte Glück gehabt. Er hatte jetzt Geld.

Seine Gedanken streiften fast ein Jahr zurück, als das alles begonnen hatte.

3
RÜCKZUG

Schweiz 2012
Er war wieder in der Jagdhütte von General Moro.
Moro war der militärische Chef der UNO-Blauhelme und David und seine Leute hatten jahrelang in seinem Auftrag verdeckte Operationen durchgeführt. In Südamerika hatte David erfahren, dass der General an einem Massaker an Zivilisten mitschuldig war und ihn deswegen mithilfe seines Teams verhört. Der General hatte gestanden, aber jetzt griffen dessen Leute an, um ihn zu befreien. Doch Moro war tot, erschossen von den eigenen Leuten, und David stand wie erstarrt.
Andy baute sich vor ihm auf. „David, wie ist deine Exitstrategie?" Als David nicht reagierte, packte er ihn an den Schultern, schüttelte ihn und brüllte ihn an. „Du hast doch eine Exitstrategie?"
David erwachte wie aus einem Traum. Er war der Hauptmann, er hatte die Verantwortung für seine Leute. „Ihr müsst hinten raus. Dann den Abhang runter zum See. Dort besorgt ihr euch ein Boot und verschwindet nach Deutschland."
„Und du?"
„Ich decke euren Rückzug."
Andreas sah ihm in die Augen. „Bist du sicher?", fragte er.
„Ja! Und jetzt verschwindet, vergesst Susann nicht und holt die Zwillinge."
Fred und Andy verschwanden. David ergriff das Maschinengewehr und stürzte zur Tür hinaus. In der Dunkelheit der

Nacht sollte er Deckung finden, dachte er. Dann ging der Beschuss wieder los. Leuchtspurgeschosse kamen durch die Nacht geflogen.
„Fred hätte seine helle Freude gehabt", sagte David laut zu sich. Dann wurde es plötzlich hell. Das Jagdhaus brannte. Er ging hinter einem Stein in Deckung, als das Feuer die parkenden Fahrzeuge erreichte. Kurz dachte David an den Sprengstoff in Susanns Wagen, als alles in einer riesigen Explosion in die Luft flog. Trümmerteile prasselten nieder und irgendetwas traf David am Kopf.
Dann war es dunkel.

4
AMNESIE

Schweiz 2012
David träumte. Es war heiß. Er wusste, dass gefährlich war, was gerade passierte, und er hatte Angst. Er hatte Angst, zu spät zu Delilah zu kommen, zu seiner Frau. Er hatte es ihr doch versprochen, er würde nach Hause kommen. Aber es war zu heiß.

Im Traum drehte er sich um. Hinter ihm brannte ein Haus. Er war allein mitten im Wald und das Haus brannte lichterloh. Da standen Autos, die durften nicht anfangen zu brennen. Er wusste nicht, warum die Autos nicht brennen durften, aber er musste es verhindern. Er konnte es jedoch nicht. Seine Beine verweigerten den Dienst.

Das Feuer erreichte die Autos.

David erwachte. Sein linker Arm ließ sich nicht bewegen. Mit dem rechten fuhr er über sein Gesicht, es war schweißnass. Er lag in einem Bett, die Bettdecke war viel zu warm. Er wollte sie zurückklappen und aufstehen, aber der linke Arm bewegte sich noch immer nicht. Jetzt wurde David vollends wach. Sein linkes Handgelenk war mit Handschellen an das Bett gefesselt.

Das Bett hatte Seitengitter, ein Monitor stand an seinem Kopfende und flimmerte Kurven über den Bildschirm, ein leerer Infusionsständer füllte die Lücke zum Fenster. Es war Tag, aber David wusste nicht, wie spät es war. Er wusste auch nicht, wo er war und warum er an das Krankenbett gefesselt war.

Einen Moment lang lag er still und versuchte, sich zu erinnern. Er wusste, wer er war. Und er erinnerte sich an seine Reise nach Peru.

Maria! Der Gedanke versetzte ihm einen Stich ins Herz. Und dann war alles wieder da: das Briefing bei Moro, die Reise nach Lima und nach La Paz, der Tod Marias und der Tod Riveras', des ehemaligen Chefs der peruanischen Todesschwadronen. Zum Schluss wieder Moro und das Jagdhaus. Nun ergab auch der Traum einen Sinn. Er erinnerte sich, dass durch die Leuchtspurgeschosse der Männer des Generals das Jagdhaus, in dem sie Moro festgehalten hatten, in Brand geraten war. Er hatte den Rückzug seines Teams gesichert und war bis zuletzt auf seinem Posten geblieben. Dann gab es eine Lücke in seinen Erinnerungen. Und jetzt lag er hier, augenscheinlich in einer Klinik, und war gefesselt. Leichte Panik stieg in David hoch. Handschellen am Handgelenk waren nicht gerade das, was er sich als Morgengruß gewünscht hatte. Er zwang sich zur Ruhe. Am besten, er ging methodisch vor. Als Erstes musste er die Handschellen loswerden, dann sollte er herausfinden, wo er war und wer ihn gefesselt hatte. Danach Neubewertung der Situation und Entwicklung eines Planes.

David suchte und fand eine Schnur mit Klingelknopf, die eine ältere Frau in Schwesternkleidung herbeirief.

David setzte ein gewinnendes Lächeln auf und flötete: „Hallo Schwester, die letzte Nacht war ja wirklich heiß, aber jetzt können Sie mich wieder losmachen." Dabei klapperte er treuherzig mit den Handschellen am Bettgeländer.

Die Schwester verzog keine Miene, ging einmal ums Bett, kontrollierte den Monitor und trat wieder zur Tür hinaus.

Beim Öffnen der Tür erhaschte David einen kurzen Blick in den Flur. Dort saß auf einem Stuhl eine Gestalt in blauer Uniform.
Eine Weile passierte nichts. „Gut, ich weiß immer noch nicht, wo ich bin“, dachte David, „und ich habe auch immer noch die Fessel am Handgelenk, aber ich habe einen Stein in den Teich geworfen, jetzt muss ich nur warten und schauen, wo die Wellen ans Ufer schlagen.“
Es verging etwa eine halbe Stunde, in der nichts passierte. David versuchte inzwischen, alle seine Gedächtnislücken zu füllen. Das gelang ihm auch, bis auf den Zeitraum, nachdem das Team verschwunden war. Vielleicht würde ihm gleich jemand erzählen, was danach mit ihm passiert war.
Erneut ging die Tür auf. Die junge Frau im Arztkittel wurde von zwei Männern begleitet, die nicht den Eindruck machten, als wären sie medizinisches Personal. Sie trugen Schlips und Jackett, unter den Jacketts sah man die Schulterhalfter ihrer Pistolen.
Die Ärztin kam um das Bett herum, warf einen Blick auf den Monitor und kontrollierte den frischen Verband an seiner Schulter. Die Wunde hatte er sich beim Pistolenkauf in La Victoria in Lima eingefangen, so viel wusste er noch.
„Doktor Claudia Blazek“, stellte sich die Ärztin vor. „Wissen Sie, wo Sie sind?“
David schüttelte den Kopf. Davon wurde ihm schwindlig, also schloss er kurz die Augen.
Die Ärztin fragte weiter: „Wissen Sie, was heute für ein Tag ist?“
David drehte den Kopf zum Fenster. „Ein schöner?“, fragte er.

Einer der Männer trat bedrohlich an das Bett. „Dir wird das Witze machen noch vergehen, Freundchen!"
David guckte unschuldig zu ihm hoch. „Freundchen? Ah, ich hätte sagen sollen, ein freundlicher Tag?"
Jetzt musste der zweite Mann den ersten festhalten, der Anstalten machte, sich auf David zu stürzen. In unverkennbarem Schweizer Dialekt sagte er: „Ich möchte uns erst mal vorstellen. Mein Name ist Marco Maurer und das ist Riccardo Bernardi und wir sind von der Kantonspolizei. Wir haben ein paar Fragen an Sie."
„Meine Herren!" Doktor Blazek hatte sich mit gerunzelter Stirn zurückgehalten, mischte sich jetzt aber ein. „Lassen Sie mich bitte meine Untersuchung abschließen und dann haben Sie maximal fünf Minuten für Ihre Fragen." Mit diesen Worten zog sie eine Art Stift aus ihrer Kitteltasche und begann David in die Augen zu leuchten. Dabei fragte sie: „Wissen Sie, wie Sie heißen?"
David wollte instinktiv seinen Namen nennen, im letzten Moment kniff er allerdings die Lippen zusammen und überlegte fieberhaft: Seinen echten Pass hatte er zur Ausreise aus Peru nicht benutzen können, weil er vermutlich von der peruanischen Polizei gesucht wurde. Daher hatte ihm Gary Greene von der amerikanischen Botschaft einen neuen Pass besorgt. Gary hatte behauptet, er wäre beim Kulturattaché der Botschaft beschäftigt, David vermutete jedoch eher einen geheimdienstlichen Hintergrund.
Diesen Pass hatte er sicher bei sich getragen. Also sagte er zu der Ärztin: „Ich bin Dean Thomas." An ihrem erfreuten Lächeln erkannte David, dass er richtig geantwortet hatte.

Also gut, jetzt musste Dean Thomas mit den Kantonspolizisten reden. Das würde sicher spannend werden.
Die Ärztin ging hinaus, ließ aber die Tür offen. Die beiden Kantonskriminalbeamten bauten sich beidseits des Bettes auf.
„Na klar", dachte David, „Standardbefragung! Mal sehen, wer der gute und wer der böse Bulle ist. Ich tippe mal auf den lieben Marco, dass der mein Freund sein mag." David musste innerlich so grinsen, dass er befürchtete, man könne es ihm ansehen.
Maurer fing an. „Sie sagen, Sie heißen Dean Thomas." David schaute ihn freundlich an und probierte ein Lächeln, sagte aber nichts. Maurer wartete einen Moment, dann fragte er ungeduldig: „Haben Sie mich verstanden?"
„Ja."
„Was, ja?"
David schaute treuherzig. „Ja, ich habe Sie verstanden."
„Und?" David schwieg wieder. „Wollen Sie nicht antworten?"
Jetzt wurde David belehrend. „Erstens ist ‚und' kein Satz. Meine Eltern haben mir beigebracht, immer in ganzen Sätzen zu sprechen. Und zweitens beantworte ich gern alle Ihre Fragen, aber Sie haben mir noch keine gestellt."
Jetzt wurde es Bernardi zu bunt. Er sprang vor und griff nach Davids Krankenhaushemd, als wollte er ihn durchschütteln. David hatte so was kommen sehen und bereits die Klingel gedrückt. Er war erstaunt, wie schnell die Ärztin gefolgt von der älteren Schwester im Zimmer stand. Doktor Blazek hob kaum die Stimme, als sie Bernardi energisch zurückrief und die beiden Männer des Zimmers verwies. Maurer sah darüber nicht besonders glücklich aus.

David jubelte innerlich, dann erinnerte er sich wieder an die Handschellen. So rief er den Polizisten hinterher, sie sollten ihm die Dinger abnehmen. Als keine Reaktion erfolgte, wollte er sich schon mit seinem Schicksal abfinden, aber die laute Diskussion auf dem Flur ließ ihn aufhorchen und Mut schöpfen.

Die Ärztin kam wieder herein. Festen Schrittes und mit rotem Gesicht eilte sie zu Davids Bett. Mit einem Schlüssel öffnete sie die Handschellen, trug sie am ausgestreckten Arm, als würde sie sich vor einer toten Ratte ekeln, durch das Zimmer und übergab sie Marco Maurer.

Der stand auf der Türschwelle und sagte laut zu ihr: „Sie sind persönlich verantwortlich, dass er nicht verschwindet."

Die Ärztin zischte ihm irgendwas Unverständliches zu und schloss die Tür. David war wieder allein.

5
IM KRANKENHAUS

Schweiz 2012

Allein im Zimmer grübelte David darüber, was da gerade passiert war. Während er sein schmerzendes linkes Handgelenk rieb, ließ er die ganze Szene noch einmal Revue passieren.

Maurer hatte sich mit seinem Frageversuch nicht besonders clever angestellt, er hatte ihm die Vorlage gegeben, um die Polizisten zu provozieren. Bernardis Lunte war sicher kürzer als die von Maurer, aber dass er in einem Krankenhaus gleich handgreiflich wurde, war ein wenig übertrieben und sah einem gemütlichen Schweizer gar nicht ähnlich. Die Ärztin war verdammt schnell zur Tür hereingekommen. Dass sie es obendrein geschafft hatte, die Polizisten zu überzeugen, ihm die Handschellen abnehmen zu dürfen – das war überzeugend, aber möglicherweise auch nur überzeugend gespielt.

David überlegte weiter: Welche Informationen hatte er bisher bekommen? Nur die, dass er mit dem falschen Pass in der Tasche gefunden worden war. Obwohl, schon die Tatsache, dass man ihn offensichtlich bewusstlos gefunden hatte, war eine Information. Das mit dem falschen Pass war ungünstig. Sie würden schnell darauf kommen, dass das nicht sein richtiger Name war, und wenn es so weit war, brauchte er eine gute Erklärung.

Zurück zu seiner Bewusstlosigkeit. Er erinnerte sich, dass die Befragung des Generals aus dem Ruder gelaufen war. Moros Männer hatten im Versuch, ihren Boss zu befreien,

das Jagdhaus beschossen. Dabei war General Moro, Chef der Blauhelme, ums Leben gekommen und das Jagdhaus war in Brand geraten. Das Feuer musste die Autos erreicht haben, in denen immer noch Mengen von Sprengstoff und Waffen mit Munition gewesen waren. Was dann passiert war, daran hatte er keine Erinnerung, aber es war sicherlich verheerend gewesen.
Er war die Sache aber auch verdammt falsch angegangen. Das musste ja zwangsläufig eskalieren. Er war doch sonst nicht so hemdsärmelig.
David war zerknirscht. Ein Gefühl von Scham überkam ihn. Er hatte mit seiner Aktion nicht nur das Leben seiner Teammitglieder gefährdet, es war sicherlich auch ein riesiger Sachschaden entstanden. Vielleicht hätte er einfach zum General gehen sollen, ihm die Beweise für dessen Verstrickung in die Verbrechen von Riveras auf den Tisch legen und sein Geständnis aufnehmen sollen. Dann wäre der General vielleicht noch am Leben und er nicht hier im Krankenhaus.
David schloss die Augen. Zumindest war er die Handschellen los. Seine Schulter mit der Verletzung schmerzte, trotzdem schlief er irgendwann ein.
Das Klappern eines Tabletts mit Geschirr weckte ihn. Es gab Abendbrot: etwas Brot, Käse und Wurst. Der Käse war für Schweizer Verhältnisse erstaunlich geschmacklos. David merkte erst jetzt, dass er rasenden Hunger hatte. Wann hatte er das letzte Mal was gegessen? Im Flugzeug von Peru nach Madrid. Wie lange mochte das her sein?
Er brauchte unbedingt mehr Informationen. Als eine junge Frau mit asiatischem Aussehen kam, um das Tablett abzu-

räumen, bat er sie, die Ärztin zu ihm zu schicken. Die junge Frau nickte.
Nach einer ganzen Weile, in der nichts passierte, war David sich nicht mehr sicher, ob sie ihn überhaupt verstanden hatte. Also stand er auf und ging erst mal ins Bad. Beim Blick in den Spiegel erschrak er. Schon wieder, genau wie in La Paz, hatte er Mühe, den Typen ihm gegenüber als sein Spiegelbild zu akzeptieren. Zerzauste und verkrustete Haare, dunkle Augenränder und eine blass-fahle Haut waren nicht gerade Attribute des blühenden Lebens. Er sollte am besten unter die Dusche gehen.
Doch dazu kam es nicht. Eine Frauenstimme rief Herrn Thomas. Die Ärztin stand in seinem Krankenzimmer und schaute zu, wie er aus dem Bad geschlurft kam. „Sie wollten mich sprechen?", fragte sie.
„Ja, danke dass Sie sich Zeit für mich nehmen." Er setzte sich auf die Bettkante, sie nahm auf einem Stuhl gegenüber Platz. „Weil ich gerade im Bad war: Kann ich duschen, oder ist das nicht gut für mich?"
„Verspürten Sie Schwindel, als Sie aufgestanden sind?"
David überlegte kurz und verneinte.
„Dann sollte es okay sein", beschied die Ärztin. „Aber versuchen Sie, den Verband trocken zu halten."
„Was ist mit mir passiert?", fragte er dann.
Dr. Blazek schien zu überlegen. „Ganz genau weiß ich das nicht", sagte sie dann. „Ich wurde alarmiert, dass wir das Opfer einer Schießerei eingeliefert bekommen. Sie waren bewusstlos, aber Ihre Vitalzeichen waren stabil. Wir haben Sie untersucht und Ihre Schulterverletzung versorgt. Die ist aber schon älter, nicht?" Sie schaute ihn fragend an.

David überlegte fieberhaft. Natürlich wusste die Ärztin genau, dass die Schulter nicht erst vor Kurzem verletzt worden war. Maria hatte die Wunde in Lima fachgerecht versorgt.

Er zuckte unbestimmt mit den Schultern und verzog das Gesicht, da die Bewegung immer noch schmerzhaft war.

„Sie waren nicht allein. Die Polizei begleitete Ihren Transport. Zwei der Herren haben Sie ja bereits kennengelernt."

„Sie wissen nicht, von wo ich gebracht worden bin?"

„Nein, nicht genau, aber der Rettungswagen war etwa eine Stunde mit Ihnen unterwegs. Das hat zumindest die Besatzung des Wagens bei der Übergabe gesagt."

„Und wie geht es jetzt mit mir weiter?"

„Wenn es nach uns geht, dann werden wir Sie morgen entlassen. Aber es könnte sein, dass die Kantonspolizei noch ein paar Fragen an Sie hat."

David war enttäuscht. Viel hatte er durch die Ärztin nicht erfahren. Nachdem die Frau gegangen war, duschte er und legte sich wieder ins Bett. Es dauerte lange, bis er endlich eingeschlafen war.

6
VERHÖRE

Schweiz 2012

Nach dem Frühstück kam ein junger Mann und stellte sich als Assistenzarzt vor. „Ziehen Sie sich bitte an. Sie werden in einer halben Stunde abgeholt“, sagte er.

Er verschwand, ohne David Gelegenheit zu geben, nach Details zu fragen. Eigentlich wollte David schon wissen, wer ihn abholte und wohin er gebracht werden sollte. So aber blieb er im Unklaren und zog gehorsam seine Sachen an. Er fasste in die Taschen, sie waren leer bis auf ein Taschentuch. Dann fiel es ihm wieder ein: Er hatte, nachdem er Moro die Fesseln durchgeschnitten hatte, das Aufnahmegerät mit dem Verhör in seine Jacke gesteckt. Wenig überraschend war es nicht mehr da. Es fehlten auch seine Brieftasche, seine Uhr, der falsche Pass.

Zwei ihm unbekannte Polizisten kamen und legten ihm erneut Handschellen an. Dann eskortierten sie ihn zu einem Polizeiwagen und fuhren mit ihm zum Präsidium. Dort führten sie ihn in einen kahlen Raum mit einem Tisch und drei Stühlen, nahmen ihm die Handschellen ab und forderten ihn zum Sitzen auf. Danach ließen sie ihn allein.

David schaute sich um. Der Raum hatte ein großes Fenster zum Hof, durch das er einige Hochhäuser sah. An den Wänden hingen knapp unter der Decke insgesamt drei Kameras.

Er vermochte nicht zu sagen, wie lange er allein in dem Zimmer saß, aber da er wusste, dass es gängige Verhörpraxis war, den Verdächtigen „schmoren zu lassen“, versuchte er, nicht nervös zu werden. Seine Strategie war klar: Er würde nur das zugeben, was man ihm nachweisen konnte, für seine Leute würde er die Verantwortung übernehmen und von Peru würde er so wenig wie möglich erzählen. Als er dieses Vorgehen im Kopf klar hatte, versuchte er zu meditieren. Er hatte es lange nicht mehr getan, aber es gelang ihm, sich zu beruhigen und zu fokussieren.

Die Tür ging auf und Bernardi und Maurer traten ein. Bernardi ließ sich krachend auf einen der Stühle fallen und musterte David feindselig. Maurer ging um den Tisch herum und stellte sich hinter Davids Platz. Wenn er jetzt Maurer anschauen wollte, musste er seinen Oberkörper drehen und nach oben schauen. Das hätte in David ein unwillkürliches Gefühl der Unterlegenheit erzeugt, also beschloss er, Maurer komplett zu ignorieren. Dafür musterte er Bernardi demonstrativ von oben bis unten und fixierte dann dessen Augen. Sein Gegenüber bemühte sich, dem Blick standzuhalten. Die ganze Zeit war kein Wort gesprochen worden.

Schließlich begann Maurer. David gelang es, dem Impuls, sich umzudrehen, zu widerstehen. „Ich bitte Sie, uns genau zu schildern, an was Sie sich vom Tag in der Jagdhütte des Generals erinnern."

David fing an zu erzählen. „Ich war mit ein paar Kollegen für ein Briefing zum General gerufen worden, wie es hieß."

Schon unterbrach ihn Maurer. „In welcher Beziehung standen Sie zum General?"

„Wir erledigten von Zeit zu Zeit Spezialaufgaben in seinem Auftrag."

„Was waren das für Spezialaufgaben?“ Bernardi sprach erstaunlich ruhig, betonte aber das Wort Spezialaufgaben besonders.
„Das darf ich Ihnen nicht sagen. Ich habe eine Geheimhaltungsvereinbarung unterschrieben. Das weiß nicht mal meine Frau.“ David biss sich auf die Lippen. Das mit der Frau war zu viel Information. Er wusste nicht, ob Dean Thomas verheiratet war.
Bernardi hatte Davids Reaktion bemerkt und schaute triumphierend an David vorbei zu Maurer.
Der fuhr ungerührt mit der Befragung fort. „War es üblich, das Briefing im Jagdhaus durchzuführen?“
„Nein, es war schon ungewöhnlich.“
„Wie lief das Briefing ab?“
„Ich kam als letzter. Ein Kollege hatte mich in Zürich vom Zug abgeholt. Die anderen waren schon da.“
Wieder wurde er unterbrochen. „Wer waren die anderen?“ Bernardi schien ihm kein Wort zu glauben, so wie er „die anderen“ betonte.
„Das darf ich Ihnen nicht sagen.“
„Weil Sie eine Geheimhaltungsvereinbarung unterschrieben haben.“ Maurer klang leicht spöttisch.
„Genau!“ Jetzt drehte David sich doch zu Maurer um und grinste ihn an.
Der grinste zurück und sagte: „Fahren Sie fort mit dem Briefing.“
David überlegte kurz. Wie viele Spuren waren trotz des Brandes übrig geblieben und konnten seine nun folgende Geschichte infrage stellen?

„Ich betrat den großen Besprechungsraum. Meine Kollegen und der General saßen am Tisch. Der General machte einen nervösen Eindruck. Ungewöhnlich für ihn, er war sonst immer souverän und ruhig. Wir begrüßten uns kurz und er fing an zu erzählen, dass sich eine Bedrohungslage ergeben habe und er niemandem trauen könne. Und dass er deshalb uns zu Hilfe gerufen habe."
David erwartete, wieder unterbrochen zu werden, aber die beiden Beamten ließen ihn fabulieren.
„Er redete eine ganze Weile, aber uns war nicht klar, was das sollte. Es klang wirr und geheimnisvoll. Alles etwas seltsam. Ich fragte ihn dann, was er konkret von uns erwartete. Er sagte, er bräuchte unseren Schutz."
Jetzt hakte Bernardi ein. „Warum fragten Sie?" Er deutete mit dem Finger auf Davids Brust.
„Weil ich der Chef der Truppe bin. Und ich bin für meine Leute verantwortlich."
„So", sagte Bernardi gedehnt. „Sie sind der Chef der Truppe. Wie sind Sie das denn geworden?"
„Das …"
„… können Sie uns nicht sagen." Maurer schien Spaß an dem Verhör zu haben.
Bernardi nicht. „Wie ging es weiter?", zischte er.
„Wir waren noch mitten im Gespräch. Der General war aufgestanden, um uns zu erläutern, wie wir uns verschanzen sollten, als plötzlich auf uns geschossen wurde. Er wurde getroffen und war sofort tot. Alle übrigen gingen in Deckung und versuchten, das Feuer zu erwidern. Ich rief den Notruf der Polizei an. Dann explodierte alles und ich erwachte im Krankenhaus."

So, das war geschafft. David verspürte eine gewisse Erleichterung. Er hatte seine Geschichte erzählt und nun war die Polizei dran, sie ihm zu widerlegen.
Maurer kam hinter seinem Rücken hervor, setzte sich neben Bernardi und lächelte David an. „Wissen Sie, Herr Thomas, ich bin Beamter. Das ist nach landläufiger Meinung ein langweiliges Dasein. Finde ich nicht. Ich liebe Geschichten. Und fast jeden Tag sitzen hier", er deutete auf David, „Menschen, die mir Geschichten erzählen. Mal spannend, mal traurig, selten wahr. Sie glauben, Sie hätten mir eine originelle Geschichte erzählt? Und ich würde sie Ihnen glauben?"
Maurer schüttelte den Kopf. „Ihre ganze Geschichte ist von vorne bis hinten falsch. Und ich werde es Ihnen nachweisen. Allerdings gehe ich als Beamter heute Abend nach Hause, während Sie in eine Zelle wandern. Überlegen Sie sich also schnell eine neue Geschichte, während ich aus dieser Tür gehe und Ihre alte zerpflücke."
David hatte Maurer ungerührt zugehört. „Herr Maurer, ich will Ihnen sagen, was passiert, wenn Sie aus dieser Tür gehen: Sie werden nicht wieder hier hereinkommen. Und ich werde heute Abend nicht in eine Zelle gehen, sondern ins Hotel."
Maurer grinste überheblich. Bernardi lief rot an. Doch bevor er lospoltern konnte, stand Maurer abrupt auf und ging hinaus. Bernardi folgte ihm, drehte sich in der Tür noch einmal um und knurrte: „Wir sehen uns noch!"
Dann war David allein. Jetzt hieß es wieder warten. Aber wie war der Spruch, den vermutlich schon die römischen Legionäre kannten? „Die meiste Zeit des Lebens wartet der Soldat vergebens."

Irgendwann kamen zwei Leute herein. Die beiden stellten sich als Mitarbeiter des Office fédéral de la police vor, Martin Theimer und Monica Callandret.
„Ah", dachte David. „Bundespolizei."
„Wir sind zuständig für Ermittlungen im Falle von Terrorismus", erklärte Theimer.
David musste unwillkürlich grinsen. Der schweizerische Dialekt erinnerte ihn immer an den Komiker Emil Steinberger. Das Grinsen kam allerdings nicht gut an.
„Warum lachen Sie?" Theimer schien etwas angefressen.
„Oh, sorry", sagte David. „Das hat nichts mit Ihnen zu tun. Ich habe mir nur einen Witz erzählt, den ich noch nicht kannte."
Theimer machte einen verwirrten Eindruck und schien dem Satz hinterher zu hören. Callandret schaltete schneller und bemühte sich offensichtlich, ein Lächeln zu verbergen. Dann übernahm sie: „Herr Thomas, vielleicht haben Sie nicht verstanden, was Ihnen vorgeworfen wird."
David schaute so unschuldig wie möglich drein und wartete ab, was sie als Nächstes sagen würde.
„Die Bundesstaatsanwaltschaft der Schweiz wirft Ihnen Terrorismus vor. Dafür könnten Sie, wenn sich der Vorwurf bestätigt, für viele Jahre in ein Schweizer Gefängnis kommen. Was sagen Sie zu dem Vorwurf?"
„Nicht schuldig, Euer Ehren." David bremste sich innerlich. „Du musst aufpassen, dass du konzentriert bleibst", dachte er. „Übertreib es nicht mit den Späßen."
Callandret sah jetzt etwas resigniert aus. Wahrscheinlich hatte sie gehofft, dass David bei der Drohung ernsthafter werden würde.

Theimer übernahm wieder. „Ich will Ihnen mal schildern, was von der Geschichte, die Sie den Kollegen vorhin erzählt haben, übrig geblieben ist." Er machte eine Pause. Eine lange Pause. David schaute ihn gespannt an. Dann sprach Theimer endlich weiter: „Und, haben Sie was gehört? Nein? Nichts? So viel ist von Ihrer Geschichte übrig geblieben."
Jetzt grinste David anerkennend. Innerlich. An dem war ein Dramatiker verloren gegangen. Oder er hatte zu viel von Dürrenmatt gelesen.
„Sie behaupten, Sie wären von dem Angriff überrascht worden. Das ist gelogen, Sie waren vorbereitet. Zum Beispiel wurden Sie durch eine Sprengfalle gewarnt. Außerdem hatten Sie sich im Vorfeld ungewöhnliche Waffen besorgt. Unter anderem eine Stinger-Flugabwehr-Rakete. Damit allein haben Sie einen schweren Verstoß gegen internationale Waffenkontrollkonventionen begangen. Soll ich weiter machen?" Er sah David herausfordernd an.
Der blickte betrübt zu ihm hoch. „Ich weiß zwar nicht, wovon Sie reden, aber ich möchte eine Aussage machen", sagte er.
Elektrisiert schauten sich die beiden Bundespolizisten an. „Gern, reden Sie!"
„Ich bin nicht Dean Thomas. Mein Name ist David Thomsen. Fragen Sie bei der Verwaltung der UNO nach meinem Namen. Ach, und ..." Er machte eine Kunstpause. „Es war schön, Sie kennengelernt zu haben."
Die beiden sahen sich verwirrt an, dann verließen sie wortlos den Raum und kamen nicht zurück.

Wieder wartete David. Zumindest brachte man ihm Wasser und begleitete ihn auch zur Toilette, ansonsten saß er allein in dem Verhörraum. Draußen senkte sich die Sonne Richtung Horizont.

„Hm", dachte er. „Wenn ich noch ins Hotel will, wie ich es Maurer gesagt habe, sollten sich ein paar Leute da draußen sputen."

Die Tür ging auf und ein Mann vom Typ deutscher Buchhalter kam herein. Zumindest hatte sich David einen Buchhalter immer so vorgestellt: stocksteifer, aufrechter Gang und ein mausgrauer Anzug mit weißem Hemd, dazu mausgrauer Schlips. Der Mann sah so unauffällig aus, dass David befürchtete, ihn zu vergessen, obwohl er noch im Zimmer war.

Der Mann zeigte ihm einen Ausweis, ‚OIOS' stand darauf. David schaute ihn verständnislos an. „Was ist das?", fragte er.

„Ich bin vom Office of Internal Oversight Services oder um es Deutsch zu sagen: Amt für interne Aufsichtsdienste. Wir ermitteln in allen Fällen von vermutetem Fehlverhalten von UN-Mitarbeitern. In diesem speziellen Fall geht es um den möglichen Missbrauch von Finanzmitteln."

Jetzt war David doch überrascht: Missbrauch von Finanzmitteln? Das war mal was Neues. „Sie meinen, ich hätte Finanzmittel der UNO missbraucht?"

Der Mann legte eine dicke Akte auf den Tisch. Dann blätterte er in den ersten Seiten und schien zu lesen. David versuchte, zu erkennen, was dort stand. Vergeblich. Langsam bröckelte seine lockere Fassade und er wurde unruhig.

„Entschuldigung, ich hatte Ihren Namen nicht verstanden", sagte er.

„Ich habe ihn nicht genannt", gab der UN-Mitarbeiter ohne hochzugucken zurück. Dann las er konzentriert weiter.
David hatte sich zwar vorgenommen, souverän und gelassen zu bleiben, aber auf so einen Typ war er nicht vorbereitet gewesen. Jetzt musste er aktiv werden, in die Offensive gehen. „Kann ich bei Ihnen Anzeige erstatten? Oder müssten Sie dafür die beiden netten Kollegen Maurer und Bernardi wieder hereinholen?"
Der mausgraue Mann reagierte nicht. Allerdings glaubte David, ein leichtes Zucken des rechten Auges bemerkt zu haben. „Aha", dachte er, „wir spielen Mikado: Wer sich zuerst bewegt, verliert." Na dann, warten konnte er. Nur schade, dass sein Abendessen im Hotel nun wohl ausfallen würde. Er lehnte sich in seinem Stuhl zurück, verschränkte die Arme hinter dem Kopf, schaute zur Decke und gähnte laut.
In die Stille hinein begann sein Gegenüber ganz langsam und betont zu sprechen. „Sie sind Hauptmann a. D. David Thomsen, unterwegs mit Spezialaufgaben des Departments of Peacekeeping Operations, auch Blauhelme genannt. Stimmt das?"
„Ich habe zuerst gefragt!" David tat bockig, im Innersten jubelte er allerdings. Jetzt ging es los.
Mausi, wie David den Verwaltungsmitarbeiter innerlich nannte, zog eine Falte auf seiner Stirn. Dann fragte er zurück: „Was wollen Sie anzeigen?"
„Ich bin bestohlen worden. Ich hatte eine Uhr, einen Pass, eine Brieftasche und ein kleines Aufnahmegerät. Nichts davon ist da."

„Sie bekommen Ihre Sachen zurück, wenn, oder besser, falls Sie unsere Fragen zu unserer Zufriedenheit beantwortet haben."

„Ich glaube, ich habe mich nicht deutlich genug ausgedrückt. Um Ihre Fragen zu Ihrer Zufriedenheit zu beantworten, benötige ich meine Sachen. Und zwar alle!"

Mausi blätterte in der Akte. „Jetzt geht das wieder los", dachte David.

Aber der Mann holte einen Zettel hervor und sagte: „Ich habe hier eine Liste Ihrer Sachen. Da steht kein Aufnahmegerät drauf."

Einen Moment lang hatte David das Gefühl, er würde auf einem abschüssigen, glitschigen Boden stehen. Dann lächelte er den Beamten an. „In dem Fall ist es ja gut, dass es eine Kopie des Bandes gibt. Und einen Zeugen, der beim Verhör von General Moro dabei war." Ein Bluff, zumindest ein halber.

„Was ist so wichtig an dem Band?" Mausi fragte ohne wahrnehmbare Regung.

David ließ sich nicht täuschen. Warum hatte er nicht danach gefragt, weshalb Moro verhört worden war? Vermutlich kannte er den Inhalt des Bandes bereits. „Weil auf dem Band das Geständnis des Generals ist, in dem er bestätigt, mitschuldig an einem Massaker in Guatemala zu sein."

„Und Sie haben eine Kopie dieses Bandes?"

„Richtig!"

„Dann könnten Sie es mir vorspielen?"

„Könnte ich. Aber ich werde es lieber ein paar Zeitungsfritzen vorspielen. Die Boulevardpresse wird sich mit Freude darauf stürzen."

„Dazu werden Sie keine Gelegenheit haben. Nicht im Gefängnis, in dem Sie landen werden.“
„Och“, sagte David herablassend. „Da haben wir uns so freundlich unterhalten und jetzt kommen Sie mit so einer plumpen Drohung um die Ecke.“ Er beugte sich über den Tisch und sprach nun eindringlich: „Ich habe nicht allein gehandelt und meine Kollegen haben klare Anweisungen, was sie tun müssen, wenn ich mich nicht bis heute Abend gemeldet habe. Sollten Sie also weiter den Gedanken hegen, die ganze Sache zu vertuschen, dann nur zu. Ich bin auf Ihre kreative Lösung gespannt.“
Das war jetzt ein klares Angebot zur Zusammenarbeit, fand David. Jetzt musste Mausi kommen.
Mausi stand auf und ging.

7
HOTEL

Schweiz 2012

Das Novotel lag mitten im Zentrum von Genf. Ein typisches Tagungshotel mit einer sterilen Atmosphäre und Standardzimmern. David war trotzdem zufrieden. Er war von der Polizei hergefahren worden und hatte zum Abschied die Aufforderung bekommen, das Hotel nicht zu verlassen. Aber das hatte er sowieso nicht vor.

Er wollte duschen, was essen und ein Bier trinken. Und dann würde er sicher gut schlafen.

In der Lobby erfuhr er, dass das Restaurant bereits geschlossen hatte. Enttäuscht wollte er wieder auf sein Zimmer zurück und die Minibar plündern, als er das Angebot erhielt, in der Bar etwas von der Barkarte zu bestellen. Er fand die halb volle Bar und bestellte sich ein Klubsandwich.

Bis das Sandwich kam, trank er ein erstes Bier und beobachtete das Publikum. Offensichtlich waren es Mitarbeiter einer Firma aus verschiedenen Regionen, möglicherweise Verkäufer im Außendienst. Er fand nicht heraus, welches Produkt sie verkauften, aber es ging die ganze Zeit um Umsatz und Zuwachs und ähnliche Begriffe. Immer nur um Geld.

Er trank schnell und spürte die Wirkung des Alkohols bereits, bevor sein Essen kam. Es dämpfte sein Erschrecken nicht, das ihn überkommen hatte, als ihm Mausi Geld angeboten hatte. Er war erschrocken über sich selbst.

Am Nebentisch sagte einer der Außendienstler laut: „Was heißt hier gutes Gehalt, das ist kein Gehalt, das ist Schmerzensgeld."
War das Schmerzensgeld, das man ihm angeboten hatte? Für den Schmerz über den Verlust Marias? Für den Schmerz in seiner Schulter? Nein, so einfach konnte er es sich nicht machen. Es war Schweigegeld. Wenn er es annahm, war er genauso korrupt wie die Leute, die es ihm geben wollten.
Er versuchte, seine Situation zu analysieren. Mit dem Tod von Moro hatte sich alles geändert. Mal wieder.
Nach der Wende in Deutschland hatte er ohne Job, ja, ohne Aussicht auf einen Job dagestanden. Es war eine furchtbare Zeit für ihn gewesen. Das, was er viele Jahre gelernt und praktiziert hatte, war über Nacht nichts mehr wert gewesen. Er selbst war nichts mehr wert. Zumindest hatte er sich so gefühlt. Tagelang hatte er damals gegrübelt, wie es weitergehen sollte.
Allen seinen Freunden von der Armee war es genauso gegangen. Viele schulten um und machten irgendwas mit Finanzen oder Versicherungen. Auch er hatte überlegt, ob das etwas für ihn wäre, aber dann kam der Anruf von Moro und er hatte wieder eine Perspektive gefunden. Außerdem hatte er Delilah kennengelernt. Beides zusammen hatte ihm neuen Lebensmut und Energie gegeben.
Nun war Moro tot und Delilah wollte sich trennen. Zumindest hatte sie das vor seiner Reise nach Peru deutlich klar gemacht. Ein wenig Hoffnung hatte er noch, dass sie bleiben würde, aber seine berufliche Zukunft war auf jeden Fall ein Scherbenhaufen. Das Positive war, dass er etwas Geld hatte.

Aber was für Geld! Es war das Geld von Greene, das sich anfühlte, als hätte er dafür Maria verraten.
Jetzt sollte es noch viel Geld von der UNO geben. Sie nannten es Abfindung, aber er wusste, dass es wirklich Schweigegeld war. Es war alles schmutziges Geld!
Das Bier machte ihn schläfrig, als ihm ein Gedanke durch den Kopf schoss: Wenn er mit diesem schmutzigen Geld eine saubere Sache unterstützen würde, würde dann daraus auch sauberes Geld? Möglicherweise! Was, wenn er zum Beispiel UNICEF unterstützen würde? Nein, eher nicht, die gehörten auch zur UNO.
Aber das war die Lösung: Er würde mit dem Geld Gutes tun! Was das genau sein sollte, würde er später noch entscheiden. Deutlich zufriedener biss er in sein Sandwich.

8
LAZARETT

DDR 1984

David war gerade im ersten Urlaub von der Militärakademie nach Hause gekommen, als er krank wurde. Als sich herausstellte, dass die Krankheit länger dauern würde als sein Urlaub, wurde er mit einem Sanitätskraftwagen der NVA abgeholt und in ein Lazarett in Eggesin gebracht. Seine Mutter hatte sich schon gefreut, ihn nach der langen Grundausbildungszeit ohne Urlaub ein paar zusätzliche Tage zu Hause pflegen zu können. Als er jedoch abgeholt wurde, hatte sie Tränen in den Augen.

Mit ihm im Zimmer lagen zwei Unteroffiziersschüler mit Fußpilz. Die Füße waren mit irgendwelchen Farbstoffen bepinselt worden und zwei Tage später waren sie wieder bei ihrer Truppe. Ab da hatte er das große Zimmer für sich allein.

Dann kam Ria.

Sie war Schwesternschülerin im ersten Jahr. Das Fachschulstudium dauerte drei Jahre und wechselte zwischen theoretischem Studium und Praxiseinsätzen auf Krankenhausstationen. Mit ihren sechzehn Jahren besaß sie bereits einen voll entwickelten Frauenkörper, perfekt proportioniert und sportlich. Und sie wusste, dass sie gut aussah.

Als David sie das erste Mal sah, war sie in Begleitung einer älteren Schwester, die ihr verschiedene Sachen erklärte. David verschlang sie mit seinen Blicken. Die letzten Wochen war der Anblick weiblicher Personen ein rarer Genuss gewesen, entsprechend ausgehungert betrachtete er die

flammendrote Mähne und die Wölbungen unter ihrem knappen Schülerinnenkittel.
Der Höhepunkt der Krankheit war längst überschritten. Morgens stand er auf und ging über den Flur zur Gemeinschaftsdusche. Mit seiner Waschtasche unter dem Arm und dem Handtuch über der Schulter lief er an der Tür zum Schwesternzimmer vorbei. Dort war außer einer älteren Schwester nur Ria und ließ sich etwas erklären. David betrachtete sie im Vorbeigehen, doch sie schaute nicht hoch.
In der Dusche angekommen, legte er den Sportanzug und seine Armee-Unterwäsche ab und drehte das Wasser auf. Das Lazarett war so leer, dass er den Waschraum für sich allein hatte. Er hörte nicht, wie Ria den Raum betrat und sich mit einem Putzlappen zu schaffen machte. Darum erschrak er, als er sich umdrehte und das Mädchen erblickte. David hatte kein Problem mit Nacktheit. Mit Freunden waren sie schon vor seinem Militärdienst im Sommer oft an die Kiesgrube gefahren, hatten Bier getrunken, Musik gehört und mit und ohne Hose gebadet. Mädchen waren auch meist dabei gewesen. Diese Situation war ihm trotzdem peinlich. Er gehörte nicht zu den Leuten, die als Patient beim Betreten eines Krankenhauses ihr Schamgefühl ablegten.
So stand er jetzt also und versuchte, seine Blöße mit den Händen zu bedecken. Er merkte, dass er rot wurde. Ria schien die Situation zu genießen und betrachtete ungeniert den jungen, trainierten Mann, der rot im Gesicht unter der Dusche stand, nass und nackt.
David versuchte einen lockeren Spruch. „Praktikum in Anatomie?"

„Muskeln hatten wir schon, wir sind jetzt bei den Geschlechtsorganen", konterte Ria. Damit lachte sie und verschwand.

Ria wuchs in einem Dorf in der Nähe von Torgelow auf. Es gab nach der zehnten Klasse nicht viele Möglichkeiten für eine junge, attraktive Frau wie sie. Hauptarbeitgeber war die örtliche LPG, die landwirtschaftliche Produktionsgenossenschaft. Die suchten immer nach fleißigen Frauenhänden, die auf der Kartoffel-Vollernte-Maschine Kartoffeln sortierten oder mit der Hacke das Unkraut zwischen den heranwachsenden Kohlpflanzen weghackten. Währenddessen fuhren die Männer Traktor oder Mähdrescher. Weibliche Mähdrescherfahrerinnen waren der „Aktuellen Kamera" eine Nachricht wert. Allein bei dem Gedanken an die Arbeit im Stall oder auf dem Feld gruselte es Ria.
Dann konnte man noch Friseuse werden. Oder Verkäuferin in der Kaufhalle. Nichts, was Ria interessiert hätte. Sie wollte raus, weg von zu Hause, die Welt sehen.
Am schlimmsten war es an den Wochenenden. Sie und die anderen Mädchen im Dorf brezelten sich stundenlang auf, Haarewaschen, Beine rasieren, schicke Kleider anziehen. Zum Schluss ging es mit dem Bus nach Torgelow in die Disco. Dort passierte immer das Gleiche: Die Mädchen saßen in der einen Ecke, die Jungs in der anderen. Die Jungs tranken sich den ganzen Abend Mut an, um dann kurz vor der Sperrstunde, leicht schwankend, die Mädels zum Tanz aufzufordern.
Dann versuchten sie, ungeschickt zu tanzen und zu fummeln, und wunderten sich, wenn der Funke nicht übersprang.

Trotzdem fand jeder Topf seinen Deckel, allein schon, weil es für die Mädchen keine Alternativen gab. Der Rest des Weges war vorgezeichnet: Hochzeit mit Besäufnis der ganzen Familie, Hausbau mit obligatorischem Besäufnis der helfenden Freunde, ehelicher Beischlaf mit dem regelmäßig betrunkenen Ehemann. Es regierte der Spruch: „Machst du eine Flasche auf, wird sie ausgetrunken, machst du noch eine auf, wird sie auch ausgetrunken." Dann Kinder, ein paar Hühner, die vor dem Haus im Dreck scharrten und ein Hund, der auf die Hühner aufpasste.
Ria sah das alles überdeutlich. Das sollte nicht ihr Weg werden. Sie wollte raus, das Leben erleben, sich lebendig fühlen, mit jeder Faser ihres schönen Körpers und an jedem Tag ihres Seins.
Ria war dreizehn gewesen, als ein älterer Mann sich für sie interessierte. Er war etwa dreißig, saß bei den Eltern im Wohnzimmer und trank Bier mit ihrem Vater. Sie brachte ihnen zwei volle Flaschen und, während das Gespräch pausierte, spürte sie die Blicke der beiden Männer. Den liebevollen, zärtlichen ihres Vaters und den taxierenden des Kollegen. Ein Blick wie eine unerwünschte Berührung.
Sie verließ das Zimmer und lehnte sich von außen an die Tür. Gar nicht mal, um zu lauschen, sondern weil eine seltsame Erregung ihren Körper erfasst hatte und die Beine das Laufen verweigerten. So hörte sie, wie der Kollege zu ihrem Vater sagte: „Wenn deine Tochter mal reif ist, heirate ich sie dir weg."
Ihr Vater entgegnete: „Vergiss es. Die ist mal für wen Besseres vorgesehen. Einen mit Geld und einer guten Stellung."

Abends im Zimmer, während im Bett unter ihr die ältere Schwester schlief, dachte sie fiebrig an dieses Gespräch. Sie stellte sich vor, wie sich der haarige Körper des Kollegen auf sie wälzte. Und obwohl sie Ekel davor empfand, schwappte eine warme Welle über ihre Haut. Ihre Hand glitt zwischen ihre Schenkel und sie unterdrückte ihr Stöhnen, atmete flach und verstohlen, während ihre Finger feucht wurden.
Am nächsten Morgen stand ihr Entschluss fest: Sie würde sich ihren Mann selbst aussuchen!
Jahre später war der Schwesternberuf der erste Schritt zur Freiheit von der dumpfen Enge ihrer Heimat. In einem Krankenhaus konnte vieles passieren. Vielleicht traf sie einen Chefarzt, den sie heiraten konnte.
Allerdings war das Armeelazarett für ihre Pläne der falsche Ort, das wurde ihr schnell klar. Der alte Militärarzt, der das Lazarett leitete, kam für sie nicht infrage. Selbst wenn es ihr gelänge, seine Geliebte zu werden, würde sie die dörfliche Enge nur gegen die kleine Welt des Lazaretts tauschen.
Dann kam eines Tages dieser attraktive Offiziersschüler auf ihre Station. Der würde irgendwann Karriere in der Armee machen, vielleicht sogar General werden. Sie malte sich schon aus, wie es wäre, wenn sie mit eigenem Fahrer im Dienstwagen, einem „Wolga“, zum Friseur gefahren würde.
Also machte sie sich daran, ihn zu verführen.

Während der zwei Tage nach dem Vorfall in der Dusche erholte sich David weiter von seiner Krankheit. Seine Eltern kamen zu Besuch. Im Besucherraum gleich neben der Wache standen ein paar Tische mit Tischplatten aus Sprelacart sowie einige durchgesessene Polsterstühle. Alle drei

fühlten sich unbehaglich in der Umgebung, denn ein bisschen hatte es etwas von einem Besuch im Knast.
Mutter hatte einen Kuchen gebacken, der prompt kontrolliert wurde, ob er dazu benutzt wurde, Alkohol zu schmuggeln. Gemäß dem „Befehl 30/ 74 des Ministers für Verteidigung" war Alkohol in den Kasernen der NVA streng verboten. Trotzdem wurde von allen Dienstgraden gesoffen, was die Leber gerade noch so verkraften konnte. Für David spielte das jedoch keine Rolle. Er trank in der Kaserne keinen Alkohol.
Wieder zurück im Krankenzimmer legte er sich auf sein Bett. Das Abendbrot brachte Ria. Sein Blick folgte ihrer schlanken Figur, ihren flammendroten Haaren, die wild und unbezähmbar Kopf, Hals und Rücken wie eine Mähne umflossen, und ihrem hübschen Hintern, als sie zur Tür des Zimmers lief. Kurz bevor sie die öffnete, um hinauszugehen, drehte sie sich um, sah David strahlend an und fragte: „Schaust du mir auf den Po?"
David wurde rot und stammelte: „Nein, nein, würde ich doch nie …"
Ria lachte schelmisch und schloss die Tür.

Es war lange nach Mitternacht, David schlief tief und fest, als sie wieder reinkam. Sie machte kein Licht, zog sich aus und schlüpfte zu ihm unter die Decke. Er erwachte, als sie sich wie eine duftende Schlingpflanze an seinen warmen Körper schmiegte. Ihre Münder suchten und fanden sich zu einem langen, leidenschaftlichen Kuss. Sie führte seine Hand zu ihrem heißen Schoß. David wollte mehr, seine Lenden brannten vor Lust. Doch Ria wehrte ihn ab.

„Das wäre doch das perfekte Klischee!", flüsterte sie sinnlich. „Die Leute werden sagen, ‚Patient von der Krankenschwester verführt'! Das willst du doch nicht?"
Alles in David schrie: „Doch, doch, unbedingt!" Laut sagte er: „Klischee hin oder her, ich entscheide, was ich tun will. Bei meiner Oma in der Küche hingen Kacheln mit Sprüchen an der Wand. Einer dieser Sprüche war: ‚Lass die Leute reden, sie reden über jeden.'"
Kaum hatte er das gesagt, wusste er, dass es die falschen Worte waren. Der Zauber war weg. Ria lag noch einen Moment still in seinen Armen, dann stand sie auf, zog ihren Kittel über und huschte aus dem Zimmer.
Am nächsten Morgen wurde David als gesund entlassen und mit Marschbefehl zurück nach Dresden geschickt. Ria sah er morgens nicht noch einmal.

9
IN DRESDEN

DDR 1984
David glaubte, er würde die hübsche Rothaarige nie wieder sehen. Er war sich nicht einmal sicher, ob es die letzte Nacht im Lazarett so gegeben hatte, wie er meinte, sich daran zu erinnern. Hatte er tatsächlich ein wunderschönes Mädchen nackt in seinen Armen gehalten und überall berührt? Und dann war sie verschwunden.
Er hatte sie auch auf Station nicht mehr gesehen. Möglicherweise war ihre Nachtschicht da bereits zu Ende gewesen. Oder hatte er das alles nur geträumt? David war verwirrt, enttäuscht und sauer auf sich selbst. Wieder einmal hatte er es nicht verstanden, ein Mädchen festzuhalten.
Wie hatte er die anderen Jungs aus seiner Abiturklasse beneidet, die schon eine Freundin hatten. Manche prahlten mit ihren Erlebnissen, und er war immer noch ohne richtige Erfahrung. Außer ein bisschen Rumgeknutsche mal auf einer Bank, nach der Disco … Das waren auch nie so hübsche Mädchen gewesen wie Ria. Die hübschesten Mädchen an der Schule interessierten sich nicht für ihn und er traute sich nicht, sie anzusprechen.
Der Gedanke an die Krankenschwester ließ ihn die ganze Fahrt nach Dresden nicht los. Schnell jedoch hatte ihn der Alltag an der Militärakademie wieder und er vergaß sie. Fast.
Es war ein Mittwoch, als er ihren Brief in Händen hielt. Sie schrieb ihm, dass sie am Wochenende zufällig in Dresden sei und ob sie sich nicht auf einen Kaffee treffen könnten.

Sie würde bei einer Bekannten in Radebeul schlafen und die hätte ihr das Café „Toscana" empfohlen. Was er denn von fünfzehn Uhr halten würde?
David wurde schwindlig. Hastig las er den Brief ein zweites und ein drittes Mal, überprüfte die Unterschrift, studierte den Absender und war sich dann sicher, dass es kein Scherz war. Ria! Er würde Ria wiedersehen. Er hatte das Gefühl, als würde eine Welle über ihm zusammenschwappen. Ihm wurde warm, sein Puls klopfte im Hals und er setzte sich auf den Stuhl am Fenster. Oliver, sein Zimmernachbar fragte besorgt: „Alles in Ordnung, David?" David nickte nur stumm.
Dann schossen gleich mehrere Gedanken durch seinen Kopf: Offensichtlich hatte sie ihn nicht vergessen, aber womit hatte er bei ihr Eindruck gemacht? Er durfte es nicht versauen. Er durfte es auf keinen Fall versauen. Er musste es langsam angehen lassen. Dieses Mädel musste er festhalten. „Verdammt!", sagte er zu sich, „versau es bloß nicht!"

Die Tage bis Samstag vergingen in einem Auf und Ab der Gefühle wie im Flug. Am Freitag waberte das Gerücht durch die Flure der Militärakademie, es könne einen Alarm und eine Wochenendübung geben. David war kurzzeitig panisch, regelrecht verzweifelt. Durch eine Übung würde er das Treffen mit Ria verpassen. Als dann die Nacht verging, in der er kaum geschlafen, aber auch keinen Alarm hatte, war er erleichtert.
Von der Stauffenbergallee, an der die Akademie lag, bis zum „Toscana" war es gefühlt nur ein Katzensprung. David fuhr mit dem Bus und war viel zu früh am „Blauen Wunder",

neben dem das „Toscana“ sich befand. Also beschloss er, noch ein Stück zu gehen, und machte sich auf den Weg die Treppe runter zum Schillergarten. Der Biergarten war gut besetzt, von der Anlegestelle legte gerade ein Dampfer ab. Das Wetter war schön, es war nicht sehr warm, aber die Sonne schien und beim Blick über den Fluss konnte man das Grün der Elbhänge sehen.
David hatte keinen Nerv dafür. Innerlich war er zittrig und aufgeregt. Wie sollte er beginnen? Sollte er ihr gleich einen Kuss geben? Nein! Er wollte es doch langsam angehen.
Er sah auf seine Uhr. Was? Es waren erst fünf Minuten vergangen, seit er hier an der Anlegestelle saß? Das war ja nicht zum Aushalten!
David beschloss, ins „Toscana“ zu gehen und dort zu warten. Dann hätten sie auf jeden Fall schon mal einen Platz.

Bis es 15:00 Uhr wurde, hatte David sich noch zweimal umgesetzt. Aber jetzt hatte er den perfekten Platz für Ria und sich. Sie konnten auf die Straße und auf die berühmte Brücke gucken. Er fand sich sehr umsichtig.
„Hallo David.“ Ihre Stimme schickte einen Schauer über seinen Rücken.
„Ria.“ Mehr brachte er nicht raus. Stumm deutete er auf den Stuhl, den er ihr zugedacht hatte. Sie zögerte und sah sich um.
Dann zeigte sie auf den Tisch, an dem David zuerst gesessen hatte. Gerade war er frei geworden. „Wollen wir uns da rüber setzen?“
David nickte nur und lief hinter ihr her. Wieder bewunderte er ihre schlanke Figur. Die roten Haare flossen in Wellen

ihren Rücken hinab und endeten eine Handbreit über der Jeans. Ihre grüne Bluse bildete eine vollkommene Ergänzung zu diesem Anblick, fand David.
Als sie am Tisch saßen, ließ David es langsam angehen. Sie unterhielten sich lange und intensiv. David konnte den Blick nicht von ihren schönen grünen Augen lassen. Seine Anspannung verließ ihn und er plauderte charmant. Ria hatte viele Fragen, David hatte viele Fragen. Nach zwei Stunden wurde es ihnen zu laut im Café und David schlug vor, Ria etwas von Dresden zu zeigen.
Sie fuhren mit der Straßenbahn in die Innenstadt zur Brühlschen Terrasse. Er zeigte ihr, auf das Geländer gestützt, den Blick über die Elbe auf das wieder auferstandene Hotel Bellevue und sie erklärte ihm, was der Canaletto-Blick ist. Sie schauten in die Baugrube eines neu entstehenden Hotels und blickten auf die Ruine der Frauenkirche.
„Warum räumt man das nicht weg?", fragte Ria.
„Das ist ein Mahnmal gegen den Krieg."
Ria schwieg einen Moment. Dann sagte sie und schaute dabei David tief in die Augen: „Krieg ist scheiße. Man sollte alle Waffen verbieten."
„Si vis pacem para bellum", sagte er halblaut.
Ria zog die Stirn kraus. „Was heißt das?", fragte sie.
„Das ist Latein und heißt in etwa so viel wie, wenn du in Frieden leben willst, dann sei wehrhaft und bereite dich auf einen möglichen Krieg vor."
Einen Moment schwiegen beide. „Aber du hast recht", sagte David dann. „Krieg ist scheiße!"
Ein kühler Windstoß fegte über den „Balkon von Dresden" und Ria fröstelte unwillkürlich. David legte ganz vorsichtig,

wie um es zu schützen, seinen Arm um das Mädchen. Ria schaute unter dem Arm nach oben in sein Gesicht, reckte sich und drückte ihm einen Kuss auf die Wange. Er drehte seinen Kopf zu ihrem Mund und ihre Lippen fanden sich zu einem Kuss.

Zumindest fast. Als ihre Nasen nur wenige Millimeter voneinander entfernt waren, sprühten plötzlich Funken und piksten in ihre Nasen. Reflexartig fuhren ihre Köpfe auseinander. Dann lachten beide, sie legte ihre Arme um seinen Hals und er nahm ihre Hüften in seine Hände. Wieder sprühten Funken, doch diesmal versanken sie in einem langen, sinnlichen Kuss.

Als sie an der Haltestelle standen und auf die Bahn warteten, die Ria zu ihrer Bekannten nach Radebeul bringen sollte, flüsterte sie in sein Ohr. „Willst du mich noch nach Hause bringen?"

„Aber deine Bekannte …"

„Ich habe die Finnhütte auf ihrem Grundstück bekommen. Sonst wird die an Urlaubsgäste vermietet, es sind aber im Moment keine da. Darum konnte ich die kriegen." Sie machte eine kleine Pause. „Wir wären also ganz für uns allein." Wieder eine kleine Pause. Dann lächelte sie dieses schelmische Lächeln, das er schon aus dem Lazarett kannte. „Außer, du möchtest nicht."

David ermahnte sich selbst. „Du wolltest es langsam angehen!", dachte er. Laut sagte er: „Ich kann dich doch nicht den ganzen Weg allein fahren lassen." Damit stieg er in die Straßenbahn. Er war erleichtert: Noch hatte er es nicht versaut.

In den nächsten Monaten entwickelte sich eine aufwendige Routine in ihrer Beziehung. Mindestens jedes zweite Wochenende hatte Ria Schicht im Lazarett, aber wenn sie dann mal eines frei hatte, fuhr sie nach Dresden.
Manchmal funktionierte es, dass sie die Finnhütte in Radebeul nutzen konnten, oft aber war die vermietet, dann schlief Ria bei einem Freund auf der Couch. Diese Konstellation fanden beide frustrierend, denn für den Austausch von Zärtlichkeiten blieben dann nur die Bänke in den Parks von Dresden.
Oft gingen sie zum Tanzen freitags oder samstags in den „Lindengarten". Der warb mit dem Slogan „Drei Säle, drei Möglichkeiten". Gemeint war damit offiziell, dass in jedem der drei Säle andere Musik gespielt wurde. Dort blieben sie meist so lange, bis der DJ Santanas „Samba Pa Ti" spielte. Das war das Ende des Abends und der häufigste Rausschmeißer-Song. Manchmal gingen sie auch in die „Schauburg" ins Kino, denn die Dunkelheit des Kinosaals war ihr Freund.
David sehnte diese Wochenenden herbei. Er hatte Ria angeboten, dass er auch zu ihr nach Torgelow kommen könnte, aber sie hatte so vehement abgelehnt, dass er sich nie wieder zu fragen traute.
Der Winter war die beste Zeit für ihre Liebe. Zwar konnten sie nicht mehr auf die Parkbänke, aber dafür war die Finnhütte öfter frei. Winterurlauber fuhren an Dresden vorbei ins Osterzgebirge, nach Altenberg oder Zinnwald.
So verging die Zeit und beide waren noch genauso verliebt wie beim ersten Kuss auf der Brühlschen Terrasse.

Als es wieder Frühling geworden war, spürte David, dass Ria ihm etwas sagen wollte. Er spielte mit seinen Fingern in ihren langen, rotgewellten Haaren, als sie geheimnisvoll lächelnd anfing: „Was würdest du davon halten, wenn ich nach Dresden ziehen würde?"
Davids Herz machte einen Hüpfer. „Das wäre wunderbar", sagte er freudig. Dann sofort nachdenklich: „Aber das geht doch nicht."
„Wieso?"
„Na, dein Studium. Und wo willst du hier arbeiten? Und vor allem, wo willst du wohnen? In der Finnhütte sicher nicht."
Ria lachte. Bei ihrem Lachen jagte immer ein Freudenschauer über seine Haut. „Lass mich mal machen. Du weißt doch, Beziehungen schaden nur dem, der keine hat. Das mit der Arbeit wird schon irgendwie klappen und meine Ausbildung ist auch in ein paar Wochen zu Ende."
„Und wo willst du wohnen?"
„Ich werde in irgendeinem Krankenhaus anfangen. Dresden hat doch mehrere. Am Anfang werde ich im Schwesternwohnheim unterkommen und dann wird sich schon was finden."
David war skeptisch. „Ich finde es schön, wie du alles geplant hast", sagte er dennoch. „Ich kann mal mit meinem Kommandeur reden, ob wir über diese Schiene vielleicht an eine Wohnung kommen."
„Gute Idee, mach das", sagte Ria und küsste ihn.

10
EINSAM

Deutschland 2012

Für den Abend war Regen angesagt.

David hatte eine Stunde lang versucht, die Wohnung aufzuräumen. Die Fruchtlosigkeit seines Unterfangens war ihm aufgefallen, als die Strahlen der untergehenden Sommersonne auf die Fensterscheiben trafen. Er würde die Fenster putzen müssen.

Doch wozu? Delilah war weg.

Als er verletzt aus Südamerika zurückgekommen war, hatte sie beschlossen, dass nicht er auszuziehen hatte, sondern sie sich eine neue Wohnung suchen würde. Einige Tage später war eine Firma da, lud ihre Sachen und die wenigen Möbel, die sie mitnehmen wollte, auf ein Auto und dann war sie weg. Seitdem war er allein. Die ersten Tage hatte er voller Trotz alles das getan, was er in ihrer Beziehung vermieden hatte. Er rasierte sich nicht mehr täglich, er aß rohes Hackfleisch mit viel Zwiebeln zum Frühstück, machte sein Bett nicht und schaute bis spät in die Nacht fern.

Nach einer Woche hing ihm das alles zum Hals raus. Er war einsam.

Also rief er Delilah an. Sie war freundlich, aber distanziert. Sie erkundigte sich nach seiner Gesundheit, riet ihm, wegen seiner Schulter einen Physiotherapeuten aufzusuchen, und empfahl ihm, nicht zu Hause zu hocken, sondern unter Leute zu gehen.

Ihren gemeinsamen Freundeskreis mochte er nicht anrufen. Das musste sich erst irgendwie entwickeln. Allerdings hatte er es satt, sich gehen zu lassen, weshalb er auf die Idee gekommen war, die Wohnung aufzuräumen. Nun beschloss er, Delilahs Rat zu folgen und auszugehen.

Er war schon eine Ewigkeit nicht mehr in der Dresdner Neustadt gewesen. Früher waren er und Delilah manchmal zur „BRN", der Bunten Republik Neustadt, gegangen. Doch in den letzten Jahren hatte das Stadtteilfest viel von seinem anarchischen Charakter und der ursprünglichen Spontaneität verloren. Jetzt waren an dem Wochenende riesige Menschenmassen unterwegs und Delilah fühlte sich in einem solchen Gedränge unwohl.

David lief die Louisenstraße entlang und überquerte die Görlitzer Straße, als der Regen einsetzte. Nach ein paar schnellen Schritten erreichte er die Tür zu einem Lokal, von dem ihm nicht klar wurde, ob es ein Restaurant oder eine Bar war. Ein großer Tresen, dahinter eine beachtliche Anzahl von Schnaps- und Likörflaschen. Wenige Tische, an denen bereits ein paar Leute saßen. Er setzte sich an den einzigen freien Tisch und griff nach der Speisekarte.

Eine kleine Karte mit wenigen Speisen und dem Versprechen, frisch und regional zu kochen. Er bestellte sich ein Radeberger und ein Rindersteak und schaute sich um.

Die Leute an den anderen Tischen waren alle mit ihrem Essen oder Gesprächen mit ihren Tischgenossen beschäftigt. Plötzlich wurde ihm bewusst, wie einsam er tatsächlich war. Allein in einer Kneipe zu sitzen – was gab es Traurigeres. Er bereute es, überhaupt ausgegangen zu sein. Aber jetzt war er schon mal hier, also würde er eben etwas essen und dann wieder verschwinden.

David drehte gedankenverloren sein Bierglas in der Hand und schaute aus dem Fenster. Der Regen hatte aufgehört und langsam füllte sich auch die Straße wieder mit Passanten. Eine Gruppe junger Menschen stand vor dem Fenster, schaute herein und schien zu diskutieren. Dann öffnete sich die Tür. Zwei Frauen im Alter von etwa zwanzig Jahren kamen herein und sahen sich um. Offensichtlich enttäuscht, dass alle Tische besetzt waren, wollten sie schon wieder umdrehen und das Lokal verlassen, da stieß die eine die andere an und deutete in Richtung von Davids Platz.

Er hatte sich an den größten Tisch im Raum gesetzt, der acht Plätze bot. Sie kamen auf ihn zu und sprachen ihn an: „Ist hier noch was frei?"

David nickte. „Bitte, alles frei", sagte er mit einer Geste zu den leeren Stühlen.

Die Mädchen drehten sich zum Fenster und winkten heftig. Jetzt kam die restliche Gruppe herein und setzte sich lachend und schwatzend auf die übrigen Stühle.

Es waren vier junge Frauen und drei junge Männer. Ein blonder Junge mit wachen Augen hatte David gegenüber am Tisch Platz genommen. Er war genau wie die anderen lebhaft im Gespräch. Es ging um eine Vorlesung und die Qualitäten des vortragenden Professors.

Davids Essen kam. Eines der Mädchen bemerkte es und wünschte ihm einen guten Appetit. Er bedankte sich und lächelte sie kurz an. Dadurch wurde ein zweites Mädchen gewahr, dass David essen wollte. Sie wünschte ihm ebenfalls einen guten Appetit. Wieder bedankte er sich. Als er gerade seine Gabel in das Steak stechen wollte, wünschte

ihm einer der jungen Männer einen guten Appetit. Inzwischen leicht genervt bedankte er sich erneut.
Dem blonden Mann ihm gegenüber war Davids Reaktion nicht entgangen. Er rief in die laute Runde: „Leute, der Gentleman möchte in Ruhe essen. Also wünscht ihm nicht alle einzeln einen guten Appetit. Das könnt ihr besser." Damit hob er eine Hand und schwenkte sie wie ein Dirigent: „Eins, zwei, guten Appetit." Das „Guten Appetit" riefen alle sieben laut lachend. Das gesamte Lokal drehte sich zu ihrem Tisch um.
David lachte mit. „Danke, aber es schmeckt mir auch ohne euer Gequatsche!" Dabei zwinkerte er dem Blonden gegenüber zu. Man hatte sich verstanden.
Nachdem David fertig gegessen hatte, reichte er mit der Hand über den Tisch. „Hallo, ich bin David, David Thomsen."
Sie schüttelten sich die Hände. „Jason Palmer, aber nennen Sie mich Jason."
Der Junge gefiel ihm. In der Gruppe war er so was wie der Leitwolf. Er redete nicht viel, aber wenn er sprach, hörten die anderen aufmerksam zu. Bei dem, was er sagte, fiel David auf, wie er es sagte. Es war präzise, knapp und pointiert, mit einem fast unmerklichen Akzent. Er sprach ein exzellentes Deutsch, trotzdem glaubte David, eine spanische oder italienische Färbung zu hören.
Eigentlich hatte er nach dem Essen wieder gehen wollen, aber die Runde gefiel ihm und was sollte er allein zu Hause. Also blieb er und hörte den Gesprächen zu. Ihm fiel auf, dass Jason immer mal einen Blick zu ihm herüberwarf.
Irgendwann drängten sich die Gedanken an Delilah wieder in den Vordergrund. Er wollte, nein er musste sie wieder-

haben. Er würde um sie kämpfen, das beschloss er in diesem Moment. Aber wie? Er hatte zwanzig Jahre nicht um sie gekämpft. Wo sollte er jetzt anfangen?
An diesem Punkt seiner Gedanken spürte er plötzlich Blicke. Die ganze Gruppe schaute ihn erwartungsvoll an. Etwas überrascht sah er sich um.
„Was meinen Sie, David?" Jason sprach ihn direkt an.
„Entschuldigt", sagte David verlegen, „ich habe nicht zugehört."
„Wir haben einen Dissens, was die Förderung von Start-ups in Deutschland angeht. Ich bin der Meinung, dass diese Förderung durch private Gelder erfolgen sollte, ähnlich wie in den USA. Aber Torben hier glaubt, dass es Aufgabe des Staates wäre."
David fühlte sich einen Moment lang hilflos. Darüber hatte er noch nie nachgedacht. Aber jetzt musste er irgendwas sagen, am besten etwas Schlaues. „Ich bin bei dem Thema kein Experte. Der Staat hat sicher viel Geld zur Verfügung, aber wie soll eine Behörde wissen, wen sie fördern muss? Und Privatleute riskieren ihr Geld. Was hätten sie davon?"
Er sah die Enttäuschung in den Gesichtern. Das war es wohl nicht, das Schlaue.
„Aber vielleicht könnte der Staat Rahmenbedingungen schaffen, die privates Kapital aktivieren und belohnen, zum Beispiel über Steuervergünstigungen und Sonderabschreibungen, wie in den neunziger Jahren beim Aufbau Ost. Das wäre dann ein Kompromiss zwischen euch beiden." Er nickte Jason und Torben zu. Die beiden griffen die Idee auf und diskutierten lebhaft weiter.

David blieb mit seinen Gedanken bei dem Thema. Er hatte schließlich so viel Geld wie noch nie auf seinem Konto. Da war das Schweigegeld, wie er es nannte, von der UNO und dann noch das Geld von Greene. Letzteres wollte er eigentlich nicht anfassen, aber wieso nicht?
Waren Start-ups eine Möglichkeit, damit etwas Sinnvolles zu tun? Sein Blick fiel auf Jason. Kannte der junge Mann sich mit so was aus? Er musste ihn mal in Ruhe allein sprechen.
Vom vorbeilaufenden Kellner borgte er sich einen Stift und riss von einer Serviette eine Ecke ab. Darauf schrieb er seine Telefonnummer und schob sie zu Jason über den Tisch.
„Ruf mich mal die nächsten Tage an, bitte. Ich würde unser Gespräch gern fortsetzen."
Jason schaute verständnislos auf den Zettel. Dann lächelte er und nickte.

11
JENA

Deutschland 2012

„Nach Jena?“ David war überrascht. „Was wollen wir denn in Jena?“

Jason lächelte. Jason lächelte häufig. Er machte auf David oft einen ruhigen und abgeklärten Eindruck. Selbst wenn es mal hektisch wurde, stand er da und lächelte, als hätte er das alles schon gesehen. Was für einen jungen Mann von Mitte zwanzig eher unmöglich schien.

„Lassen Sie sich überraschen“, sagte Jason. „Wir fahren zum Jentower. Wir sind dort verabredet.“

Als sie vom Parkplatz zu dem beeindruckenden Hochhaus gingen, fragte Jason: „Stimmt es, dass der Turm im Volksmund Keksrolle genannt wird?“

David lachte laut. „Wer erzählt denn solchen Quatsch? Der hatte, zumindest früher, einen lateinischen Namen, vielleicht, weil nach dem Zeiss-Kombinat die Jenaer Uni darin war.“

Jason schaute ihn fragend an.

David blieb stehen. „Der hieß ‚Penis Jenensis‘.“

Jason schaute am Turm hoch, lachte auch und sagte: „Das passt.“

Sie fuhren bis zur 19. Etage. Einen leicht gebogenen, fensterlosen Gang entlang ging es zu einer unscheinbaren Bürotür. Hinter der Tür empfing sie eine Assistentin, die sie sofort in einen Besprechungsraum führte und eine silberne Kanne Kaffee vor sie stellte. Jason goss ihnen ein, als die Tür aufging und ein Mann in Jasons Alter hereinkam.

Er stellte sich als CEO und Gründer von „Flighttaxi" vor und setzte sich zu ihnen an den Tisch.
„Ich bin Björn. Sie wollen sich also bei uns engagieren?" Er redete nicht lange drumherum.
David hob die Hand, um den Eifer des Mannes zu bremsen. „Es geht erst mal um ein Kennenlernen. Ich möchte wissen, was Sie hier tun." Er war skeptisch und sah nicht ein, das zu verbergen.
Björn schaute zu Jason. „Wie viel hast du ihm erzählt?"
Bevor Jason antworten konnte, sagte David: „Nichts, absolut nichts."
Björn nickte und meinte: „Das ist gut. Es ist besser, die Informationen aus erster Hand zu bekommen."
Während der folgenden Stunde gab es viele Informationen aus erster Hand. Björn redete über Flughöhen, Lastenquotienten, Energiedichte von Batterien, Software und mehr technische Begriffe. David war schnell raus und bemühte sich, ein kluges Gesicht zu machen. Viel verstand er nicht. Nur so viel: Die jungen Leute um Björn wollten Fluggeräte bauen, die mit Elektroantrieb Menschen über kurze Distanzen befördern sollten.
„Und wo mache ich dafür meinen Flugschein?", fragte er irgendwann.
Die Reaktion von Björn und Jason war höflich.
„Die Maschinen werden autonom fliegen, David." Jason sprach mit sanfter Stimme, sodass David das Gefühl hatte, er wäre wieder Kind und sein Vater erklärte ihm, wie ein Auto funktioniert.
„Verstehe ich das richtig, es wird keinen Piloten geben?", fragte er nach.

Björn zog die Stirn in Falten. „Nicht ganz. Unser Pilot ist einmal der Computer und zum anderen ein Operator. Das ist ein erfahrener Pilot, der aus unserer Zentrale jeden Flug überwacht. Zumindest so lange, bis wir die Genehmigung bekommen, völlig autonom zu fliegen."
David fragte nach, um sicherzugehen, dass er auch alles verstanden hatte: „Und es sollen Menschen damit transportiert werden?"
Beide jungen Männer nickten synchron.

Auf der Rückfahrt nach Dresden war es lange still zwischen Jason und David. Ungefähr auf Höhe der Abfahrt Berbersdorf fragte David: „Kennst du das Theaterstück ‚Die Physiker' von Dürrenmatt?"
Jason verneinte. „Was ist damit?", fragte er.
„Allgemein gesagt, geht es um die Verantwortung der Wissenschaftler für ihre Erfindungen. Jede Erfindung kann zum Guten oder zum Bösen für die Menschen benutzt werden. So auch das Flugtaxi deines Freundes Björn. Wer sagt uns denn, dass statt Menschen nicht irgendwann Bomben damit transportiert werden?"
Jason überlegte. „Aber was ist die Alternative? Nichts mehr erfinden? Oder alle Erfindungen nur dann veröffentlichen, wenn alle der Meinung sind, dass sie ungefährlich sind? Wie willst du das beurteilen?"
David schüttelte den Kopf. „Das ist unrealistisch. Aber wir könnten zumindest für diese Firma festlegen, dass militärische Anwendungen für diese autonom fliegenden Geräte ausgeschlossen sind."

Jason war nicht überzeugt. „Und was ist, wenn ein militärisches Unternehmen kommt, viel Geld bietet und die Firma aufkauft?"
„Sollte ich Geld in dieses Unternehmen stecken, dann nur, wenn genau das ausgeschlossen wird", sagte David sehr ernst.
Jason schaute vom Beifahrersitz zu David und lächelte. Dieses Lächeln konnte er nicht deuten.

Trotz seiner Skepsis stieg David als Teilhaber in „Flighttaxi" ein. Jason hatte ihn überzeugt. Er war allerdings auch nur wenig überrascht, als kurze Zeit später die Idee mit dem Personentransport durch die Luft verworfen wurde. Es war ihm von Anfang an allzu utopisch erschienen.
Björns Begründung war profaner. „Wir werden in absehbarer Zukunft in Deutschland dafür keine Genehmigung bekommen. Wenn wir also irgendwann mal mit der Firma Geld verdienen wollen, dann müssen wir das Konzept abspecken. Wir werden keine Lebewesen transportieren, sondern Pakete. Der Markt verlangt danach."
Nach wenigen Monaten war dann ein amerikanisches Unternehmen erschienen und hatte Millionen für die gesamte Firma geboten. Nachdem alle Teilhaber zugestimmt hatten, wurde der Verkauf beschlossen. Seitdem war David ein reicher Mann.

12
FRED

Deutschland 2013

David fuhr mit dem Wagen von der Hauptstraße ab. Er wusste noch, dass es hier zum Waldrand und zu den Wiesen ging, wo der Alte früher ein paar Schafe hatte weiden lassen. Am Haus des alten Dubberstein vorbei, führte ihn sein Weg etwa zweihundert Meter weiter. Dabei passierte er die Baumgruppe, in deren Wipfel Fred und David damals zusammen ein Baumhaus gebaut hatten. Die Straße wurde immer schlechter, erinnerte mehr an einen ungepflegten Waldweg. Freds Haus stand etwas zurückgesetzt vom Weg. Vor dem Haus lag ein Haufen Sand, eine Plane deckte notdürftig einen Stapel Zementsäcke ab. Eine halb mit Regenwasser gefüllte Schubkarre wies mit ihren verrosteten Griffen anklagend auf die Haustür. Es gab keine Treppe zum Eingang, irgendjemand hatte mehrere Paletten so übereinandergestapelt, dass man die Haustür im Hochparterre erreichen konnte. Anstelle einer Klingel hingen zwei Drähte aus der Wand.

Während David langsam auf das Haus zuging, betrachtete er das Chaos. Wann, hatte Fred gesagt, sollte das Haus fertig sein?

Er kletterte die provisorische Treppe hoch und klopfte an die Tür. Nichts rührte sich. Jetzt hämmerte er dagegen, dass es im ganzen Haus hallen musste. Es folgten Geräusche, ein Kind weinte. Gabi öffnete ihm die Tür.

Gabi war in dieselbe Klasse gegangen wie Fred, beide hatten zusammen Abitur gemacht und waren zum Studium nach

Rostock gezogen. Sie war ein hübsches Mädchen gewesen, erinnerte sich David. Jetzt war ihre Figur aus dem Leim gegangen und, David traute seinen Augen kaum, sie hatte wahrhaftig eine Kittelschürze über ihren voluminösen Körper gestreift.
„David!“ Gabi hatte ihn sofort erkannt, obwohl sie sich seit ihrer Schulzeit nicht mehr gesehen hatten. „Das ist ja eine Überraschung. Komm rein. Fred ist noch nicht da.“
Sie führte ihn ins Wohnzimmer. „Setz dich doch.“
David schaute sich um. Die Sitzecke, alle Stühle um den Esstisch und auch der einzige Sessel waren mit Wäschebergen belegt. Vergeblich überlegte er, wohin er sich setzen sollte.
Zwei kleine Mädchen schauten scheu zu ihm auf, ein kleiner Junge zupfte an seiner Hand. „Liest du mir was vor?“ Dabei hielt er ihm ein zerfleddertes Kinderbuch hin.
David nahm es und las auf dem nicht besonders sauberen Einband den Autor: Günther Feustel. Es lief ihm kalt über den Rücken. Er kannte das Buch, es hieß „José“ und handelte von einem kleinen Indiojungen, der vor dem Elend in seinem bolivianischen Dorf in die Stadt Potosi flieht. David dachte an den jungen Mann gleichen Namens, den er in Lima kennengelernt hatte. Und wie er dessen Leiche aus dem Auto gezogen hatte.
Er hockte sich zu dem kleinen Jungen und fragte ihn: „Wie heißt du denn?“
„Benjamin“, war die Antwort des etwa vierjährigen Kindes.
„Benni, lass den David in Ruhe.“ Gabi war wieder aufgetaucht. Sie hatte ihre Kittelschürze gegen ein weites Sommerkleid getauscht. Rasch räumte sie die Wäsche aus dem

Sessel, klopfte noch einmal kurz das Polster ab und sagte zu David: „Setz dich doch."
Er tat, wie ihm geheißen und Benjamin kletterte auf seinen Schoß. David hatte immer noch das Kinderbuch in der Hand. „Vorlesen!", drängelte der Junge.
„Wie heißt das, Benni?" Gabi bemühte sich offensichtlich verzweifelt, etwas Ordnung in das Chaos zu bringen.
„Bitte", sagte Benjamin und klappte das Buch auf.
David hatte einen Kloß im Hals, fing aber brav an vorzulesen. Gabi erlöste ihn, indem sie den Jungen mit den Worten „Geh zu deinen Schwestern, die Erwachsenen wollen sich unterhalten" hinausschickte.
„Was führt dich zu uns, David?", fragte sie, als etwas Ruhe eingekehrt war.
David überlegte, wie er anfangen sollte. Plötzlich kam ihm sein Vorhaben egoistisch vor. Fred hatte Familie! Er hatte alle ihre Einsätze überlebt und sich nie hinter seinen Kindern versteckt, wenn es darum ging, gefährliche Aufgaben zu erledigen. Und jetzt kam er, David, und wollte ihn wieder um die halbe Welt schleppen für ein Abenteuer, das ursächlich Davids Angelegenheit war.
Ein Poltern an der Haustür enthob ihn vorerst einer Antwort. Fred erschien im Türrahmen zum Wohnzimmer. Stark schwankend hielt er sich nur mit Mühe aufrecht und am Türrahmen fest. Er hatte einen Anzug an, die Hose beschmiert mit etwas, das wie heller Lehm aussah. Der Schlipsknoten war heruntergezogen, zwei Knöpfe am ehemals weißen Hemd geöffnet. Er stank bis zu David nach Alkohol und Zigaretten.

Mit glasigen Augen stierte er ins Wohnzimmer und entdeckte David. Er jauchzte auf und schwankte auf seinen Freund zu. „David, geht's wieder los? Wem müssen wir eine aufs Maul geben?“ Er versuchte, David zu umarmen, aber Gabi ging dazwischen.
„Fred, du bist betrunken“, sagte sie. „Geh ins Bett, mit David kannst du morgen reden.“
Fred versuchte sie von sich wegzuschieben. Dabei bemerkte er nicht, dass hinter ihr eines der Spielzeugautos der Kinder stand. Gabi stolperte rückwärts und wäre gestürzt, hätte David sie nicht aufgefangen.
„Fred, geh ins Bett.“ Jetzt wurde Gabi laut. Dabei drehte sie ihren Kopf von David fort. Er hatte trotzdem bemerkt, dass sie weinte.
Als Gabi wieder sicher stand, ging er auf Fred zu, der eine Entschuldigung lallte. „Fred, hör auf deine Frau und geh schlafen. Wir reden morgen.“ Fred glotzte David an. Der glaubte so etwas wie einen Funken des Verstehens in den Augen des Freundes zu sehen. Also sagte er leise zu ihm: „Reiß dich zusammen!“
Als Fred verschwunden war, setzte sich David zu Gabi, die jetzt hemmungslos weinte. David verspürte ein Gemisch aus Zorn auf Fred und Scham, dass er diese Szene mitansehen musste. „Wie lange geht das schon so?“, fragte er sanft.
„Ach, er hat schon immer gern mal einen getrunken. Aber als er letztes Jahr von eurem Einsatz nach Hause kam, war er völlig verändert. Er hat jeden Tag gewartet, dass du dich meldest. Ich glaube, er konnte gar nicht mehr ohne eure Aufträge sein. Und dann fing er an, regelmäßig zu trinken.

Er ließ sein Geschäft schleifen, seine Kunden sprangen einer nach dem anderen ab, das Geld wurde knapp. Deswegen geht es auch mit dem Hausbau nicht recht weiter. Weißt du, auch das Geld von den Aufträgen fehlt uns."
Wieder weinte sie und schnäuzte sich in ein großes Männertaschentuch. Als sie Davids Blick darauf bemerkte, versuchte sie ein Lächeln. „So habe ich immer etwas von ihm bei mir. Das habe ich mir seit euren ersten Einsätzen für die Blauhelme angewöhnt. Weißt du, ich liebe ihn doch … noch immer." Ihre Stimme erstickte in Tränen.
David fühlte sich hilflos und wünschte sich weit weg. „Lass mich morgen mit ihm reden."
Gabi sah ihn hoffnungsvoll aus ihren rot-verweinten Augen an. „Hast du einen neuen Auftrag für ihn?", fragte sie.
David machte eine vage Handbewegung. Warum sollte er ihr Hoffnung machen, wenn er nicht mal wusste, was die nächsten Tage bringen würden? Außerdem war da ja noch seine Überlegung zu Freds Familie …

In der Nacht fand er kaum Schlaf. Die meiste Zeit grübelte er, wie er mit Fred sprechen musste. Brauchte sein Freund eine harte Hand, sollte David als Hauptmann auftreten? Oder sollte er als Jugendfreund an Freds Gewissen appellieren? Sollte er ihm überhaupt anbieten, mit nach Südamerika zu kommen? Er fand keine überzeugende Lösung.
Schon früh saß er mit Gabi in der Küche und trank den starken Kaffee, den sie für Fred und ihn gekocht hatte.
Fred kam und setzte sich kleinlaut zu David. „Entschuldige das gestern. Ich habe nur mit einem Kunden den Geschäftsabschluss gefeiert."

„Kauft er viel?“, fragte Gabi hoffnungsvoll.
„Na ja, er hat gesagt, er will es sich überlegen und er meldet sich. Aber wir hatten dann gestern noch gute Gespräche“, erzählte Fred.
Gabi warf David einen Blick zu, der ihm sagte, dass sie genau dieses Szenario schon oft erlebt haben musste. Dann schüttelte sie traurig den Kopf und verließ das Zimmer, um nach den Kindern zu sehen.
„Ich hätte nicht herkommen sollen.“ David sagte offen, was er bereits in der Nacht gedacht hatte.
Fred sah ihn erschrocken an. „Wieso? Ich freu mich doch, dass wir uns endlich wiedersehen. Oder hat dich meine Familie genervt?“
David spürte Wut in sich aufsteigen. „Wieso sollte deine Familie mich nerven? Du hast ein paar süße und gut erzogene Kinder, ich wäre froh, wenn ich solche Kinder hätte. Und Gabi tut, was sie kann, um das hier einigermaßen in Schwung zu halten.“
Vor Davids geistigem Auge stiegen Szenen von früher auf. Freds Vater, der alte Dubberstein, trank auch gern und viel Alkohol. Dann lag er schon mittags auf der Couch und schlief seinen Rausch aus. Freds Mutter war ein immer verschreckt aussehendes Huschel, das neben der vielen Hausarbeit mit drei Kindern auch noch in der Stadt in Ämtern putzen ging. Meist hatte sie spätabends in der SED-Kreisleitung zu tun. Die Kinder bekamen natürlich mit, was mit ihrem Vater los war. Fred hatte ihm einmal erzählt, wie sehr er sich schämte, wenn er die leeren Schnapsflaschen zum SERO, der Altglasannahmestelle, bringen musste, wo es fünf Pfennig für jede Flasche gab.

Und jetzt sah es so aus, als würde er in das gleiche Schema rutschen.
Fred schien Davids Unwillen nicht zu spüren. „Geht es wieder los? Für wen arbeiten wir? Etwa für den Nachfolger von General Moro?"
„Wenn überhaupt, dann arbeiten wir für die Bauern und Fischer von Santiago de Okola." David sah die nachdenkliche Falte zwischen Freds Augen.
„Santiago was?", fragte er auch schon.
„Das ist eine kleine Ortschaft am Titicacasee. Dort hatte ich letztes Jahr zu tun." David hörte sich selbst in einem unbeteiligten Ton reden, als wenn es nicht gerade dort gewesen wäre, wo er seine geliebte Maria verloren hatte. „Die Leute von dort haben mich kontaktiert und um Hilfe gebeten."
„Und die können uns bezahlen?"
„Die nicht, nein."
David konnte Freds Enttäuschung spüren.
Sein Freund stierte vor sich hin und schien innerlich mit etwas zu kämpfen. Dann brach es aus ihm heraus. „Ich habe mal gelesen, dass es vier Typen von Menschen gibt, die Söldner werden: Psychopaten, Abenteurer, ehemalige Militärs, die nichts anderes können, als kämpfen. Und Leute, die Geld brauchen. Ich zähle mich am ehesten zur letzten Kategorie. Ich möchte nichts sehnlicher als eine Familie, ein Häuschen und einen Job, der mir Wertschätzung, Anerkennung einbringt. Dachte ich zumindest bis letztes Jahr. Dann warst du weg und auch von den anderen hab ich nichts mehr gehört. Und da habe ich begriffen, dass mir das Team fehlt. Weißt du, da ist diese Kameradschaft, das Team war immer meine Ersatzfamilie. Dort habe ich Anerken-

nung und Wertschätzung gefunden. Und ich hatte immer das Gefühl, dass wir etwas taten, was größer war als ich."
Einen Moment dachte er nach. „Im zivilen Leben fehlen mir Struktur, Sinn und Status. Oder um es platt zu sagen: Während der Aufträge war ich wer, wusste genau, was zu tun war, und hatte klare Befehle. Ich hatte immer jemanden, auf den ich mich verlassen konnte und der sich auf mich verlassen konnte."
Jetzt hakte David ein, der immer erstaunter zugehört hatte. „Ich hatte keine Ahnung, was sich hinter der Maske des Clowns so verbirgt", sagte er.
Fred zuckte mit den Schultern.
„Aber weil du Verlässlichkeit ansprichst: Können wir dir noch vertrauen oder bist du im entscheidenden Moment außer Gefecht, durch den Alkohol?"
Fred wurde ganz aufgeregt. „Natürlich könnt ihr euch auf mich verlassen. Ich brauche den Alk nicht. Ich kann jederzeit damit aufhören. Gib mir nur wieder einen Auftrag!"
David war nicht überzeugt. Außerdem war da noch Freds Familie. „Ich kann es nicht übers Herz bringen, deinen Kindern den Papa wegzunehmen."
Fred schwieg und zog eine enttäuschte Miene. „Wie ist das denn nun mit der Finanzierung geregelt?", fragte er dann.
David zögerte. Dann sagte er vage: „Es gibt den gleichen Sold wie bei den anderen Einsätzen."
Fred atmete hörbar auf. „Du musst mich unbedingt mitnehmen. Ich habe eine Treppe und eine ordentliche Haustür bestellt. Das kostet einiges."

13
EIN BEUNRUHIGENDER ANRUF

Deutschland 2013

Oliver rief an. Auf der Militärakademie hatten sie sich einige Jahre ein Zimmer geteilt. Nach dem Ende ihres Offiziersstudiums war Oliver zu den Grenztruppen versetzt worden, während David dem Militärattaché in der Botschaft der DDR in Angolas Hauptstadt Luanda zugeteilt worden war. Nach der Wende war Oliver zur Bundespolizei gekommen und hatte dort Karriere gemacht. David wusste über seinen Job nur so viel, dass er auch mit Ermittlungen zu grenzüberschreitender Kriminalität betraut war.

David drückte die Freisprecheinrichtung. „Hi“, sagte er.

„Hi, David. Du, hör mal, Meisenthal hat mich angerufen. Er will dich unbedingt sprechen. Hast du seine aktuelle Nummer?“

„Nein, aber ich bin im Auto.“

„Okay, ich schicke sie dir.“

An der Raststätte Buckowsee fuhr er ab und parkte. Das Handy nahm er nun lieber in die Hand, denn über die Freisprecheinrichtung hätten auch vorbeilaufende Autofahrer mithören können. Miklas Meisenthal war der Enthüllungsjournalist, dem er letztes Jahr in Zürich den Datenstick mit den Unterlagen aus dem Haus des Chefs der peruanischen Todesschwadronen übergeben hatte.

Der Journalist war sofort dran. „Hallo Herr Thomsen, ich musste Sie unbedingt sprechen.“

„Ja, gern. Ist was passiert?“

„Wie man es nimmt. Ich habe im letzten Jahr viele Nachforschungen angestellt. Ihre Sache da, mit Peru, zieht größere Kreise, als ich dachte und als Sie sich vorstellen können."
„Was meinen Sie, was für Kreise?" David horchte auf.
„Das kann ich Ihnen so am Telefon nicht erzählen, wer weiß, wer alles mithört."
„Ist es nicht verboten, Journalisten oder Rechtsanwälte abzuhören?"
„Herr Thomsen", sagte Meisenthal und klang nun etwas herablassend. „Offiziell für staatliche Akteure, zumindest in Europa. Aber unsere Sache betrifft durchaus andere ...", Meisenthal stockte, „... Mächte, sag ich mal. Und die spielen eher nicht nach den Regeln."
„Müssen wir uns Sorgen machen?", fragte David beunruhigt.
„Sorgen können wir uns, wenn es so weit ist. Aber ein paar Vorsichtsmaßnahmen sollten Sie schon treffen. Reden Sie mit niemandem über die Sache, schauen Sie sich ab und zu mal um und wechseln Sie immer mal wieder Ihr Telefon."
David wusste nicht, was er von diesen Ratschlägen halten sollte. War Meisenthal paranoid oder war das die professionelle Vorsicht des Enthüllungsjournalisten?
„Herr Thomsen, eine wichtige Frage habe ich noch."
„Ja?"
„Haben Sie ihn ermordet?"
David brauchte nicht nachzufragen. Es war klar, dass Meisenthal irgendwann vom gewaltsamen Ableben Riveras' erfahren musste. „Es war Notwehr, er hat zuerst geschossen."
„Das können Sie doch hoffentlich beweisen?"

David dachte an die grüne Tasche, die er letztes Jahr, sozusagen als Lebensversicherung, in Lima gelassen hatte. „Ja, ich denke schon."
„Dann ist es ja gut!" Meisenthal klang erleichtert. „Wir bleiben in Verbindung, über Ihren Freund Oliver, wie gehabt."
„Warten Sie!" David war noch nicht fertig. „Sollten wir uns nicht treffen? Ich würde schon gern wissen, was Sie da ausgegraben haben."
Meisenthal zögerte. „Ja, vielleicht. Ich melde mich. Vielleicht vorab nur so viel: Machen Sie sich mal schlau über den größten aller Geier." Dann war die Leitung getrennt.
David fuhr wieder los und ertappte sich dabei, häufiger in den Rückspiegel zu schauen.

14
ANDY

Deutschland 2013

Es dämmerte, als David in den Weg zur Werkstatt einbog. Das Gebäude lag etwas oberhalb der Hauptstraße, Licht drang aus der angelehnten Tür nach draußen. Er hörte Arbeitsgeräusche, metallenes Hämmern und Klopfen und nahm den typischen Geruch nach Motoröl und Benzin wahr. Bevor er die Tür aufzog, um einzutreten, drehte er sich noch einmal um und blickte auf die Lichter der Stadt.

Andreas Holzer steckte bis zur Hüfte im Motorraum eines alten Mercedes.

„N'Abend, Andy."

Die Arbeitsgeräusche stockten nur einen kurzen Moment. Andy ließ sich nicht stören. David hatte nicht mit einem euphorischen Empfang gerechnet, aber diese Reaktion ließ ihn ahnen, dass ihr Wiedersehen schwierig werden könnte. Doch er hatte keine Wahl.

Langsam ging er zu dem Freund, bis er etwas ratlos neben dem Auto stand. Dann steckte er den Kopf mit unter die Motorhaube.

„Kann ich helfen?" David hatte keine Ahnung von Autos. Andreas umso mehr. Er hatte David vor über zwanzig Jahren mit seinen Kenntnissen aus einer verzweifelten Situation geholfen.

„Reich mal 'nen Siebener-Ring rüber." Die Anweisung kam knapp. David zog seinen Kopf aus dem Motorraum zurück und schaute sich um. Die Werkstatt war aufgeräumt und sauber. An der Wand über einer Werkbank

hingen Ringschlüssel. David nahm den mit der ausgestanzten Sieben und hielt ihn in den Motorraum.
Holzer griff zu. „Hab ich alles schon schneller gesehen", knurrte er.
David grinste. „Aber nicht von mir."
Ein Geräusch, das wie ein Glucksen klang, kam unter der Motorhaube hervor.
David durfte noch zwei weitere Werkzeuge unter die Haube reichen, dann tauchte Andreas darunter hervor.
„Starte mal den Wagen", sagte er und wischte sich die ölverschmierten Hände an einem Lappen ab, der auch nicht viel sauberer wirkte.
David stieg in die alte Edelkarosse und drehte den Schlüssel. Der Anlasser drehte ein-, zweimal, dann zeigte ein beruhigendes Brummen des Motors, dass die Reparatur gelungen war.
David versuchte ein Lächeln auf die Lippen von Andy zu zaubern. „Bin ich nicht ein guter Lehrling?", fragte er zum Scherz.
„Ein guter Lehrling ist nach einem Jahr tot oder er taugt nichts." Obwohl Andy auch das eher knurrig sagte, merkte David, dass sich die Stimmung aufhellte.
Andreas schaute auf seine Hände, als würde er sie heute zum ersten Mal sehen. David spürte, dass sein Freund überlegte, wie er sich verhalten sollte. Er schien sich nicht entscheiden zu können, ging zum Waschbecken und wusch sich ausgiebig die Hände.
Als er fertig war, drehte er sich zu David um und sagte: „Soso, der feine Herr lässt sich mal blicken."

David tat lässig. „Ich war zufällig in der Gegend." Dann versuchte er ein Lächeln.
Holzer verzog nur das Gesicht. „Was willst du?"
David zögerte. Sollte er gleich zu Anfang mit der Tür ins Haus fallen? Er beschloss, mit seinem wahren Anliegen noch zu warten.
„Na ja", sagte er gedehnt und versuchte, die Reaktion seines Gesprächspartners einzuschätzen. „Ich dachte, wir haben uns seit einem Jahr nicht gesehen oder gehört und da wir ja ziemlich schnell auseinandergehen mussten, wollte ich halt wissen, wie es dir geht."
Holzer sah ihn lange aufmerksam an und schwieg. David wurde es unbehaglich unter diesem Blick.
„Ihr seid ja alle damals heil nach Hause gekommen", fuhr er nervös fort. „Ich war auch schon bei Fred. Dem geht es gut." Das Letzte war gelogen, aber vielleicht wusste Andy ja nichts davon. „Und ich will morgen auch noch zu Susann."
Holzer hob die Hand. „Hör auf zu quatschen. Sag mir lieber, was du wirklich willst."
David schluckte. Das Gespräch war doch schwieriger, als er gehofft hatte. Aber was hatte er erwartet? Sie kannten sich seit über zwanzig Jahren, waren gemeinsam durch manchen Schlamassel gegangen, hatten sich gegenseitig mehrfach das Leben gerettet. Und dann hatte David sich ein Jahr lang verkrochen, sich nur um sich gekümmert und keinen Kontakt gesucht. Seine Leute hatten sich still verhalten. Sicher, weil sie sich immer noch an das Kontaktverbot gebunden fühlten, das Teil der Geheimhaltungsvereinbarung war, die jeder unterschrieben hatte.

Er holte tief Luft. „Du fehlst mir! Ich brauch dich!“, sagte er schließlich zum grimmig dreinblickenden Holzer.
Mann, das klang ja gerade wie eine Liebeserklärung. So was sagte er sonst nur zu seiner Frau. Aber die Worte verfehlten ihre Wirkung nicht, Holzers Miene brach auf, er grinste. „Wenn das jetzt ein Antrag werden soll, dann will ich aber das ganze Programm. Blumen, Musik und Kniefall, du weißt schon.“
„Okay“, dachte David, „kannst du haben.“ Er schaute sich um. Dann machte er einen Schritt zum uralten Kofferradio, das auf der Werkbank stand und drehte es auf. Er ergriff einen Handfeger und beugte ein Knie: „Lieber Andy, kannst du mir noch einmal verzeihen?“ Dabei lachte er von unten zu Holzer hoch.
Der musste ebenfalls lachen, nahm den angebotenen Handfeger und flötete: „Na gut, ein letztes Mal.“
Während sich David erhob, ging Andy zum Kühlschrank in der Werkstattecke und holte zwei Radeberger. Seit Angola war das so etwas wie ein Ritual zwischen ihnen beiden. Dort hatten sie zwar kein Radeberger getrunken, aber davon geschwärmt, wie es wäre, das wieder in der Heimat zu tun. Ihre Heimat hieß inzwischen schon lange nicht mehr DDR, aber das Trinken dieser einen Flasche Bier war ihr gemeinsames Ritual.
Nachdem sie ihre Flaschen aneinandergestoßen hatten, fragte Andreas, offensichtlich noch nicht vollständig versöhnt: „Wieso kommst du nie zu unseren Ehemaligen-Treffen?“ Er meinte wohl die Treffen der ehemaligen NVA-Angehörigen.

David rollte mit den Augen. „Was soll ich da? Über die guten, alten Zeiten quatschen und jammern, dass es heute nicht mehr so ist?"
Andy schaute David strafend an. „David Thomsen, du bist ein arrogantes Arschloch. Die Treffen sind für viele so was wie eine Selbsthilfe-Gruppe. Natürlich quatschen wir auch über die alten Zeiten, aber wir helfen uns im Hier und Heute. Und der Verein ist ein sehr aktiver Teil der Friedensbewegung. Du solltest wirklich mal mitkommen."
David zweifelte. Eine ehemalige Armee sollte jetzt Teil der Friedensbewegung sein? Er würde sich das vielleicht mal anschauen, wenn er wieder da war.
„Du hast mich ein arrogantes Arschloch genannt", maulte er kleinlaut. „Das arrogant nimmst du zurück."
„Wenn du Wert darauf legst, dann eben nur Arschloch."
Jetzt mussten beide lachen.
Einige Zeit später saßen sie in Andys Wohnzimmer und David erzählte ausführlich, was ihm vor einem Jahr in Peru widerfahren und was seitdem passiert war. Und von dem Hilferuf aus Bolivien.
„Und nun willst du wieder hin und den Leuten da helfen?", fragte Andy.
„Ja." David nickte.
„Und wer finanziert die ganze Aktion?"
„Das bin dann wohl ich. Die Blauhelme werden das bestimmt nicht tun."
Andy grinste. „Sicher nicht. Und wie stellst du dir das konkret vor?"

„Ich werde erst mal vorausfliegen und die Lage vor Ort checken. Dann kommt ihr nach. Jason bekommt Prokura, damit kommt ihr an Geld ran.“
„Jason ist dein Assistent in der Firma?“, fragte Andy. David nickte. „Und du vertraust ihm?“
„Mehr als meinem eigenen Sohn.“
„Den du nicht hast.“
David zuckte mit den Schultern.
Nach einer kurzen Pause hakte Andreas nach: „Warum habt ihr eigentlich keine Kinder?“
David schaute ihn lange an. „Es hat sich einfach nicht ergeben“, sagte er dann.
Holzer schien zu merken, dass David nicht weiter über das Thema sprechen wollte. „Lass uns ins Bett gehen“, sagte er. „Morgen heißt der Hund wieder Köter.“

15
UNFALL?

Deutschland 2013
David fuhr gern durch diese Alleen. Die Kronen der Bäume umarmten sich über ihm zu einem scheinbar endlosen Kirchendach. Seltsam, dass ihm dieser Vergleich einfiel. Er ging zwar gern in Kirchen, um die Kunstfertigkeit früherer Epochen zu bewundern, aber sonst war Religion nicht sein „Hauptfach".
Er hing seinen Gedanken nach. Das Gespräch mit Fred hatte ihn nachdenklich gemacht. Der Job, den sie zwanzig Jahre für die Blauhelme erledigt hatten, hatte sie kaputtgemacht. Den einen mehr, den anderen weniger. Der Tod von Kameraden im Gefecht, Kämpfe mit Kindersoldaten, das Leid der vielen unschuldigen Zivilisten und immer wieder Blut – das steckte keiner so einfach weg. Das nahm man mit nach Hause und dort durfte man nichts davon erzählen. Jeder ging mit seinen Dämonen anders um. Fred offensichtlich, indem er trank. Andy fand möglicherweise Ablenkung in seiner vielen Arbeit. Und die anderen? Er wusste es nicht. Er verstand inzwischen, dass Delilah ausgezogen war, weil sie nicht mit ansehen wollte, wie er Stück für Stück vor die Hunde ging. Was er nicht verstand, war, dass sie jetzt nicht wieder zu ihm zurückkam. Er hatte sich geändert. Doch das honorierte sie nicht. Im Gegenteil, sie verlangte von ihm, dass er erneut nach Südamerika ging und sich dort in Gefahr brachte. Verstehe einer die Frauen.
Aber vielleicht war das ja der Weg, wie sie wieder zusammenfanden.

Erst jetzt bemerkte er die Stille im Auto. Der Motor brummte gleichmäßig, aber das Radio war aus. Sonst hatte er immer Musik an, wenn er allein fuhr. Er drückte auf den Knopf und suchte einen Sender. Viele gab es hier nicht. Als er wieder konzentriert war, bemerkte er im Rückspiegel einen SUV, der sich schnell näherte. Die Scheinwerfer voll aufgeblendet, verringerte der Fahrer rasch den Abstand zu Davids Sportwagen.

Der fuhr besonnen knapp unterhalb der erlaubten Höchstgrenze. David hatte Respekt vor diesen Alleen. Die Narben in den Rinden der Straßenbäume zeugten von vielen Unfällen. In einer lang gezogenen Kurve setzte der Fahrer hinter ihm zum Überholen an. Das war wohl Todessehnsucht, fand David, denn die Kurve war nicht einsehbar. Als der SUV auf gleicher Höhe war, kam er immer näher und näher an Davids Auto heran. David verringerte das Tempo, um den anderen vorbeizulassen. Dann geschah es: Mit einem Ruck zog der SUV nach rechts und prallte gegen den Stingray. Der geriet ins Schleudern. Mit aller Kraft stemmte sich David gegen den Unfall. In Bruchteilen von Sekunden suchte er nach einem Weg, dem drohenden Aufprall an einem Baum zu entgehen.

Da, eine Lücke. Der Wagen schoss zwischen zwei dicken Stämmen hindurch. Vor ihm der Graben, doch die Geschwindigkeit hoch genug, dass der Wagen darüber flog. Die Schnauze senkte sich nach unten. Der Aufprall war kurz und hart. Airbags explodierten.

Dann stand der Stingray auf einem weichen Acker und David atmete wieder. Die Tür klemmte ein wenig, ließ sich aber mit Gewalt öffnen.

Sofort brüllte David los: „Du Idiot! Du Riesenrindvieh!“
Niemand hörte ihn, der SUV war lange verschwunden. Die Wirkung des Adrenalins in seinen Adern ließ nach. Seine Hände zitterten und die Knie wurden ihm weich. Er setzte sich auf die Motorhaube.
Er hatte unglaubliches Glück gehabt. Das hätte sein Ende sein können. David versuchte, den Ablauf des Unfalls zu rekonstruieren. Hatte ihn der andere nicht gesehen? Oder war es Absicht gewesen? Er musste an Meisenthals Anruf denken. Aus irgendeinem Grund hatte er plötzlich Lust auf eine Zigarette. Gut, dass er nicht rauchte. Nicht mehr.
Nach einer Weile stieg er vom Auto runter und lief im schweren Ackerboden um den Wagen. Dessen Blessuren waren beträchtlich. Wenn er Pech hatte, war das ein Totalschaden.
Traurig, er hatte den Wagen erst ein paar Tage, aber nicht zu ändern. „Der Herr gibt, der Herr nimmt“, sagte er sarkastisch. „Gelobt sei der Herr.“
Und aus dem Radio seufzte Falco: „Muss ich denn sterben, um zu leben.“

16
SUSANN

Deutschland 2013
Susann wohnte im Sewanviertel, dem früheren Hans-Loch-Viertel in Berlin. David hatte Glück und fand einen Parkplatz direkt vor dem zehngeschossigen Block. Im mittleren der drei Eingänge entdeckte er ihren Namen und drückte die Klingel.
„Ja, bitte?"
„Susann?" David war unsicher. War das ihre Stimme? „Hier ist David, David Thomsen."
„Moment." Es knackte, dann ging der Summer.
Er fuhr mit dem Fahrstuhl in die achte Etage. Ein großes Mädchen, eher eine junge Frau, stand in der geöffneten Wohnungstür und schaute ihn neugierig an. „Ja Mama, er ist es!"
„Warte, ich komme." Susann trocknete sich gerade die Hände ab, als sie um die Ecke spähte. „David!" Sie klang freudig. „Komm doch rein. Lass die Schuhe an."
David schaute zweifelnd an sich herunter und zog die Schuhe aus.
Susann beobachtete ihn dabei und zog die Stirn kraus. „Dann werde ich wohl mal nach Hausschuhen gucken."
In viel zu kleinen Hauslatschen wurde er in das Wohnzimmer geleitet. Kaum hatten sie Platz genommen, piepste es und Susann sprang wieder auf. „Bin gleich zurück."
„Sie will einen Erdbeerkuchen mit Gelee machen", erklärte die Tochter. „Und dafür bäckt sie gerade den Boden."
David nickte verstehend. „Darf ich fragen, wie alt Sie sind?"

Das Mädchen nickte. „Ich bin sechzehn. Und Sie können Jasmin zu mir sagen."
David lächelte. „Okay, ich bin David."
Jasmin schaute schelmisch und sagte. „Für so 'nen coolen Typen ist das ein ziemlicher langweiliger Name. Ich werde Sie Dave nennen."
„Dave ist in Ordnung, aber dann bitte Du! Und wieso coole Type? Was hat deine Mutter denn von mir erzählt?", fragte David lachend.
Susann betrat das Zimmer und antwortete für Jasmin. „Nach den Ereignissen letztes Jahr konnte ich ihr endlich erzählen, was ich so mache, wenn ich nicht gerade Bomben entschärfe, sondern unterwegs bin. Und da habe ich ihr berichtet, was ich mit dir so alles erlebt habe und wie oft du uns aus scheinbar ausweglosen Situationen gerettet hast."
David wurde verlegen. War er hier der Held? Das war nun keine Rolle, die er gern einnehmen wollte.
„Allerdings konnte ich ihr nicht erzählen, was du gemacht hast, bevor wir uns letztes Jahr in der Jagdhütte des Generals getroffen haben."
„Das ist eine längere Geschichte", sagte David.
„Dann warte kurz damit. Ich lege nur schnell die Erdbeeren auf den Boden und stelle den Kuchen kalt. Dann kannst du erzählen und das Gelee wird inzwischen hoffentlich fest."
Susann verschwand in Richtung Küche. Jasmin schaute David neugierig an. David schaute zurück. Sie war ein hübsches Mädchen. Ihre dunklen Haare waren im Unterschied zu denen ihrer Mutter lang und sie trug sie offen. Ab und an strich sie sich eine freche Strähne aus dem Gesicht.

Dann sagte sie plötzlich: „Irgendwie hatte ich dich mir ganz anders vorgestellt."
David lächelte. „Und wie?", fragte er zurück.
„Na, irgendwie größer."
Jetzt lachte David laut. „Ich bin dir zu klein? Ich bin immerhin ein Meter neunzig."
Jasmin wurde verlegen. „Na ja, vielleicht nicht größer. Aber ...", sie stockte. „Du ... du bist so normal."
„Was meinst du mit normal? Sollte ich lieber unnormal sein?"
„Nein, normal ist auch nicht das richtige Wort." Jasmin stockte wieder. „Die deutsche Sprache ist doch manchmal blöd. Ich meine, du bist nicht ungewöhnlich, verstehst du, nicht als Gegensatz zu gewöhnlich. Also gewöhnlich, normal eben."
David nickte. „Ich glaube, ich verstehe, was du meinst. Aber wie bist du auf die Vorstellung gekommen, ich sei ungewöhnlich?"
Jasmin überlegte. „Na, durch Mamas Erzählungen von euch", sagte sie dann. „Du hast zwanzig Jahre lang die Welt besser gemacht und dabei mit ein paar Freunden euer Leben riskiert. Mama ist seit ein paar Jahren auch bei euch. Und Mama ist definitiv nicht normal!" Das Mädchen lachte und schob wieder eine Strähne zurück.
Auch David lachte. Susann kam herein. „Ich will mitlachen!"
Jasmin war schneller als David. „Ich habe Dave nur gerade erklärt, dass du nicht normal bist."
Susann lachte nun auch. „Mein liebes Fräulein, alt und grau darfst du werden, aber nicht frech." Sie setzte sich. „Jetzt haben wir Zeit. Erzähl!" Dann wandte sie sich an Jasmin.

„Wieso klingelt eigentlich dein Handy nicht. Kaputt?“ Sie lächelte.
„Nein, ich habe es lautlos gestellt. Ich weiß doch, was sich gehört.“ Die Tochter grinste verschmitzt.
„Und Hausaufgaben, alle gemacht?“
„Mama, schick mich nicht raus. Ich will hören, was Dave erzählt, bitte!“
Susann schaute zu David. Der nickte. „Ist schon okay. Keine Geheimhaltung mehr.“
Dann erzählte er von Moro, Lima, La Paz und was er im letzten Jahr gemacht hatte. Jasmin und Susann fragten immer wieder nach. Als er von Marias Tod erzählte, versagte ihm fast die Stimme. Die beiden Frauen bemerkten es sehr wohl und hatten Tränen in den Augen.
„Und nun habe ich einen Anruf aus Santiago de Okola bekommen. Marias Freundin, die Ortsvorsteherin, ist angegriffen worden und liegt im Krankenhaus. Sie bitten mich, uns um Hilfe.“
Jasmin sah ihre Mutter an. „Da fährst du mit!“ Es klang wie ein Befehl.
„Das geht nicht. Ich kann doch hier nicht weg“, wehrte Susann ab.
„Warum nicht? Du musst. Es hat mal wieder eine Frau getroffen. Eine, die sich für ihre Leute engagiert. Immer trifft es die Frauen.“ Jasmin bekam vor Empörung rote Flecken im Gesicht. „Wenn es die Drogenhändler waren, dann trittst du ihnen in den Arsch und machst mal wieder die Welt ein bisschen besser.“
„Jasmin, achte bitte auf deine Ausdrucksweise.“

David musste über den Eifer des Mädchens lächeln. Sie hatte offensichtlich das Herz am rechten Fleck und eine starke Meinung zu Gerechtigkeit. Kein Wunder bei ihrer Mutter.
„Jasmin, geh mal bitte zum Kühlschrank und schau nach dem Kuchen. Und wenn er fest ist, kochst du bitte Kaffee. Wir kommen dann.“ Susann brauchte offenbar einen Moment zum Nachdenken. Jasmin zog schmollend ab.
„Entschuldige bitte meine Tochter, aber im Moment regt sie jede Ungerechtigkeit so auf, dass sie am liebsten eine Revolution anzetteln würde“, erklärte Susann dann.
„Das ist schon in Ordnung. Wir waren doch in dem Alter genauso“, wehrte David ab. Nach einer kurzen Pause ergänzte er: „So hätte ich dich nicht eingeschätzt.“
„Wie? So?“ Susann schaute ihn direkt an.
David wurde vorsichtig. „Na, so ... so häuslich.“ Ihre Miene verfinsterte sich, deswegen versuchte er sich hastig zu korrigieren. „Ich meine nicht häuslich. Aber dass du Kuchen bäckst und so.“
Susann zog die Stirn kraus. „Was wundert dich daran, dass ich Kuchen backe?“
„Ich kenn dich ja nur von unseren Einsätzen. Und ich wusste auch nicht, dass du eine Tochter hast. Und, na ja, zu deinem Job passt Kuchen backen irgendwie nicht. Dachte ich.“ Verdammt, wie kam er aus dieser Nummer wieder raus? War Susann empört? Sie wirkte so.
„Mein lieber David, kommst du mir jetzt auch mit solchen Klischees? Warum sollen Frauen nicht Kuchen backen und trotzdem alte Bomben entschärfen? Als ich beim Kampfmittelräumdienst angefangen habe, sind mir schon genügend Vorurteile entgegengebracht worden. Weißt du, wie

lange es gedauert hat, bis ich gleichberechtigt akzeptiert wurde?" Dann nach einer Pause fügte sie noch hinzu: „Jasmin hat das alles miterlebt. Das hat sie geprägt, genauso wie mich."

David war nachdenklich geworden. Susann hatte recht, er war unbedacht gewesen mit seiner Äußerung. Sollte er sie fragen, ob sie mitkommen würde? Er hatte das gleiche schlechte Gewissen wie bei Fred. Er würde wieder eine Familie gefährden.

„Gibt es einen Vater zu deiner Tochter?" Was für eine blöde Frage, gab es den nicht immer?

Susann lächelte angestrengt. „Klar gibt es den, nur nicht hier. Er passte nicht mehr in unser Leben."

So wie sie das Letzte sagte, traute sich David nicht, nachzufragen.

„Was hast du vor?", wollte Susann wissen.

David wurde unbehaglich. Er hatte bisher nur einen ungefähren Plan. „Ich werde erst mal runterfliegen und die Lage peilen. Ihr kommt dann eventuell nach, falls ich euch brauche." Jetzt fiel ihm auf, dass Susann schon eingeplant schien. „Aber du solltest nicht mitkommen, du bleibst besser bei deiner Tochter."

Susann antwortete nicht und dachte offensichtlich angestrengt nach. David ließ ihr Zeit.

Aus der Küche rief Jasmin: „Kaffee ist fertig."

Susann stand auf, David folgte ihr.

„David hat gesagt, ich soll bei dir bleiben", verkündete Susann.

Jasmin warf die Kuchengabel auf den Tisch, dass es klapperte. „Warum willst du Mama nicht dabeihaben, David?"

„Oh", dachte David. „Auf einmal nicht mehr Dave?"
Susann klopfte mit dem Knöchel auf den Tisch. „Respekt, Jasmin, Respekt. David sorgt sich nur um unsere Familie. Er hat recht. Du steckst mitten in den Prüfungen. Wer soll für dich da sein, wenn ich in Südamerika bin?"
„Mama, ich bin doch kein Kind mehr. Außerdem sind Oma und Opa ja auch noch da. Wegen mir müsst ihr euch nicht sorgen." Vor lauter Eifer war Jasmins Gesicht ganz rot geworden.
Susann überlegte lange. Dann sagte sie: „Okay, wann geht es los und wie lange dauert es vermutlich?"

Jasmin und Susann verabschiedeten David an der Wohnungstür. Er betrat den Fahrstuhl, als Jasmin sagte: „Und nun: Davy's on the road again?"
Er lächelte und hob zum Abschied die Hand, während sich die Fahrstuhltür schloss. Jetzt hatte er Manfred Manns Hit als Wurm im Ohr.

17
DIE ZWILLINGE

Deutschland 2013

Der Misthaufen war verschwunden.

David war damals fasziniert gewesen, dass es mitten in Kaltennordheim einen Misthaufen auf dem Hof gab. Der Hof lag in der Kirchstraße und die Besitzer hatten den Geruch im Griff, der Misthaufen wurde immer abgedeckt. Jetzt war er nicht mehr da. Wahrscheinlich gab es auch die Kühe nicht mehr. Was mochte in der Scheune sein, wo früher das Heu gelagert wurde? Anfang der Neunzigerjahre hatten ihn die Zwillinge einmal eingeladen, mit ihnen auf den „Heiratsmarkt“ zu gehen. Er konnte sich nur noch unscharf an drei Tage Sonnenschein und viel Alkohol erinnern.

Er stieg die drei Stufen zur Haustür hoch. Laut den Klingelschildern wohnte Ben oben und Arno im Erdgeschoss. Doch auf das Klingeln hin blieb es ruhig. Keiner von beiden war da.

David ließ sein Auto stehen und lief am Neumarkt vorbei, zum „Gasthaus zum Hirsch“. Falls die Zwillinge dort nicht waren, fand er bestimmt jemanden, der ihm sagte, wo er sie treffen konnte.

Sie waren da. Sie saßen an einem Tisch zusammen mit zwei stiernackigen, glatzköpfigen Männern um die dreißig, die Runen als Tattoo an den bloßen Waden trugen. Die Zwillinge saßen so, dass sie die Tür im Blick hatten und bemerkten David schon beim Hereinkommen. Ben schaute ihn beschwörend an und David begriff, dass er nicht stören sollte. Er setzte sich in eine Ecke und ließ sich ein Rhön-Pils

bringen, das er sofort bezahlte. Dann beobachtete er die Szenerie.
Die beiden Stiernacken redeten auf die Zwillinge ein. Die waren zurückhaltend, nickten nur hin und wieder. Dann prosteten sich alle vier zu. Die Glatzen tranken ihr Bier aus und standen auf. Sie sahen zufrieden aus und reichten Ben und Arno die Hände zum Abschied. Es sah aus, als besiegelten sie einen Pakt. David wurde misstrauisch. Er hatte die beiden ein Jahr lang nicht gesprochen, da konnte sich viel verändert haben. Auch in den Ansichten der Zwillinge.
Nicht lange nach den jungen Männern standen Ben und Arno auf. David nahm einen letzten Schluck von seinem Bier und folgte ihnen. Sie drehten sich nicht zu ihm um, als sie Richtung Kirchstraße gingen. David folgte ihnen zu ihrem Jeep und dort endlich begrüßten die drei sich.
„Warum so geheimnisvoll?", wollte David wissen.
„Das ist hier eine Kleinstadt, da wird viel geredet. Aber steig ein, wir zeigen dir was und erklären es dir." Mit diesen Worten setzte sich Arno ans Steuer und Ben auf den Rücksitz. David nahm auf dem Beifahrersitz Platz.
Es ging die Bundesstraße Richtung Bad Salzungen entlang. Kurz vor Dermbach fuhr Arno von der Straße runter und hügelan in den Wald. David gefiel dic Rhön. Die sanften Hügel, Wälder, immer wieder unterbrochen von Wiesen, hier konnte man sich gut entspannen.
Er war allerdings nicht entspannt. Die Zwillinge sprachen kein Wort und David fragte nicht. Da war immer noch Vertrauen in die langjährigen Kampfgefährten in ihm. Trotzdem spürte er, dass er angespannt war.

Der Weg öffnete sich zu einer Lichtung. Arno parkte und alle drei verließen das Fahrzeug. In einiger Entfernung stand eine Gruppe, man hörte Stimmen. Als sie näherkamen, sah David, dass es etwa zwanzig Kinder waren, zwei Mädchen, der Rest Jungs zwischen vielleicht zwölf und sechzehn Jahren.

Fünf oder sechs der Jungen zeigten mit ihren Frisuren deutlich ihre Gesinnung. Bürstenhaarschnitt oder Glatze, sie hoben sich von den Übrigen ab und standen als Gruppe getrennt von den anderen. Einer von ihnen stand drohend vor einem Jungen mit Dreadlocks. Offensichtlich gab es Streit.

Ben ging auf die beiden zu. „Was ist los?", fragte er fast beiläufig.

Der Junge mit den Dreadlocks zeigte auf den mit dem Bürstenhaarschnitt. „Der Robert erzählt totalen Mist und ich habe ihm gesagt, er soll damit die Kleinen nicht verwirren."

Robert schaute böse zu Ben. „Das ist überhaupt kein Mist", sagte er. „Ich weiß genau, was ich sage."

„Und was hast du gesagt?", wollte Ben wissen.

„Ich habe gesagt, dass es einen Plan gibt, das deutsche Volk komplett auszutauschen. Deswegen kommen immer mehr Ausländer ins Land, bis die Deutschen in der Unterzahl sind. Und dann werfen die Islamisten den Rest auch noch raus."

Ben nickte. „Robert, hast du Geld dabei?", fragte er.

Robert nickte verwirrt.

„Hol mal alle deine Münzen raus."

Robert griff in seine Tasche und zog eine Handvoll Münzen hervor.

Inzwischen hatten sich alle Kinder um die drei geschart. David und Arno standen etwas abseits, Arno leicht lächelnd, als wüsste er, was passieren würde. David war aufmerksam und neugierig.
„So, Robert, weißt du, was das für Münzen sind?"
Robert guckte unsicher von seiner Hand zu Ben und wieder zurück. „Euromünzen?", sagte er in fragendem Ton.
„Richtig, Euromünzen. Wie sehen die aus? Schau mal auf Vorder- und Rückseite."
Der Junge tat, wie es Ben ihm aufgetragen hatte. „Also das hier ist eine Zweieuromünze."
„Woran siehst du das?"
„Das steht auf der Vorderseite drauf. Außerdem ist die anders als die Eineuromünze."
„Okay", sagte Ben. „Was ist auf der Rückseite drauf?"
„Da ist ein Adler drauf."
„Aha", machte Ben. „Es ist also eine deutsche Euromünze."
Robert nickte.
„Hast du noch andere Münzen?"
Der Junge drehte das Geld hin und her. „Hier, das ist keine deutsche."
Ein paar andere versuchten, zu erspähen, was auf der Rückseite abgebildet war.
Ben nahm sie in die Hand. „Das ist eine italienische", erklärte er.
Es fanden sich noch eine weitere italienische, eine französische und eine griechische Euromünze. Der Rest waren deutsche.
„Die meisten von euch werden sich nicht mehr erinnern, wie es vor dem Euro war", sagte Ben.

„Da hatten wir die Mark. Mein Opa sagt, das war eine richtig harte Währung und er möchte die D-Mark zurück." Einer der Jungs aus Roberts Gruppe rief das von hinten.
Ben nickte. „Richtig! Jedes Land in Europa hatte eine eigene Währung und eigene Münzen. Wenn man im Urlaub dort bezahlen wollte, dann musste man das Geld erst mühselig umtauschen. Das ist jetzt nicht mehr so. Jetzt sehen die Münzen zwar auf den Rückseiten unterschiedlich aus, aber du kannst überall damit bezahlen. Keine Verkäuferin schaut auf die Rückseite und lehnt das Geld ab."
David hatte Ben noch nie so lange am Stück reden gehört. Er kannte die Rhöner eher als schweigsame Menschen. Jetzt aber wartete er auf die Pointe.
„Als der Euro eingeführt wurde, waren alle gespannt, ob das Geld eines Landes im Land bleiben würde. Aber schon nach ein paar Wochen war klar, das Geld vermischt sich. Unser Geld geht raus und wieder rein, ausländisches Geld kommt zu uns und verschwindet in der Menge." Ben machte eine kleine Pause.
David schaute zu Arno, der nur lächelnd mit einer Kopfbewegung in Richtung seines Bruders deutete.
Ben fuhr fort. „Und genauso ist es mit den Menschen, die hierherkommen. Sie verschwinden in der Menge, passen sich an, arbeiten und bekommen Kinder. Deutsche Kinder. Sie werden Deutsche. Auch wenn sie aus anderen Kulturen kommen." Einen Moment herrschte Stille. „Ich habe viele dieser Menschen kennengelernt bei meinen Reisen. Davon kann ich euch mal erzählen."
„Ja", rief einer aus der Menge. „Erzähl!"

„O nein, wenn ich erzähle, dann nächste Woche beim Lagerfeuer nach dem Orientierungsmarsch. Heute wird trainiert. Aufstellung!"
Arno stieß David in die Seite. „Das ist mein Stichwort", sagte er. Er ging auf die Gruppe zu und gab Anweisungen. Daraufhin begann das Kampfsporttraining.
Ben kam zu David. „Na, hast du alles gehört?"
David nickte. „Ein schönes Beispiel mit dem Geld. Glaubst du, dass du Robert und seine Clique überzeugt hast?"
„Nein, so naiv bin ich nicht. Aber vielleicht beginnt er mal nachzudenken und plappert nicht einfach nur nach, was ihm andere einflüstern."
„Ja, vielleicht höhlt ja doch steter Tropfen den Stein." David war nachdenklich. „Ich habe da noch eine Frage. Was waren das für Typen vorhin im Gasthof?"
Ben lächelte. „Die beiden Nachwuchsnazis? Die sind auf uns zugekommen und wollten, dass wir auch ihre Jugendgruppe trainieren."
„Ihr habt doch hoffentlich abgelehnt?"
„David, so einfach ist das hier nicht. Die Rechten gehen gezielt auf die Kinder zu und bieten ihnen das, was früher im Jugendklub geboten wurde: ein Zugehörigkeitsgefühl, Mitgliedschaft in einer coolen Gruppe, sinnvolle Freizeitbeschäftigung ohne Drogen. Der Jugendklub ist schon vor Jahren eingegangen, weil linke Initiativen immer weniger unterstützt wurden. Wir sind vor einiger Zeit auf die Idee gekommen, diese Couch-Potatos an die frische Luft zu holen, und bieten nun Kampfsporttraining, Wandern, Lagerfeuerromantik und Grillabende an."

Die Kinder waren auf dem Heimweg. Jetzt hatten die drei endlich Zeit, sich richtig und in aller Ruhe zu begrüßen. In der Wohnung von Ben saßen sie zusammen und David erzählte auch den Zwillingen, was im letzten Jahr passiert war.

„Ich fasse mal zusammen", sagte Arno. „Du bist von Moro beauftragt worden, allein und ohne Waffen eine Senatorin aus Lima nach Genf zu bringen. Kam dir das nicht komisch vor?"

„So, wie du das jetzt sagst", meinte David nachdenklich, „bin ich wohl etwas naiv gewesen."

Arno nickte, grinste und fuhr fort: „Und dann hast du dich bequatschen lassen, Schmiere zu stehen, während die Senatorin und deine Freundin Maria in der Villa eines der gefährlichsten Männer Perus Daten aus seinem Computer geklaut haben."

„Na ja, Schmiere stehen …", protestierte David schwach.

„Und auf eurer Flucht haben dann die Leute von diesem Rivas …"

„Riveras", korrigierte David.

„… von diesem Riveras die Senatorin erschossen und dich und Maria in Santiago de Okola gestellt und angegriffen."

„Genau! Und dabei haben wir, also Maria, den besten Mann von Riveras erledigt. Die Bauern von Santiago de Okola haben dann die ganze Bande vertrieben."

Arno schwieg nachdenklich. Dafür fuhr Ben fort. „Und du bist anschließend nach La Paz in Bolivien gereist?"

„Richtig! Santiago de Okola liegt am bolivianischen Ufer des Titicacasees. Ich wollte zum Präsidentenpalast in La Paz zu Präsident Morales und ihm die Daten übergeben,

die die Hintermänner der Todesschwadronen in Peru während der Herrschaft Fujimoris benannten."
„Und du hast geglaubt, du könntest einfach so zum Präsidentenpalast marschieren und mit dem Datenstick wedeln und würdest vorgelassen?" Ben grinste ungläubig.
„Also ...", David wurde immer kleinlauter. „Die Senatorin kannte wohl Morales. Aber das war ja dann alles nicht mehr wichtig. Der Datenstick enthielt nur Datenmüll. Ich musste also noch mal in die Villa von Riveras."
„Wieso?", fragte Arno skeptisch.
„Weil Maria und die Senatorin nicht umsonst gestorben sein sollten!" Das kam jetzt heftiger raus, als David eigentlich wollte.
Es entstand eine Pause. Dann fragte Ben leise: „Diese Maria? Hast du sie geliebt?"
David nickte stumm.
Bevor eine weitere Pause entstehen konnte, fragte Arno: „Und wer ist nun dieser Greene, der dir geholfen hat, wieder nach Lima zu kommen?"
David hob die Schultern. „Der ist von irgend so einem amerikanischen Geheimdienst. Der hatte mich in der Hotelbar angequatscht und mir Geld für die Daten angeboten. Weiß der Teufel, was der damit wollte."
„Okay, okay", sagte nun wieder Ben. „Und dann bist du allein und in der Nacht zurück in diese Villa. Dort hast du die Daten aus dem Computer gezogen und Riveras erschossen."
David nickte wieder stumm.
Arno stand auf und verließ das Zimmer. „Und wo ist der Stick jetzt?", fragte Ben.

„Ich habe ihn einem Enthüllungsjournalisten gegeben. Der sollte damit was machen. Ich wollte mit dem Thema nichts mehr zu tun haben."
Arno kam wieder zurück, stellte eine Flasche „Rhöntropfen" und drei Schnapsgläser auf den Tisch und sagte: „Ich glaube, wir können alle einen Schluck vertragen."
Sie stießen schweigend mit dem Kräuterschnaps an. Dann fragte Arno: „Und jetzt willst du wieder nach Bolivien, um den Leuten zu helfen, die dir damals geholfen haben?"
David nickte, während Ben die Gläser erneut befüllte. „Sie haben mich um Hilfe gebeten. Das Problem ist, ich befürchte, dass es in Südamerika einen internationalen Haftbefehl gegen mich geben könnte."
Arno stellte sein noch volles Glas so heftig auf die Tischplatte zurück, dass es knallte und der Schnaps herausschwappte: „Bist du verrückt? Du willst trotzdem dahin?"
Trotzig nickte David. „Genau weiß ich natürlich nicht, ob es so ist", erklärte er. „Aber ich bin es den Leuten dort schuldig! Ich weiß inzwischen, dass die Dorfvorsteherin, Emilia, im Koma liegt. Und was das Schlimmste ist, sie ist schwanger."
Dabei dachte er an Delilah. Dass er sie mit der Aktion zurückgewinnen wollte, ging die Zwillinge nichts an.
In die Stille hinein sagte Ben, gespielt vorwurfsvoll in Richtung Arno, dabei auf die Kräuterschnapslache auf dem Tisch deutend: „Das ist Alkoholmissbrauch!"
Die Atmosphäre entspannte sich. Die Zwillinge versprachen, David bei seiner Aktion zu unterstützen.
Zum Schluss sagte Arno noch: „Wenn du dort drüben in Schwierigkeiten kommst, melde dich sofort. Wir hauen dich raus."

18
FLUGHAFEN

Deutschland 2013
Die Abfertigungshalle von Tegel glich einem Ameisenhaufen. Menschenmassen drängten sich vor den Schaltern, lange Schlangen schoben sich langsam vorwärts. Stimmengewirr, das Rattern von Rollkoffern und das Plärren der Lautsprecherdurchsagen vermischten sich zu einem dumpfen, allgegenwärtigen Lärm. Wer nicht anstand, irrte zwischen den Gates umher, den Blick hektisch auf Anzeigetafeln gerichtet, während sich der Geruch von Fast Food und Kaffee in der warmen, abgestandenen Luft festsetzte. Dazwischen liefen Bundespolizisten, aufmerksam die Menge musternd. Irgendwo weinte ein Kind.
David schlängelte sich durch die Menge, die Reisetasche locker über der Schulter. Er war am liebsten mit leichtem Gepäck unterwegs. Ein schneller Schritt, ein kurzer Weg – genau das mochte er an diesem Flughafen. Ja, Tegel war chaotisch, viel zu klein für die Menschenmassen, die hier täglich abflogen und ankamen. Doch im Vergleich zu den endlosen Distanzen in Amsterdam oder Frankfurt war Tegel eine Puppenstube. Hier konnte man in wenigen Minuten vom Taxi zum Gate gelangen – für David ein unschätzbarer Luxus.
Es war Zeit, sich zur Sicherheitskontrolle zu begeben.
Sein Handy klingelte, er bemerkte es am Vibrieren in seiner Gesäßtasche. Den Klingelton hatte er in dem Lärm nicht wahrgenommen. Die Titelmelodie vom A-Team erregte so kaum Aufmerksamkeit.

Es war Oliver. „David, kannst du sprechen?"
„Warte Oliver, ich geh kurz raus."
Auch das war ein weiterer unschätzbarer Vorteil vom Flughafen Tegel: Wenige Schritte und man stand im Freien. Vor allem die Raucher liebten das. David brachte einen kleinen Abstand zwischen sich und die Raucherecke. So musste er den Qualm nicht einatmen.
„Ich höre, Oliver", sagte er dann.
„Ich habe Nachricht von Meisenthal." Oliver klang anders als sonst, beunruhigt. „Er hat Suizid begangen."
David war geschockt. Langsam zog er die Luft ein und atmete tief aus. „Was ist passiert?"
„Er soll sich erschossen haben. Man fand ihn in seiner Wohnung, mit einem Loch in seiner Schläfe. Die Waffe lag neben ihm auf dem Boden. Genaueres weiß ich noch nicht."
David horchte auf. „Was meinst du mit ‚noch nicht'?"
„Ich bin unterwegs nach Zürich. Ich will mehr wissen. Mal sehen, was ich rausfinde."
„Du glaubst, da ist was faul?"
„Du nicht?"
David nickte unwillkürlich. „Doch. Er hat mich erst vor ein paar Tagen angerufen und von einer großen Sache erzählt, an der er dran wäre."
„Genau", meinte Oliver. „Ausgehend von deinen Informationen aus Peru hat er wohl etwas entdeckt, das er für gefährlich hielt. Das hat er mir zumindest gesagt."
David stimmte innerlich zu. Seit dem Telefonat mit Meisenthal hatte er immer wieder darüber nachgedacht, was der Journalist wohl herausgefunden hatte. Dass es etwas mit

seinem Abenteuer im letzten Jahr zu tun hatte, lag auf der Hand. Aber was?

„Und jetzt glaubst du, dass man ihn ermordet hat und es wie einen Selbstmord aussehen lassen will", schloss David.

Oliver war jetzt schlechter zu verstehen. Es lag wohl am Telefonnetz an der Autobahn, auf der er unterwegs war. „Noch glaube ich gar nichts. Aber ich informiere dich, wenn ich etwas erfahren habe."

„Das ist gut, danke. Aber ich bin heute und morgen nur schlecht erreichbar, ich fliege nach La Paz. Pass auf dich auf."

Bei den letzten Worten merkte David, dass die Verbindung abgerissen war. Er schaute auf sein Display. Jetzt machte er sich Sorgen um Oliver. Hätte er ihm von dem Unfall erzählen sollen?

19
FLUG NACH LA PAZ

2013

Das Flugzeug durchstieß die Wolkendecke und Sonne schien auf Davids Gesicht. Er schloss kurz die Augen und genoss die Strahlen auf seiner Haut. Dann schaute er auf die weiße Wolkenwiese und musste lächeln. Er dachte an einen Ausflug mit Delilah zurück, den sie an einem Wintertag vor einigen Jahren unternommen hatten. Sie waren mit der Brockenbahn von Wernigerode auf den Gipfel gefahren. Während unten der Himmel steingrau war, schien oben die Sonne in frostiger Luft. Sie hatten beide den Anblick der Wolkendecke genossen und gescherzt, wie es wohl wäre, barfuß über diese Wattewiese zu laufen.

Der Mann neben ihm beugte sich ein wenig herüber und schaute ebenfalls aus dem Fenster. David betrachtete ihn. Ein Endvierziger, schwarze Haare, kurzer schwarzer Vollbart, mit wachem Blick.

„Schön, nicht wahr?“, fragte David freundlich.

Der Mann antwortete mit einem knappen Nicken und lehnte sich wieder zurück. Doch so leicht wollte David nicht aufgeben. Wenn sie schon die nächsten Stunden nebeneinandersitzen mussten, konnten sie sich auch ein wenig unterhalten.

„Sie fliegen auch nach Südamerika?“ Er hatte es kaum ausgesprochen, da merkte David, wie albern die Frage war. Wenn der Mann nicht im komplett falschen Flugzeug saß, hatte er gar keine andere Wahl, als nach Südamerika zu fliegen. Der Flug ging schließlich nach La Paz.

Der Mann grinste ihn an. „Wären Sie überrascht, wenn ich sagen würde ‚Nein‘?“
David grinste zurück. Er hatte registriert, dass der Nachbar mit leichtem Akzent sprach. „Besuchen Sie Ihre Familie?“
Die Antwort kam schnell. „Nein, ich habe beruflich dort zu tun.“ Und dann fügte er mit einem Lächeln hinzu: „Meine Familie wohnt in Kuba, da kann ich sie nicht besuchen.“
David nickte verstehend. Dabei schossen ihm viele Vermutungen durch den Kopf. War es ein kubanischer Dissident, der bei der Einreise verhaftet würde? Oder war er einfach nur vor Jahren aus Kuba geflohen und durfte deshalb nicht zurück? Wie auch immer, Davids Neugier war geweckt.
„Was sind Sie von Beruf?“, fragte er.
„Ich bin Geologe.“
„Aha“, machte David und sah wohl überrascht aus, denn der Kubaner lächelte schon wieder.
„Ich arbeite für die Firma SED in Dresden und suche und finde Lagerstätten von Bodenschätzen“, erklärte der Mann. „Zur Zeit vor allem in Südamerika.“
David war verblüfft. Mit der Abkürzung SED verband er etwas anderes als Geologie. Also fragte er nach: „Was heißt SED?“
Der Kubaner schaute ihn an und schien Davids Verwirrung zu bemerken. „Sie kommen aus der ehemaligen DDR?“
David nickte.
„Unser Boss auch, deshalb hatte er wohl Spaß an diesem Firmennamen. Aber es heißt ‚Seltene Erden Dresden‘. Wenn es Vorkommen gibt, untersuchen und bewerten wir sie, ob sich ein Abbau wirtschaftlich lohnt. Das tun wir manchmal auch im Auftrag der Bundesregierung.“

David war erfreut. „Sie kommen aus Dresden? Ich auch. Wo hat denn Ihre Firma ihren Sitz?"
„Kennen Sie das Bürohaus am Pohlandplatz? Dort hat der Chef ein paar Räume gemietet."
„Ja, kenne ich. Was werden Sie diesmal untersuchen? Oder ist das geheim?"
„Nein, das ist es nicht. Ich reise von La Paz weiter in die Atacama-Wüste, dort werden größere Mengen Lithium vermutet."
„Aha", sagte David wieder. „Lithium ist solch eine Seltene Erde?"
Der Kubaner schüttelte den Kopf. „Nein. Es gibt da viele Missverständnisse. Seltene Erden sind gar nicht so selten, nur lohnende Lagerstätten gibt es nicht viele. Also, noch nicht, aber wir arbeiten daran." Der Mann lächelte leicht. „Und Lithium gehört nicht zu den Seltenen Erden. Aber wenn wir gebeten werden, solche Vorkommen zu bewerten ..."
Er beendete den Satz nicht, denn eine Flugbegleiterin kam und brachte ihnen Getränke. Beide nahmen ein Wasser.
David prostete dem Kubaner zu. „Ich heiße David", sagte er.
„Raul", war die Antwort.
David hörte den letzten Sätzen Rauls hinterher. „Lithium, das ist doch das Zeug aus den Batterien?"
Raul nickte. „Stimmt. Die Lithium-Ionen-Batterien lösen gerade die Nickel-Cadmium-Batterien ab."
„Weil sie besser sind?"
„Sie haben eine höhere Energiedichte, können also mit gleichem Volumen mehr und auch schneller Strom speichern.

Außerdem ist Cadmium giftig. Die EU plant sogar, es in Batterien zu verbieten."
David überlegte. Lithium war ihm nicht unbekannt, aber er hatte sich noch nie tiefer damit beschäftigt. „Lithium ist also ungiftig?"
Der Mann neben ihm lächelte erneut. „Na, sagen wir mal, weniger giftig. Es gibt nichts, was wirklich ungiftig ist. Oder, wie Paracelsus sagte: ‚Die Dosis macht das Gift.'"
David nickte, den Spruch hatte er schon mal gehört.
„Und", wollte er dann wissen, „ist Lithium wertvoll?"
„Sie haben ja keine Vorstellung."
Den Satz fand David etwas überheblich, hörte aber trotzdem aufmerksam zu.
„Lithium wird das neue Gold. ‚Weißes Gold'. Es wird vor allem für neue Umwelttechnologien gebraucht, Windräder, E-Autos, Stromspeicher und so weiter."
„Wegen des Klimawandels?"
Raul schaute ihn prüfend an. Dabei schien er zu überlegen, was er als Nächstes sagen sollte. „Verstehen Sie mich nicht falsch", sagte er dann sehr ernst. „Ich bin auf keinen Fall jemand, der den Klimawandel leugnet. Inwieweit die Szenarien der Klimawissenschaftler zutreffend sind oder nicht, wann es einen unumkehrbaren Punkt in der Erderwärmung gibt und ob die überhaupt aufzuhalten ist – das vermag ich alles nicht zu beurteilen."
David hörte mit wachsendem Erstaunen zu.
„Ich glaube, dass es in dem ganzen Rennen um Seltene Erden, Lithium und andere Rohstoffe letztendlich um Technologieführerschaft geht."

Die Flugbegleiterin kam und sammelte die leeren Trinkbehälter wieder ein. Das gab David Zeit zum Nachdenken.
„Was meinen Sie mit Technologieführerschaft?", fragte er dann.
Raul zog die Stirn kraus und holte tief Luft. „Wissen Sie, die Wirtschaft, die Konzerne leben von Innovationen. Um immer wieder neuen Gewinn zu erschaffen, brauchen die Firmen ständig neue Produkte. Wie viele Fernseher haben Sie in den letzten, sagen wir mal, fünfzehn Jahren gekauft?"
David überlegte. „Zwei, nein drei."
Raul nickte. „Und die Alten waren kaputt, nicht mehr zu reparieren?"
„Nein, es gab bessere. Mit besseren Bildern, andere Empfangstechnik und so."
„Genau. Der technologische Fortschritt kurbelt immer wieder den Konsum an. In den Firmen ist das genauso. Um konkurrenzfähig zu bleiben, brauchen sie immer besseres, ich sag mal, Werkzeug. Das sind heute Computer, Server, Handys, Software."
„Und dafür braucht man diese Rohstoffe?"
„Richtig! Wer heute nicht in die Zukunft investiert, ist morgen weg vom Fenster."
„Es geht also gar nicht ums Klima?"
„Das habe ich nicht gesagt. Aber Europa, Amerika und China stehen im Wettbewerb miteinander. Und die Zukunft wird nun einmal von neuen Technologien gestaltet."
David schaute aus dem Fenster. So hatte er das noch nicht gesehen. Natürlich war ihm auch aufgefallen, dass der Frühling in Dresden immer früher begann, die Winter immer weniger Schnee hatten. Darum hatte ihm eingeleuchtet, dass es einen Klimawandel geben sollte.

Dann dachte er an seine eigene Firma. Klar, seine Kunden wollten oft das Neueste und Beste, was es an Sicherheitstechnik gab. Und er gab es ihnen, er wollte ja schließlich auch leben.

Er wandte sich wieder zu Raul. „Aber es ist doch nichts Schlechtes, wenn man sich um Technologieführerschaft bemüht. Das sichert doch unser aller Wohlstand in Zukunft."

„Unser aller Wohlstand?" Raul stieß es heftig zwischen seinen Zähnen hervor, offensichtlich bemüht, nicht zu laut zu sprechen. Das Brummen der Triebwerke übertönte fast, was er nun zischte. „Was ist denn mit dem Wohlstand der Menschen in Bolivien, in Chile oder Argentinien? Die dürfen uns zwar ihre Rohstoffe aus der Erde holen, aber am Fortschritt oder an der ‚Technologie' haben sie keinen Anteil. Allenfalls Brosamen."

David war überrascht von dem Ausbruch des Kubaners. „Aber wir bezahlen doch für die Rohstoffe."

Jetzt schien es fast so, als wollte Raul aufspringen. „Wir bezahlen? Wir bezahlen? Ein Bruchteil dessen, was zum Beispiel Lithium auf dem Weltmarkt kostet, kommt bei denen an, die es fördern. Die Bergleute haben das gesamte Risiko, für ihre Gesundheit, für ihr Leben und können sich nicht mal eine vernünftige Gesundheitsversorgung leisten oder Schulbildung für ihre Kinder."

David gab Raul recht. Er hatte oft genug gesehen, wie die Menschen in Entwicklungsländern lebten.

„Also befördern wir mit unserem Fortschritt den modernen Kolonialismus?"

Raul nickte. Die Flugbegleiter begannen mit der Verteilung des Essens.

20
DIE WAHL

Bolivien 2012
Der Saal füllte sich allmählich. Während Luis die hereinströmenden Männer beobachtete, gingen seine Gedanken einige Jahre zurück.
Er sah seinen Vater, wie er die Hand nach ihm ausstreckte. Luis reichte ihm die nächste Flasche, gefüllt mit Benzin. Vater schleuderte sie weit vor die Barrikade, dorthin, wo die Polizei schwer bewaffnet und gepanzert hinter ihren Schilden immer weiter vorrückte.
Als Nächstes dachte er an den Abend, als Vater aufgebracht nach Hause kam und berichtete, dass ihr Kampf vergebens gewesen war. Die Regierung hatte die Bergbauindustrie privatisiert. Das hieß, dass rentable Bergwerke an Ausländer verkauft wurden. Unrentable wurden geschlossen und die Bergleute auf die Straße gesetzt.
Einige von ihnen hatten beschlossen, in die Provinz Chapare zu ziehen und dort im Tropenwald Land zu kultivieren. Für Vater kam das nicht infrage. „Ich bin Bergmann und kein Bauer!", hatte er gesagt.
So zog die ganze Familie in die Stadt. El Alto am Rande von La Paz wurde ihr neues Zuhause. Aber auch hier konnte Vater nicht stillhalten und sich mit seinem Schicksal abfinden. Er gründete eine Junta Vecinales – ein Nachbarschaftskomitee, das er mit anderen vernetzte. Wieder war er ganz vorn dabei, wenn es um Proteste gegen Armut und für demokratische Rechte der indigenen Bevölkerung ging.
„Und, bist du nervös?" Luis hatte gedankenversunken nicht

bemerkt, dass sich der alte Gustavo neben ihn auf das Podium gesetzt hatte.
Er schüttelte den Kopf. „Nein, ich weiß, was ich will und was ich sagen werde."
Er musterte die Zuschauer. Viele von ihnen hatten die traditionelle Bekleidung der Aymara angelegt. Egal, ob sie Bergmann, Bauer oder Stadtbewohner waren, sie blieben immer Aymara.
Wieder gingen seine Gedanken in die Vergangenheit. Der neoliberale Kurs der Regierung führte zur unmittelbaren Verelendung breiter Schichten der Bevölkerung. 2003 kam es zum Aufstand, der die Regierung hinwegfegte und den Aufstieg der MAS beförderte, der letztendlich zur Präsidentschaft von Evo Morales führte.
Die Bergarbeiter, die Bauern geworden waren, hatten sich zu einem Großteil dem Anbau der Kokapflanze verschrieben. Sie braucht nicht viel Pflege und bringt drei Ernten im Jahr. Ein einträgliches Einkommen war die Folge, und unter Morales, der den „War on Drugs" der Amerikaner in seinem Land beendete, wurden viele von ihnen sogar reich.
Vater hatte das immer mit Misstrauen betrachtet. „Ich glaube nicht, dass es richtig ist, soviel Kokain herzustellen. Nicht nur die Ausländer werden davon krank, auch unsere Leute geraten immer tiefer in die Spirale von Abhängigkeit und Armut. Das wird unserem Land auf Dauer nicht guttun."
Unter Morales wurden die Privatisierungen rückgängig gemacht. Es gab eine neue Chance für die Bergleute. Vater war inzwischen zu alt dafür, aber Luis war eingefahren

und hatte den Beruf gelernt. Dann kam der Ruf des Lithiums und genau deshalb saß er jetzt hier und wollte Gewerkschaftsführer werden.
Genau wie sein Vater.
Gustavo hatte die Versammlung kurz eröffnet, nun kündigte er Luis an. Der trat vor die versammelten Bergleute. Viele kannte er schon seit Langem.
Dann begann er zu reden. „Compadres! Ihr kennt mich. Viele von euch haben noch meinen Vater gekannt. Ihr wisst, dass ich einer von euch bin. Ich arbeite genauso hart wie ihr, um meine Familie durchzubringen. Aber das Zinn kann uns nicht mehr ernähren, deshalb bauen wir seit Kurzem in unserer neuen Mine Lithium ab. Und so, wie wir manchmal hungern, so hungert die Welt nach diesem Metall. Eine neue Zeit ist für uns alle angebrochen und neue Zeiten eröffnen neue Wege."
Luis machte eine Pause und blickte in den Saal. Die Männer hingen an seinen Lippen. Das war ein gutes Gefühl. Aber er musste ihnen noch ein paar Wahrheiten eröffnen.
„Wenn wir auch in der neuen Zeit unseren Platz finden wollen, müssen wir investieren. Unsere Mine braucht neue Maschinen. Wir Arbeiter brauchen besseren Schutz, bessere Kleidung. Aber der Preis, den die Regierung uns bezahlt, ist zu niedrig, um neben den Mitteln für den Unterhalt unserer Familien noch Geld übrig zu haben, um zu investieren. Wir müssen also mit der Regierung verhandeln, damit sie uns bessere Preise für das Lithium bezahlt."
Einer rief aus dem Saal: „Ja, hart verhandeln! Notfalls mit Dynamit!" Zustimmendes Murmeln war die Antwort.

Luis hob die Hand und es wurde wieder still. „Wir werden hart verhandeln. Wir werden solchen Lärm machen, dass man uns auch im Präsidentenpalast in La Paz hört."
„Und wenn das nicht hilft? Die haben uns schon früher lieber verhungern lassen, als was zu tun!"
Luis musste aufpassen, dass sein triumphierendes Gefühl nicht auf seinem Gesicht erschien. Dieser letzte Zwischenruf kam ihm sehr gelegen. „Dann gehen wir selbst an den Weltmarkt", verkündete er stolz.
Das schlug ein. Das Gemurmel schwoll an, bis endlich jemand rief, was alle wissen wollten: „Wie soll das gehen?"
Jetzt lächelte Luis doch. „Wir verkaufen das Lithium direkt an die Ausländer, ohne unsere staatlichen Behörden. Sie werden es uns aus den Fingern reißen." Das ließ er mit einer erneuten Pause erst mal wirken. Dann fuhr er fort: „Ich habe auch schon die ersten Kontakte geknüpft."
Die Wahl zum Sekretär ihrer Gewerkschaft war eine eindeutige Sache. Als gefragt wurde, wer für Luis als Nachfolger des alten Gustavo stimmte, hoben alle die Hand.

21
WILLKOMMEN GRINGO

Bolivien 2013

Das Erste, was David hörte, waren Schreie. Er konnte nicht erkennen, wer da schrie oder was, aber es klang so schrill, dass ihm Schauder über den Rücken jagten. Die Polizisten waren verschwunden, er stand allein in einem engen Hof, umgeben von Mauern mit kleinen, vergitterten Fenstern darin. Aus manchen fiel fahles Licht, das aber kaum den Boden des Hofes erreichte. Es war dunkel um David.

Dann nahm er den Gestank wahr. Eine widerliche Mischung aus Fäkalien, menschlichen Ausdünstungen und verfaulenden Lebensmitteln. Zumindest glaubte David, das alles zu riechen. Vorsichtig bewegte er sich in der Dunkelheit ein paar Schritte vorwärts. Er hatte keine Ahnung, wo er hier war und wo er hinsollte. Keiner hatte etwas zu ihm gesagt. War das ein Gefängnis? Seltsam war, dass er im Hof stand. Kam noch jemand, um ihn in seine Zelle zu bringen? David war ratlos. Jetzt begann er auch die Kälte zu spüren. Er war im Frühsommer in Deutschland aufgebrochen, aber auf der Südhalbkugel war Spätherbst. Außerdem kam die Höhenlage von La Paz hinzu. Es wurde gerade bitterkalt.

Er musste aus diesem unheimlichen Hof weg und sich irgendein Quartier suchen. Dann spürte er es: Jemand beobachtete ihn!

„Hallo, ist da jemand?“ Er bemerkte, dass er Deutsch gesprochen hatte, also wiederholte er den Satz auf Spanisch.

Keine Antwort. Seine Augen hatten sich an die Dunkelheit gewöhnt und er begann in dem wenigen Licht, das in den

Hof fiel, ein paar Umrisse seiner Umgebung zu erkennen. Wenige Schritte vor ihm sah es nach den Stufen einer Treppe, die nach oben führte, aus. Wo mochte sie enden? David beschloss, das herauszufinden. Vielleicht fand er dort Schutz vor der Kälte oder sogar ein Quartier für die Nacht.

Er hatte die Treppe kaum erreicht, da sprach ihn jemand an. „Wo willst du denn hin, Gringo?“ Eine Männerstimme. Sie klang nicht freundlich.

Er drehte sich um. Kurz hinter ihm stand ein für bolivianische Verhältnisse großer Kerl. Im Dunkel konnte David nur dessen Umrisse erkennen.

„Ich bin kein Gringo.“ David wusste, dass das Wort Gringo südlich der amerikanisch-mexikanischen Grenze ein Schimpfwort für US-Amerikaner war. Auf dem gesamten Kontinent.

„Wer Gringo ist, bestimmen wir.“

„Okay“, dachte David. „Das ist definitiv unfreundlich.“ Jetzt hieß es, aufpassen. „Wir?“, fragte er und sah sich vorsichtig um. „Wer ist wir?“

Drei weitere Männer kamen in der Dunkelheit näher. Keiner sah wohlwollend aus.

„Ah“, sagte David. „Ihr seid also das Begrüßungskommando.“ Alles in ihm schaltete auf Abwehr.

Es blieb ihm keine Zeit, groß nachzudenken. Einer der Männer sprang mit erhobenem Arm auf ihn zu. In der Dunkelheit konnte David nicht erkennen, was er in der Hand hatte. Vermutlich war es ein selbst gemachtes Messer aus einem Löffel oder Schraubenzieher.

David reagierte reflexartig. Er ging der Hand einen Schritt entgegen, ergriff sie mit beiden Händen von unten, drehte seinen Körper unter dem Arm des Angreifers durch und riss, nun im Rücken des Messerschwingers stehend, dessen Arm mit aller Kraft nach oben. Ein lautes Knacken war das Zeichen, dass der Arm ausgekugelt war. Das Messer fiel zu Boden. David stieß es mit der Fußspitze in die Dunkelheit. Der Mann vor ihm sank laut schreiend vor Schmerz zu Boden. Die anderen waren jetzt gewarnt und obendrein immer noch zu dritt. David nahm einen Schritt Anlauf und sprang ohne erkennbaren Ansatz einen weiteren Mann an. Er flog mit dem rechten Knie voran auf dessen Brust zu, traf den Solarplexus und schlug mit der Handkante mit voller Wucht auf den Hals des Typen ein. Auch der ging zu Boden und regte sich nicht mehr.

Jetzt griffen die beiden anderen gleichzeitig an. Faustschläge prasselten auf David ein. Er versuchte, ihnen auszuweichen, oder fing sie mit seiner Deckung ab. Sie drängten ihn jedoch immer weiter nach hinten.

Dabei trat er auf einen der am Boden liegenden Männer und verlor einen Moment das Gleichgewicht. Seine Deckung rutschte nach unten und gleich zwei unmittelbar aufeinander folgende Faustschläge trafen sein ungeschütztes Gesicht. Er taumelte. Da traf ihn einer der beiden Angreifer mit einem artistischen Sprung und anschließendem Tritt auf die Brust und er fiel zu Boden.

Nun gab es für die beiden kein Halten mehr. Mit ihren Füßen traten sie auf ihn ein und trafen ihn immer wieder am Kopf, den er vergeblich mit seinen Armen zu schützen versuchte. Er spürte, wie ihn die Kräfte verließen, und hörte nur noch ein lautes Gebrüll, als er bewusstlos wurde.

22
KRANKENLAGER

Bolivien 2013
Schmerzen, er spürte nur Schmerzen. Er lag auf dem Rücken und konnte mit seinem rechten Auge nach oben sehen. Das linke funktionierte nicht, war wohl zugeschwollen. Die Schmerzen waren überall, im Kopf, am Oberkörper, an den Armen. Es schien ihm, als wäre er in einer Hölle aus Schmerzen gefangen. Er versuchte trotzdem, sich zu bewegen. Es gelang ihm nicht. Nur ein Schmerzenslaut drang aus seinem Inneren.
Das jedoch erzeugte eine Reaktion in der Außenwelt. Ein Geräusch erreichte sein Ohr und pflanzte zusätzliche Schmerzen in seinen Kopf. Jemand kam zu ihm. Würde es weitere Schmerzen geben? Furcht übermannte ihn.
Eine Gestalt huschte durch den schmalen Ausschnitt, den sein rechtes Auge erfassen konnte. Die Gestalt sprach. Er verstand die Worte nicht, aber sie klangen nicht bedrohlich. Ein Arm fuhr unter seinen Kopf und hob ihn vorsichtig an. Etwas drückte gegen seine Lippen. Eine Flüssigkeit schwappte aus einem Gefäß und rann seinen Hals hinab. Wieder sprach die Gestalt. Er verstand den Sinn, nicht die Worte und öffnete mühsam die geschwollenen Lippen. Jetzt lief die Flüssigkeit in seinen Mund und er begann zu schlucken.
Er musste husten. Der Becher wurde abgesetzt. Dann kam er erneut und nun trank David vorsichtig Schluck für Schluck. Es schmeckte bitter. Aber David war dankbar. Er spürte, jemand wollte ihm helfen.
Nachdem sein Kopf losgelassen wurde, schlief er erschöpft ein.

Als er aufwachte, war auch die helfende Hand wieder da. So geschah es mehrere Male. David wusste nicht, ob es Tag oder Nacht war oder wie lange er jeweils geschlafen hatte. Bald bekam er neben dem Trank auch etwas Brot in den Mund geschoben. Gehorsam kaute und schluckte er.

Irgendwann wachte er ohne Schmerzenslaut auf. Um ihn herum war es dunkel. Ein leises Brummen, wie das Geräusch eines Kühlschrankes, drang an sein Ohr. Vorsichtig bewegte er seinen Kopf. Die Umrisse eines Tisches zeichneten sich ab. Ein dünner Lichtschimmer fiel durch ein Fenster und ließ einen Stuhl aus der Dunkelheit hervortreten. Ein Krankenzimmer war das nicht.

Vorsichtig spürte er seinen Schmerzen nach. Sie hatten deutlich nachgelassen. Beim Atmen stach es in seiner Brust, möglicherweise hatte man ihm ein paar Rippen gebrochen. Er erinnerte sich wieder an die Schlägerei im Hof und an die Angreifer. Er wusste noch, dass er in dem Moment, als sie mit ihren Füßen auf seinen Körper eintraten, an den Tod gedacht hatte. Er hatte wohl Glück gehabt. Irgendwas oder irgendwer hatte ihn in letzter Sekunde gerettet. Mal wieder.

Plötzlich war Bewegung im Zimmer. Ein Licht wurde angeschaltet. Er kniff die Augen zusammen, weil es im ersten Moment blendete. Als er sie wieder öffnete, stand ein Mann vor seinem Bett.

„Ah, du bist wach." Prüfend sah ihn der Mann an. David schaute zurück. Ein schwarzhaariger, junger Indio mit freundlichem Ausdruck in den Augen.

„Wo bin ich?", fragte David schwach.

„Du bist bei mir, in meiner Wohnung."

„Was ist passiert?" Das Sprechen fiel David noch schwer.

„Du wurdest verprügelt. Ich glaube, die wollten dich umbringen. Hier sterben oft Leute. Aber du hattest Glück. Ich bin dazugekommen und habe sie verscheucht."
David musterte den schmächtigen Mann und versuchte ein Lächeln. Er hatte noch eine gute Erinnerung an die Typen, die ihm aufgelauert hatten. „Du hast sie verscheucht?", fragte er ungläubig.
Jetzt guckte der Indio unfreundlicher. „Ja, ich habe sie verscheucht. Die wollten keinen Zeugen haben. Und mich greift keiner an."
David war erstaunt. Wer war der Mann, der von sich behauptete, unantastbar zu sein? Aber noch war er zu schwach, um diese Frage zu stellen. Er schloss die Augen.
Der junge Mann brachte den Becher, den David kannte. Diesmal nahm er ihn selbst in die Hand. Auch das Stück Brot führte er selbst zum Mund. Dann schlief er wieder ein.
Als das Licht des nächsten Morgens durch das kleine Fenster drang, fühlte sich David schon deutlich besser. Er setzte sich auf seinem Krankenlager auf und musterte seine Umgebung. Es war ein kleines Zimmer mit einem Bett, einem Tisch und einem Stuhl. Außerdem gab es eine Küchenecke mit einem Herd, einem Kühlschrank und darauf einer Mikrowelle. Vor dem Bett schlief auf einer Matratze am Boden der junge Mann, den er in der Nacht kennengelernt hatte. Über dem Tisch hing an der Wand ein Flachbildfernseher.
Ganz offensichtlich war David nicht im Gefängnis. Aber wo war er? Wie kam er hierher und was hatte der junge Mann damit zu tun?

23
HÖLLE UND HIMMEL

Bolivien 2013

„Bin ich noch in La Paz?"

Davids Erinnerung kam langsam zurück. Er war mit dem Flugzeug nach La Paz gekommen. Bei der Einreisekontrolle hatte man ihn in ein Zimmer gebeten, wo ihm ein Polizist eröffnete, dass ein internationaler Haftbefehl der peruanischen Regierung gegen ihn vollstreckt würde. Dann hatten die Handschellen geklickt.

Das Auto, in das sie ihn gesteckt hatten, war in einem desolaten Zustand. Rost überall, eine Scheibe war gesprungen und notdürftig mit Klebeband abgedichtet. Trotzdem war es in halsbrecherischem Tempo Richtung Stadt gegangen. Dort allerdings kamen sie nur noch im Schneckentempo voran. Es war früher Abend gewesen und dichter Verkehr verstopfte die Straßen.

Vor einer langen Mauer mit einem großen Tor hatte das Auto gehalten. Die Polizisten waren mit ihm ausgestiegen und durch das Tor gegangen, dann hatten sie vor einem Gitter gestanden. In der notdürftigen Beleuchtung hatte David den maroden Zustand der Mauern bemerkt, bröckelnden Putz, fehlende Ziegel.

Einer der Polizisten verschwand durch eine Tür. David wartete mit dem anderen mehrere Minuten. Als der Polizist zurückkam, sagte er zu seinem Kollegen knapp: „Nur reinbringen."

Dann öffnete sich das Gitter und David wurde in den finsteren Innenhof gestoßen.

Was dann kam … David fühlte nach seinem linken Auge: Die Schwellung hatte nachgelassen. Zum Glück konnte er wieder mit beiden Augen sehen. Er wollte sich gar nicht vorstellen, wie es wäre …
„Ja natürlich, David." Der junge Mann hatte sich ihm als Luis vorgestellt. „Warum fragst du?"
„Was ist das hier für eine Einrichtung?"
Jetzt schaute Luis verblüfft. „Na, ein Knast. San Pedro. Der schlimmste Knast in Bolivien. Oder der Beste. Das hängt davon ab."
David war verwirrt. „Entschuldige, aber wo ich herkomme, haben die Gefangenen keine Küche und auch keinen Kühlschrank. Und wenn sie einen Fernseher haben, dann sicher nicht in dieser Größe."
Luis lachte, stand auf und ging zum Kühlschrank. „Willst du auch ein Bier?"
„Wie? Bier?" Jetzt war es an David verblüfft zu sein. „Hast du Bier gesagt?"
Statt einer Antwort flog aus der Küchenecke eine Dose auf ihn zu. Reflexartig fing er sie auf und verzog sein Gesicht, denn diese ruckartige Bewegung schickte einen stechenden Schmerz durch seinen geschundenen Körper. Es war tatsächlich Bier. Schlagartig bekam er Durst, öffnete die Dose und trank mit gierigen Schlucken. Er spürte, wie der Alkohol durch seinen Körper strömte. Ein wohliges Gefühl breitete sich in ihm aus.
Luis hatte Davids schmerzverzerrtes Gesicht bemerkt. „Entschuldige", sagte er. „Ich hatte vergessen, dass du bestimmt noch Schmerzen hast. Willst du lieber etwas Koks?"

David wehrte entsetzt ab. „Keine Drogen. Habe ich noch nie genommen und werde ich auch nicht nehmen."
Luis lächelte leicht. „Was denkst du, was du die ganze Zeit als Medizin zu dir genommen hast?"
David erinnerte sich an den bitteren Trank. „Das war Kokain?"
„Na ja, nicht in reiner Form. Es war ein starker Tee aus Kokablättern. Aber er hat geholfen, oder?"
David nickte vorsichtig, aus Angst vor weiteren Schmerzen. Er kannte die Tradition der Indios in den Anden, die fast den ganzen Tag Kokablätter kauten. Hatte er es doch selbst mal probiert, als er in Lima angeschossen worden war.
„Und du kannst solche Blätter hier im Knast bekommen?", fragte er erstaunt.
Luis schaute spöttisch auf den begriffsstutzigen Deutschen. „Hier bekommst du alles, wenn du Geld hast. Drogen, Alkohol – was du willst. Nicht nur Kokablätter. Es gibt hier den reinsten und billigsten Koks im ganzen Land – er wird hier hergestellt."
David musste wohl ziemlich verdutzt geschaut haben, denn der Bolivianer lachte laut.
„Das kann ich nicht glauben", protestierte David. „Es muss doch Kontrollen geben. Was machen denn die Polizisten?"
Dann kam ihm ein Gedanke. „Oder schauen die alle weg, weil sie korrupt sind?"
Luis nickte grinsend. „Das auch. Aber vor allem kommen die Polizisten nur in absoluten Ausnahmefällen hier in das Gefängnis rein. Dürfen die gar nicht."
„Wieso dürfen die das nicht?"

„Weil San Pedro ein einmaliges Experiment ist: Es ist das einzige Gefängnis in kompletter Selbstverwaltung der Häftlinge. Das war ursprünglich gedacht, um die Resozialisierung der Gefangenen zu verbessern."
David wurde sarkastisch. „Funktioniert ja prima."

24
REGELN

Bolivien 2013

Es war Mittagszeit und David verspürte Hunger. Ein Wunder war das nicht, hatte er doch in den letzten Tagen kaum etwas gegessen. Also sagte er es Luis und der schaute in seinen Kühlschrank.

„Ich muss erst etwas einkaufen“, erklärte er dann.

„Wo willst du denn hier einkaufen?“

„Manche Zellen sind zu kleinen Läden geworden. Die haben ein gutes Angebot. Auch an frischen Lebensmitteln.“

David kam aus dem Staunen nicht heraus. „Läden?“, fragte er baff. „Das ist erlaubt? Und wo kommen die Waren her? Liefert die der Staat?“

Luis lachte bitter. „Der Staat? Der kümmert sich nicht um dieses Gefängnis. Hat er noch nie. Nein, die Frauen von manchen Häftlingen gehen raus, kaufen Waren ein und bringen sie, wenn sie zurückkommen, mit her.“

„Die Frauen also. Wie oft kann man denn hier Besuch empfangen?“

Luis schaute David an und schien die Frage nicht zu begreifen. Dann glitt ein verstehendes Lächeln über sein Gesicht. „Nein, nein, die Frauen sind nicht zu Besuch. Die wohnen hier, mit ihren Männern. Und Kindern.“

David blieb der Mund offen stehen. „Hier wohnen auch Frauen und Kinder?“

„Ja“, sagte der Bolivianer ernst. „Was bleibt ihnen anderes übrig? Draußen, ohne ihren Ernährer würden sie verhungern. Die Frauen kommen und gehen, die Kinder gehen

jeden Morgen in die Schule und die Männer sitzen ihre Strafe ab. Aber jetzt lass mich einkaufen gehen."
David hob die Hand. „Warte mal, Luis. Ich kann dir nicht ständig zur Last fallen. Es gibt doch sicherlich eine Gefängnisküche, wo die Gefangenen was zu essen bekommen. Ich werde dahin gehen."
Luis diskutierte nicht. Er grinste David an und zeigte ihm den Weg in den Hof. „Dort findet die Essensverteilung statt."
David kletterte aus der Zelle, die sich unter dem Dach befand, über eine Leiter in den Gang. Man hatte während der letzten Jahrzehnte offensichtlich immer wieder Umbauten vorgenommen. Die Gänge waren so schmal, dass nur ein Mann darin gehen konnte. Gegenverkehr wäre schwierig. Aber David begegnete auf seinem Weg niemandem. Ihm war es recht, hätte er doch nicht gewusst, ob er sich davor fürchten musste.
Im Hof verstand er, warum ihm niemand begegnet war; er war voller Männer. Einige saßen auf Stühlen unter einem Balkon, andere auf dem niedrigen Rand eines Bauwerkes, das für David fast wie ein Pool aussah. Allerdings ein Pool ohne Wasser.
In einer Ecke des Hofes waren Tische aufgebaut, vor denen sich eine Schlange bildete. Viele der Männer, die sich dort einreihten, sahen elend aus. Sie hatten zottelige Haare, ihre Kleider ähnelten eher Lumpen und sie wirkten krank. Überhaupt fiel David auf, dass niemand hier Gefängniskleidung trug.
Er stellte sich mit an, als die Essensausgabe begann. Von seinem Platz in der Schlange konnte er nicht sehen, was es

gab, aber als er dran war, erhielt er eine Blechschüssel mit etwas, das wie Suppe aussah. Eine sehr dünne Suppe, in der ein paar Gemüsestückchen schwammen. Er schaute in die Schüssel und überlegte, ob er das wirklich essen sollte. Vielleicht konnte er doch bei Luis etwas bekommen.
Unschlüssig hielt er seine Schüssel in der Hand. Dabei fiel sein Blick auf drei ausgemergelte Gestalten, die unter der Treppe zum Balkon lagen. Waren sie tot? Zumindest rührten sie sich nicht.
Vorsichtig ging er mit seiner Schüssel zu ihnen hin. Einen der drei stieß er an. Der Mann öffnete die Augen. David reichte ihm die Schüssel und der Mann begann, ohne den Löffel zu benutzen, die Suppe zu schlürfen. Wenn David gehofft hatte, ein Wort des Dankes zu hören, hatte er sich getäuscht. Der leere Blick des Mannes zeigte ihm, dass er suchtkrank war.
Er wandte sich ab. Hier konnte er nicht helfen. Allerdings war David aufgefallen. Er bemerkte, dass durch das Gitter des Hoftores, durch das man ihn vor einigen Tagen gestoßen hatte, zwei Polizisten angestrengt in seine Richtung starrten. Aufgrund seiner Körpergröße war er auch in dem Gewimmel des Hofes nicht zu übersehen.
Einer der Polizisten verschwand kurz und als er wiederkam, winkte er einen der vor dem Gitter Herumstehenden zu sich heran. David beobachtete die Szene und sah, wie der Mann auf ihn zukam.
„Du sollst in die Registratur kommen“, sagte der Mann. David war unsicher. Sollte er ohne Luis dorthin gehen? Er kannte noch nicht alle Regeln in diesem ungewöhnlichen Knast. Doch um Luis zu holen, blieb ihm keine Zeit. Die

Polizisten winkten ungeduldig und der Bote drängelte. „Geh schon, Gringo."
„Ich bin kein Gringo, ich bin Deutscher – Soy alemán."
Er registrierte noch das Kopfschütteln des Mannes und setzte sich resigniert in Bewegung.

Einer der Polizisten ging voran die kleine Treppe hinauf. Das Zimmer war unglaublich eng. David stand vor einer Art Schalter, hinter dem ein weiterer Polizist saß. Der schaute grimmig zu ihm hoch.
„Sie müssen hier registriert werden", sagte der Mann.
Einen Moment lang war David sprachlos. Dann brach es aus ihm heraus: „Wenn das so wichtig ist, warum wurde es nicht bei meiner Ankunft gemacht? Stattdessen …"
„Halten Sie den Mund. Wir sagen, was gemacht wird und wann." Der Polizist hinter dem Schreibtisch war laut geworden. David verstummte sicherheitshalber. Dann schrieb der Mann etwas, das wie eine Quittung aussah. Er nahm es in die Hand, als ob er es David geben wollte und sagte: „Fünfundzwanzig Bolivianos!"
David guckte verständnislos auf den Mann und den Zettel. Der Polizist wiederholte: „Fünfundzwanzig Bolivianos!"
Als sich David weiterhin nicht rührte, rief der Polizist einen Kollegen, der David in einer Art Pidgin-Englisch zu erklären versuchte, dass er fünfundzwanzig Bolivianos zu bezahlen hätte.
„Ich spreche doch Spanisch. Ich habe Sie verstanden, aber wofür soll ich bezahlen?", fragte David nun.
„Das ist die Ingreso-Gebühr. Wenn Sie bezahlt haben, erhalten Sie eine Quittung." Der Mann hinter dem Schreib-

tisch wedelte mit dem Zettel in seiner Hand. Er war offensichtlich erleichtert, dass David ihn verstand.
Trotzdem wusste David nicht, was vor sich ging. Er sollte eine Eintrittsgebühr bezahlen, weil er ins Gefängnis gekommen war? War das korrekt? Er würde Luis danach fragen müssen.
Vorerst schüttelte David einfach den Kopf. „Ich habe kein Geld. Das wurde mir von Ihren Kollegen am Flughafen zusammen mit meinem Pass abgenommen."
Der Polizist sah enttäuscht aus. „Dann werden Sie sich hier einen Job suchen müssen, bis Sie das Geld zusammen haben."
David war ratlos. Wie sollte das mit dem Job gehen? Wer würde ihn einstellen oder bezahlen?
„Außerdem brauchen Sie Geld, um sich eine Zelle zu kaufen."
„Ich muss mir eine Zelle kaufen?" David war verblüfft. „Und was, wenn ich kein Geld habe, um mir eine zu kaufen?"
„Dann schlafen Sie im Freien, auf der kalten Erde." Der Polizist war ungerührt.
David musste schlucken. „Was kostet denn so eine Zelle?", fragte er kleinlaut.
„Je nachdem, wo sie sich befindet, zwischen fünf- und zehntausend."
„Bolivianos?"
„Dollar, Señor Thomsen, die Zellen kosten in Dollar!"
David war geschockt. Wie sollte er so viel Geld jemals zusammenbekommen? In Deutschland wäre das vielleicht möglich, aber hier?
Er schüttelte den Kopf. „Das geht nicht."
Nun hatte der Polizist die Geduld mit David endgültig verloren. Ganz sicher war er der Meinung, dass bei dem

Deutschen nichts zu holen war. Er ließ ihn von zwei Kollegen aus dem Büro werfen.

25
DIE BOTSCHAFT

Bolivien 2013

Nachdem David das Büro verlassen hatte, stand er hilflos auf dem Hof und schaute sich um. Menschengewimmel, fast wie an einem Markttag in einer südeuropäischen Kleinstadt. Es gab auch wirklich Marktstände mit frischem Obst und Gemüse, eine Frau verkaufte Töpfe und Pfannen. Auch Kleidung gab es zu kaufen.

Doch David hatte kein Geld. So schaute er nur und überlegte, wie es weitergehen sollte. Irgendwie musste er an Geld kommen, sonst war er hier sehr schnell tot.

Aber wie? Er konnte niemanden anrufen. Telefone waren strikt verboten. Es war schon ein Witz: In Dresden hatte er Geld zuhauf, hier war er blank. Sozusagen arm wie eine Kirchenmaus.

Aber wie konnte er jemanden in Deutschland erreichen?

Da hörte er seinen Namen. Es war derselbe Mann, der ihn schon in das Büro gerufen hatte. Offensichtlich lebte er davon, am Eingangstor zu lungern, bis jemand einen Gefangenen suchte.

„Hier“, rief David, hob den Arm und ging auf ihn zu.

„Ah, Aleman.“ Er hatte David wiedererkannt. „Du sollst in den Besucherraum kommen.“

David war verblüfft. Wer sollte ihn besuchen? Es wusste doch niemand, wo er steckte. Aber er folgte dem Boten.

Der Besucherraum war ein kleiner Raum mit vergitterten Fenstern, einem schweren Holztisch und drei Stühlen.

Von den Wänden blätterte der Putz, der Tisch war alt und zerkratzt, die Stühle wackelig.
Auf einem saß ein junger Mann und schaute ihm neugierig entgegen. Dem Boten drückte er einen Geldschein in die Hand und wartete, bis der die schwere Holztür hinter sich geschlossen hatte.
„Guten Tag, Herr Thomsen. Mein Name ist Robert Lehmann. Ich bin von der deutschen Botschaft in La Paz und soll den Kontakt zu Ihnen herstellen."
David setzte sich mit einer Mischung aus Erleichterung und Erstaunen.
„Herr Thomsen, wir sind offiziell von der bolivianischen Polizei informiert worden, dass Sie bei Ihrer Einreise verhaftet wurden, weil ein Ersuchen der peruanischen Regierung vorliegt, Sie auszuliefern. Können Sie mir etwas dazu sagen?"
In Davids Kopf schossen die Gedanken durcheinander. Um Zeit zu gewinnen, atmete er tief ein und aus. „Ich weiß leider auch nicht viel mehr darüber als Sie", sagte er dann.
Robert Lehmann nickte, als hätte er die Antwort erwartet. Trotzdem sah David seinem Gesicht an, dass er enttäuscht war. „Haben Sie eine Vermutung, warum die peruanische Justiz Ihre Person ausgeliefert haben möchte?"
Davids Entschluss stand fest. Er würde dem Mann von der deutschen Botschaft nicht alles erzählen. Erst einmal herausfinden, womit der ihm helfen konnte.
„Sehen Sie", begann er. „Ich war letztes Jahr in Peru. Ich hatte dort geschäftlich zu tun. Dabei habe ich eine junge Frau kennengelernt, die in großer Gefahr schwebte. Und dann habe ich sie im Auto bis zum Titicacasee gefahren."

„Haben Sie dabei Gesetze des peruanischen Staates verletzt?"
David schüttelte den Kopf. „Nein, es war ganz harmlos. Wir sind dann noch mit dem Boot über den See gefahren und haben uns in Bolivien aus den Augen verloren." David stockte. Äußerlich war ihm die Geschichte locker über die Lippen gegangen, innerlich riss es an ihm. Er hoffte, dass der Botschaftsmitarbeiter das nicht mitbekam. „Kann mir die Botschaft denn helfen? Ich kenne mich mit der Justiz in diesem Land nicht aus."
Lehmann überlegte. Vermutlich ahnte er, dass sein Gegenüber ihm nicht die ganze Wahrheit sagte. „Die Botschaft kann Ihnen einen Rechtsbeistand vermitteln. Wie sind Sie denn finanziell aufgestellt?"
„Sie meinen in Deutschland?"
Lehmann nickte.
„Ich habe eine kleine Firma. Aber hier habe ich kein Geld. Und in diesem Gefängnis ist man ohne Geld nichts, ein toter Mann."
Jetzt schaute der junge Mann erschrocken. „Wie meinen Sie das?"
„So, wie ich es sage. Hier muss man für alles bezahlen. Für die Unterkunft, das Essen, sogar Eintritt in den Knast – eine Aufnahmegebühr."
Der junge Deutsche war geschockt. „Ich habe ja schon viele Geschichten gehört, aber …" Er sprach nicht weiter. Nach einer Pause fuhr er fort: „Wie gesagt, wir können Ihnen einen Anwalt vermitteln. Bezahlen müssten Sie ihn letztendlich selbst. Solange nicht klar ist, was man Ihnen vorwirft, können wir offiziell nicht intervenieren. Besprechen Sie das mit Ihrem Anwalt. Ich weiß, dass die Gerichte hier sehr

langsam arbeiten. Darum stellen Sie sich auf einen längeren Aufenthalt ein."
David blies die Backen auf. „Längerer Aufenthalt? Und der Anwalt schreibt mir dann eine Rechnung?"
Lehmann wirkte unsicher. „Ich glaube nicht. Ich denke eher, dass er erst mal Geld sehen will."
„Ja, aber ich habe doch hier keines. Kann die Botschaft mir etwas vorschießen?"
Der junge Mann schüttelte heftig den Kopf. „Nein, das ist nicht üblich."
„Und ausnahmsweise?"
„Auch nicht."
Wieder entstand eine Pause. Dann hatte David eine Idee. „Sie haben doch ein Handy dabei?", fragte er.
„Ja", antwortete Lehmann vorsichtig.
„Lassen Sie mich bitte telefonieren. Dann kann ich dafür sorgen, dass ich Geld bekomme. Und dann komme ich hier irgendwie klar."
Lehmann schüttelte den Kopf. „Das kann ich nicht machen. Telefone sind hier verboten. Da bekommt die Botschaft bestimmt Ärger."
David hasste es zu betteln. Er tat es dennoch. „Kommen Sie. In Deutschland hätte ich doch auch das Recht auf einen Anruf. Ich brauche auch nicht lange." Er sah sein Gegenüber flehend an.
Der Mann zögerte. David sah, wie es in ihm arbeitete. Dann schien er sich einen Ruck zu geben.
„Okay, Sie haben eine Minute", sagte er schließlich.
David nahm das Handy. Fieberhaft überlegte er, wen er anrufen sollte. Dann stand sein Entschluss fest und er tippte

die Nummer. Es schien eine Ewigkeit zu dauern, bis der Ruf abging. Es klingelte, zweimal, dreimal. David betete innerlich, dass jemand das Klingeln mitbekam. Dann hörte er die vertraute Stimme – Jason.

„Hör zu, Jason, David hier. Ich bin in La Paz im Gefängnis San Pedro. Ich habe nur kurz Zeit." Der Botschaftsmitarbeiter schaute nervös auf seine Uhr. „Du musst mir Geld schicken. Lass dir was einfallen, wie es zu mir kommt. Und sag den anderen Bescheid, es könnte dauern, bis ich wieder draußen bin. Hast du gehört? Schick mir schnellstmöglich Geld!"

Lehmann griff nach dem Handy und David hörte Jason nur noch sagen: „Okay, David, ich kümmere mich."

David gab Lehmann das Handy zurück. Dann löste sich die Spannung der letzten Tage und er merkte, wie ihm Tränen in die Augen stiegen. Zu Lehmann sagte er nur mit erstickter Stimme: „Danke." Dann drehte er sich etwas zur Seite und wischte verstohlen die Tränen aus den Augen.

Der junge Mann hatte es trotzdem bemerkt und schwieg betroffen. Dann fragte er leise: „Kann ich Ihnen sonst irgendwie helfen?"

David schüttelte den Kopf. „Ich denke nicht. Ich weiß nur nicht, wie die nächsten Tage hier ohne Geld werden sollen. Bis es aus Deutschland da ist …"

Lehmann griff in seine Gesäßtasche, zog eine Brieftasche hervor und nahm einen Zwanzig-Boliviano-Schein heraus. „Ich habe leider nicht mehr dabei." Damit schob er den Schein über den Tisch.

David starrte auf den Schein. „Ich kann doch nicht …"

„Doch, das ist in Ordnung."

Langsam griff David nach dem Schein. „Vielen Dank!"
Lehmann nickte und erhob sich. „Machen Sie es gut."
Dann war er weg. Ein Polizist kam und brachte David wieder auf den Hof.

26
WAS HAST DU GETAN?

Bolivien 2013
Die Sonne war gerade untergegangen und die Nacht trieb die Kälte der Berge in die Straßen von La Paz. Wer jetzt noch unterwegs war, suchte einen warmen Platz für die Nacht.
David und Luis hatten diesen Platz bereits: seit Wochen David und seit Monaten Luis. Wahrscheinlich würden sie diesen Platz noch eine ganze Weile nicht verlassen können. Luis hatte sich auf sein Bett gesetzt, David auf dem einzigen Stuhl der Zelle Platz genommen. Beide hatten ein Bier in der Hand und prosteten sich wortlos zu.
„Wollen wir fernsehen?“ Luis hatte die Fernbedienung in der Hand. David warf einen Seitenblick auf den dunklen Schirm des flachen Fernsehers an der Wand und schüttelte leicht den Kopf. Ihm war nicht nach seichter Unterhaltung zumute. Die Warterei zerrte an seinen Nerven.
„Ich weiß was Besseres“, schlug er vor. „Wir erzählen uns, warum wir hier sind.“
Luis zog die Stirn kraus und überlegte. Wahrscheinlich dachte er darüber nach, ob das eine gute Idee war, schließlich kannte er David ja kaum. „Einverstanden“, sagte er dann. „Aber vorher zieh ich noch eine Line. Willst du auch eine?“
David lehnte mit einem Kopfschütteln ab. Bisher hatte er es standhaft vermieden, zu koksen. Dabei war das Kokain hier allgegenwärtig. Es war reiner und billiger als sonst irgendwo auf der Welt. Ständig bekam er es angeboten oder wurde

zum Konsumieren aufgefordert. „Nein, danke, ich möchte einen klaren Kopf behalten."
„David, du hast keine Ahnung. Was meinst du, wie klar du manche Dinge siehst, wenn du erst mal ein paar Lines gezogen hast?"
David kannte die Wirkung der Kokablätter aus Lima von vor einem Jahr. Eine klare Sicht auf die Dinge hatte er damals ganz bestimmt nicht verspürt. Aber reines Kokain war noch mal eine andere Nummer.
Luis legte eine dünne Linie von weißem Pulver auf eine CD-Hülle und zog geräuschvoll das Kokain in seine Nase. Dann fing er an zu erzählen. „Ich stamme aus Cala Cala. Das liegt im Altiplano. Weißt du, was der Altiplano ist?"
„Ja", sagte David. „Das ist das zentrale Hochland von Bolivien, über 3000 Meter hoch."
Luis lächelte. „Richtig. Aber das Hochland ist so viel mehr. Die Landschaft ist wunderschön, die Luft ist klar und das Wasser sauber. Aber vor allem ist der Altiplano die Schatztruhe Boliviens. Sagt dir der Cerro Rico etwas?"
David überlegte. Den Namen hatte er schon mal gehört, da war er sich sicher. Aber wo? „Ist das ein Berg?"
„Das ist der Berg! Wenn du in deinem Deutschland deiner Frau eine Silberkette um den Hals legst, dann kannst du dir ziemlich sicher sein, dass ein Teil des Silbers vom Cerro Rico in Potosi stammt. Es gibt Leute, die behaupten, dass achtzig Prozent des Silbers der Welt aus den Minen in diesem Berg kommen."
In Davids Kopf schossen die Gedanken kreuz und quer. Das Kinderbuch, das er dem kleinen Benjamin, Freds Sohn, vorgelesen hatte, handelte von dem Indiojungen

José, der vor dem Elend in seinem Bergdorf nach Potosi floh.
„Ich hoffe, ich kann bald mal wieder meiner Frau eine Silberkette um den Hals legen", sagte er, auch um sich von dieser Erinnerung abzulenken.
„Von diesem Schatz, der die Welt reicher gemacht hat, hat Bolivien nichts abbekommen. Die Silberminen sind heute im Wesentlichen erschöpft, der Berg ist zerlöchert und ausgehöhlt und droht an vielen Stellen einzustürzen. Es gibt trotzdem immer noch Indios, die dort unter Lebensgefahr nach Silber schürfen, um ihre Familien versorgen zu können. Danach fand man Zinnerz im Altiplano. Ich selbst habe meinen Beruf als Bergmann in einer Zinngrube erlernt. Auch hier gingen die Gewinne ins Ausland. Dem bolivianischen Volk blieben nur ein paar Brosamen."
David hörte gespannt zu. Die neokoloniale Ausbeutung rohstoffreicher Länder kannte er schon aus Afrika und auch im Flieger hierher hatte er sich dazu mit Raul ausgetauscht. Trotzdem fesselte ihn die Erzählung, weil er hier mit einem unmittelbar Betroffenen sprach.
„Die neue Politik unter Präsident Evo Morales will das ändern. Die Gewinne der Rohstoffkonzerne sollen im Land bleiben und sozialen Projekten zugutekommen. Deshalb hat er gleich zu Beginn seiner ersten Amtszeit die Erdölindustrie verstaatlicht. Allerdings nicht so, wie die venezolanische Regierung, die damit die ausländischen Konzerne aus dem Land getrieben hat."
David nickte. Dort waren die Erdölförderanlagen verfallen, die Fördermenge ging zurück und Venezuela stürzte, auch dadurch, in eine tiefe Wirtschaftskrise.

„Unser Präsident hat das geschickter gelöst. Er nimmt den Konzernen neunzig Prozent ihrer Einnahmen weg und lässt ihnen immer noch zehn Prozent. Und siehe da, die Konzerne blieben und begnügten sich mit diesen zehn Prozent.“

Luis stand auf, holte zwei weitere Biere und gab eines davon David. Wieder prosteten sich die beiden Männer zu.

„Vor ein paar Jahren kamen ein paar Nachbarn zu mir“, fuhr Luis fort. „Sie überredeten mich, meinen Job in der Huanuni-Mine zu kündigen und mit ihnen in einem neuen Gebiet nach Lithium zu schürfen.“

David hatte durch das Gespräch mit Raul im Flugzeug Lithium kennengelernt. Als er Anfang des Jahres auf der Suche nach einem neuen Auto gewesen war, hatte er auch von einem amerikanischen, elektrischen Superauto gelesen, dem Tesla-Roadster, der mit neuartigen Batterien fuhr.

„Der Preis für Lithium ist in den letzten Jahren dank Handys und Laptops immer weiter gestiegen. Es versprach also ein gutes Geschäft zu werden. Ich bin eingestiegen, wir gründeten eine Kooperative und schlossen uns mit anderen Genossenschaften zum FENCOMIN zusammen, das ist die Nationale Vereinigung der Minen-Genossenschaften Boliviens. Wir sind inzwischen über zehntausend Arbeiter in neunhundert Genossenschaften. Und wir unterstützten die Wahl von Morales zum Präsidenten. Schließlich ist er wie wir ein Indigener vom Volk der Aymara.“

David schaute auf die Uhr am Fernseher.

„Musst du heute noch irgendwohin, David?“ Luis war der Blick auf die Uhr nicht entgangen.

David lachte. „Witzbold, wo soll ich schon hinwollen?" Er fühlte sich ertappt. Aber ihm war nicht klar, wo die weitschweifigen Erzählungen des kleinen Bolivianers hinführen sollten.
Luis hatte eine Pause gemacht und nachgedacht. „Ich will dich nicht langweilen, David, aber diese Erklärungen sind wichtig, damit du meine Situation verstehst. Im August letzten Jahres sind wir auf die Straße gegangen. Im wahrsten Sinne des Wortes. Wir können ja nicht streiken, wir sind schließlich alle selbst Unternehmer. Aber die Probleme erdrückten uns. Der Staat mit seinen Vorschriften erdrückt uns. Wir brauchen mehr Schürflizenzen, denn der Markt schreit nach Lithium und wir müssen viele Familien ernähren. Außerdem wollen wir mit ausländischen Firmen zusammenarbeiten, die uns unser Lithium abkaufen und in den USA veredeln, damit es für die Batterieproduktion verwendet werden kann."
„Ist es nicht besser, wenn das Lithium in Bolivien weiterverarbeitet wird? Damit kann man doch sicher mehr gute Arbeitsplätze schaffen und auch mehr verdienen."
Jetzt schaute Luis ihn spöttisch an. „Du hast recht, mein Freund. Warum sind wir da nicht selbst draufgekommen?"
David wurde verlegen und murmelte eine Entschuldigung. Das Letzte, was er wollte, war, den Eindruck zu hinterlassen, dass die Deutschen mal wieder alles besser wüssten.
„Die Regierung möchte das im Prinzip auch, kriegt es aber nicht hin", fuhr Luis fort. „Ich weiß nicht, woran es liegt, ob am fehlenden technischen Wissen in unserem Land oder einfach nur wieder an der Korruption, keine Ahnung. Ich weiß nur, dass wir nicht so lange warten können, bis was

passiert. Also haben wir Verbindungen ins Ausland gesucht und Käufer gefunden. Aber der Staat hat es unterbunden, er möchte die Gewinne selbst abschöpfen.
Deswegen waren wir auf der Straße und haben die N1 nach La Paz blockiert. Mit mehreren Straßensperren haben wir den Verkehr auf dieser wichtigen Nationalstraße komplett zum Erliegen gebracht. Das Innenministerium schickte zuerst die Polizei. Wir Bergleute haben uns mit Dynamit gewehrt. Das mit den verletzten Polizisten tut mir auch leid."
Bei diesen Worten grinste Luis und David lachte. „Na sicher doch!", rief er.
„Dann waren sie endlich zu Verhandlungen bereit. Sie schickten den stellvertretenden Innenminister, einen Mestizen. Ich bin Sekretär von unserer Kooperative und sollte unsere Delegation leiten. Wir wollten den Minister an der Straßensperre von Panduro empfangen. Die Kameraden, die die Straßensperre bewachten, hatten ihre Bergarbeiterhelme auf und waren mit Eisenstangen und Baseballschlägern bewaffnet. Glaub mir David, das schreckt auch den hartgesottensten Streikbrecher ab.
Der Minister kam mit einem Tross von mehreren Autos. Es gab Gedränge, Worte flogen hin und her. Unsere Delegation hatte keine Chance, mit dem Minister zu sprechen. Nach einem Handgemenge mit den Sicherheitsleuten des stellvertretenden Ministers, lag er plötzlich tot am Boden und einer seiner Leute musste ins Krankenhaus gebracht werden. Es wurde eine Untersuchung angesetzt und ich sollte schuld sein. Deswegen bin ich hier und warte auf meinen Prozess wegen Totschlags."

David war erschüttert: Wie konnte es sein, dass eine Regierung, die vom Volk gewählt war, sich so gegen die eigenen Leute stellte?
In seine Gedanken hinein fragte Luis: „Und du David? Was hast du getan?“

27
DIE ANWÄLTIN

Bolivien 2013
Marina Boine wirkte auf David etwas unsicher. Sie versuchte offensichtlich, das zu überspielen, aber der lange Flug und die fremde Umgebung schienen ihr doch zuzusetzen.
Der Raum, in dem sie sich gegenüberstanden, war ein einziger Albtraum: Der Putz bröckelte von den Wänden, die schwere Holztür, die sich hinter der Anwältin geschlossen hatte, war zerschrammt, die Farbreste darauf konnte man nur noch erahnen. David hatten sie Handschellen angelegt. Der Tisch zwischen ihnen stand wahrscheinlich seit der Erbauung des Gefängnisses dort - wann immer das auch gewesen war.
Er hatte die Strafverteidigerin im letzten Jahr nach den Ereignissen in Genf kennengelernt. Damals hatte er sie in Dresden aufgesucht, um sich beraten zu lassen, was im Zusammenhang mit dem Tod von General Moro eventuell noch auf ihn zukommen könnte.
Um es ihr leichter zu machen, versuchte er einen lockeren Spruch. „Ich hätte Sie ja auch gern in Ihrer Kanzlei aufgesucht, aber …“, witzelte er.
Er kam nicht weiter. Sie zog die Stirn kraus und mit einer knappen Handbewegung forderte sie ihn auf, vor ihr Platz zu nehmen. „Werden wir hier abgehört?“
David hob die Schultern. „Ich würde es nicht ausschließen.“
„Gut, gehen wir also davon aus und besprechen nur das Offensichtliche. Es sieht nicht gut aus für Sie, Herr Thomsen.“

David war geschockt. Ein wenig hatte er erwartet, dass sie ihm Hoffnung auf eine baldige Freilassung machen würde.
„Was heißt das genau?", fragte er.
„Das könnte für Sie heißen, dass Sie schlimmstenfalls nach Peru ausgeliefert werden und Ihnen dort der Prozess gemacht wird."
„Und was droht mir dort?"
Sie sah ihn stumm an. „Je nachdem, was man Ihnen vorwirft, eine lebenslange Freiheitsstrafe", sagte sie dann.
David wurde es einen Moment schwindelig. Das war hier kein Spiel, kein Film, das war jetzt sein Leben. Sollte er wirklich für immer hinter Gittern verschwinden?
„Aber ich habe in Notwehr gehandelt!", sagte er heftig.
„Sie meinen die Ermordung Riveras'?"
„Ja, ich habe meine Schussweste und meine Waffe in einer grünen Tasche in Lima hinterlegt und kann damit beweisen, dass Riveras auf mich geschossen hat."
„Herr Thomsen." Die Anwältin wurde sehr bestimmt. „Sie sind mit einer Schusswaffe in ein Haus eingebrochen, wurden vom Hausherren überrascht und haben ihn erschossen. Das ist keine Notwehr! Seien Sie froh, wenn Ihnen nicht Vorsatz zur Last gelegt wird."
David sackte innerlich zusammen. Da hatte er sich die ganze Zeit daran geklammert, dass er in Notwehr gehandelt hatte, aber er musste der Anwältin recht geben. Für einen Außenstehenden, zum Beispiel einen Ermittler der Polizei, sah das ganz anders aus.
„Und dann ist da ja noch der Mord an José", fuhr Boine fort.
„Damit habe ich nichts zu tun."
„Das sieht der Staatsanwalt ganz anders."

„Aber ich war doch während der Tatzeit auf dem Fest!"
„Das sagen die Zeugen anders aus. Etliche Festgäste gaben zu Protokoll, dass Sie eine ganze Weile verschwunden waren und dann überhastet aufgebrochen sind."
„Ja, Riveras hat mir seine Sicherheitseinrichtungen gezeigt, weil er meine professionelle Meinung dazu hören wollte."
Die Anwältin zog eine Augenbraue hoch. „Das sagen Sie. Aber Herr Riveras kann das nicht mehr bestätigen."
Jetzt blieb David der Mund offenstehen. Auf wessen Seite war die Anwältin?
Sie schien seine Gedanken zu erraten und das erste Mal lächelte sie leicht. „Sie müssen sich bestimmt fragen, ob ich auf Ihrer Seite bin. Aber ja, Herr Thomsen. Ich zeige Ihnen nur, was auf Sie zukommen kann, wenn wir nicht alles tun, um eine Auslieferung und einen Prozess in Peru zu vermeiden. Und da habe ich noch nicht über den Tod von Maria und der Senatorin gesprochen."
„Wollen die mir den auch anhängen?"
„Ich weiß nur so viel, dass Ermittlungen der peruanischen Polizei in diese Richtung laufen. Kann es sein, dass Sie jemanden so verärgert haben, dass er Sie unbedingt vernichten will?"

28
DAS TELEFONAT

Bolivien 2013

David ging niedergeschlagen in seine Zelle und schloss hinter sich ab. Er wollte jetzt nicht gestört werden. Resigniert ließ er sich auf den einzigen Stuhl fallen, den er besaß, und überlegte. Die Zukunftsaussichten, die ihm die Anwältin eröffnet hatte, waren niederschmetternd.

Ein Spruch fiel ihm ein, den er vor einiger Zeit mal gehört hatte: „Wenn du in die Zukunft blickst und nichts als Dunkelheit siehst, kann dich nur Vernunft und Entschlossenheit vor dem Sturz in den Abgrund bewahren."

Schöner Spruch, dachte er, aber wie sollte ihm das jetzt weiterhelfen? Welche Optionen hatte er? Er konnte hier in San Pedro warten, bis irgendwann mal ein Urteil gefällt wurde. Das konnte dauern und würde mit ziemlicher Sicherheit auf Auslieferung hinauslaufen.

Er gab sich da keinen Illusionen hin. Warum sollte sich irgendein bolivianischer Richter wegen ihm auf einen Streit mit der peruanischen Justiz einlassen? Selbst wenn es ihm gelänge, einen käuflichen Richter zu finden, war der Ausgang maximal ungewiss.

David stand auf und trat ans vergitterte Fenster. Der Blick auf den Hof und das Treiben dort ließ seine Stimmung weiter sinken. Sollte das nun für eine lange Zeit sein Horizont sein? Was würde ihn im peruanischen Knast erwarten? Nach den Erfahrungen der letzten Wochen hier war ihm dort ein schneller Tod sicher. Dazu hassten ihn die Freunde und Gönner von Riveras sicher viel zu sehr. Zumal sie be-

fürchten mussten, dass David Riveras' Material gegen sie einsetzen könnte.
David spielte den Gedanken durch: Wie konnte er es anstellen, die richtigen Leute zu erpressen, damit sie die Anklage gegen ihn fallen ließen? Er hatte keine Vorstellung, wie weit nach oben diese Verschwörung reichte oder welche Macht diese Leute hatten, die ihn so verfolgten. Jetzt rächte sich, dass er sich nicht weiter mit Riveras' Tagebuch beschäftigt hatte. Er hatte alles dem Journalisten Meisenthal übergeben und dann die Sache für sich abgehakt.
Unruhig lief David auf und ab. Konnte ihm die deutsche Botschaft helfen? Die deutsche Regierung hatte schon oft über dunkle Kanäle Leute frei und nach Hause bekommen. Aber es war die gleiche Frage wie bei den Richtern: Welches Interesse sollte die deutsche Regierung haben, einen kleinen Unternehmer aus Dresden zu retten, der des Mordes beschuldigt wurde?
David warf sich aufs Bett. Er schmiedete einen Plan, wie ihn Andy, Jason und sein Team mit Waffengewalt befreien könnten – und verwarf ihn wieder. Er versuchte zu schlafen, aber seine Gedanken gaben keine Ruhe. Er hatte nicht einmal das Gefühl, dass sie sich im Kreis drehten, sondern spiralförmig auf einen zentralen Punkt zusteuerten.
Als er irgendwann gegen Morgen für kurze Zeit einschlief, träumte er von einer rasenden Autofahrt. Delilah saß am Steuer und lachte, aber er wusste, dass die Straße vor ihnen zu Ende war. Sie fuhren ungebremst über die Kante und er stürzte in die Tiefe. Delilah war verschwunden.
Er wurde wach, weil es an die Tür hämmerte. Luis stand vor ihm und schaute besorgt. „Geht es dir gut?", fragte er.

David blickte verwirrt auf den Bolivianer herunter. „Luis, du musst mir ein Telefon besorgen", sagte er dann.

Er hasste das, was er jetzt gleich tun würde. Die Nummer konnte er auswendig; seit dem Tod Marias hatte sie sich in sein Gehirn gebrannt. Und das, obwohl David immer gehofft hatte, er müsste sie nie wieder wählen.
Der Ruf ging ab und David hörte das Rufzeichen. Fünfmal, sechsmal … ein Verkaufstrainer hatte ihn gelehrt, man solle es nicht öfter als fünfmal klingeln lassen, weil der Angerufene sonst, verärgert über die Störung bei irgendetwas Wichtigem, schlecht gelaunt das Gespräch beginnen würde. Und schlechte Laune beim Kunden war nun mal schlecht für Verkaufsgespräche.
Siebenmal, acht … war die Nummer richtig?
„Hello!"
Freundlich klang das nicht.
„Gary?"
Stille.
Greene schien sich blitzartig gefasst zu haben und sagte gedehnt: „Ah, Mister Thomsen!"
„Du kannst ruhig weiter David zu mir sagen. Wir waren, glaube ich schon mal beim Du." David versuchte, locker zu wirken, dabei war ihm ziemlich flau im Magen. Er hatte wahrscheinlich nur diese eine Chance.
„Sicher David, ich erinnere mich, allerdings war das bevor ..."
David unterbrach ihn. „Gary, du hast mir mal gesagt, dass man in diesem Teil der Welt einen Freund gut gebrauchen kann. Gary, ich brauche einen Freund, dringend."

„So, daran erinnerst du dich.“ Es klang ätzend. Gary Greene klang ätzend.
David spürte, wie ihn schon wieder die Wut auf diesen Typen packte. Genau wie bei ihrem letzten Treffen in Zürich. Damals hatte Gary ihm ziemlich unverhohlen gedroht und eine mögliche Bedrohung von Meisenthal angedeutet. Deswegen wollte David eigentlich auch nie wieder etwas mit Greene zu tun haben. Aber welche Wahl hatte er noch?
„Ja, Gary, daran erinnere ich mich, ziemlich deutlich.“
Jetzt war Ruhe. Greene schien zu überlegen. „Okay, David, was willst du?“, fragte er dann.
In David keimte Hoffnung. Greene hatte nicht aufgelegt. Jetzt musste er konzentriert bleiben. „Ich bin in La Paz, im Gefängnis San Pedro und brauche jemanden, der mich hier rausholt. Kannst du das?“
„Wieso bist du im Gefängnis, David? Was hast du angestellt?“
David zwang sich, ruhig zu atmen, damit der andere nicht mitbekam, wie sehr er vor Wut kochte. Als ob Greene nicht über den Geheimdienst, für den er arbeitete, die Ereignisse vom letzten Jahr in Lima mitbekommen hatte.
„Ich bin natürlich unschuldig.“ David konnte sich den Spruch nicht verkneifen. An der Reaktion des anderen merkte er, dass er so das Gespräch etwas deeskaliert hatte.
„Natürlich!“, sagte Greene und David glaubte, ein Grinsen zu hören.
„Die Peruaner wollen mir den Mord an Riveras und an dem Fahrer der Senatorin, José, anhängen. Deswegen gibt es einen internationalen Haftbefehl und ich wurde am Flughafen bei der Einreise festgenommen.“

Hatte Greene jetzt etwa gelacht? David war sich nicht sicher. „Tja, David, da weiß ich jetzt nicht, ob ich dir helfen kann. Ich will dir nicht zu viel Hoffnung machen. Aber ich schau mal, ob was geht.“

Kurze Pause, in der David um Fassung rang.

Dann sagte Greene gleichgültig: „Brauchst du sonst noch was, da in deinem Domizil? Soll ich dir irgendwas schicken?“

Für David brach gerade seine mühsam aufrecht erhaltene freundliche Fassade zusammen. Der Amerikaner ließ ihn offensichtlich im Stich. Jetzt musste er nur noch das Gespräch irgendwie zu Ende bringen. „Nein, danke, ich komm klar.“

„Ja, na dann melde dich mal wieder, David. Bis dann.“ Stille.

David kämpfte mit den Tränen.

Luis kam und fand seinen deutschen Freund auf dem Bett liegend. David schaute starr an die Decke und war völlig gleichgültig gegenüber Luis’ Anwesenheit .

„Hey, was ist los mit dir?“, fragte der Bolivianer.

David reagierte nicht. Ihm war nicht nach Gesellschaft.

„Komm, rauch eine Tüte, die habe ich gerade frisch gedreht. Danach sieht die Welt gleich wieder schöner aus.“ Luis hielt ihm einen Joint hin.

David wandte den Blick von der Decke und richtete ihn auf die Zigarette. Dann schüttelte er leicht den Kopf und schaute wieder nach oben.

Luis zuckte mit den Schultern. „Na, dann nicht, auch schön, rauch ich ihn selbst.“ Sprachs und zündete den Joint an.

Der typische Haschischgeruch zog durch Davids Zelle. Das war zu viel für ihn. „Mann, kannst du das nicht draußen

machen?“, fuhr er Luis an. Er stand von seinem Bett auf und öffnete das vergitterte Fenster.
„Oh, der Herr hat schlechte Laune“, sagte Luis ungerührt und inhalierte den Rauch.
„Ja, warum auch nicht“, knurrte David. „Langsam gehen mir die Ideen aus, wie ich hier rauskomme.“
„Das mit dem Telefonat hat also nicht funktioniert“, sagte Luis nickend und zog an seiner Zigarette.
„Nein, das ist so ein Dreckskerl …“ David verstummte.
„Was ist das für einer, den du angerufen hast?“
David schaute Luis an. „Gary Greene? Ein Amerikaner, wahrscheinlich Geheimdienst. Ich habe allerdings keine Ahnung, ob das CIA ist oder DEA oder wie diese Dienste in Amerika alle heißen.“
„Ist ja auch egal, von den Amerikanern kommt doch nie was Gutes.“
Normalerweise hätte David einer solchen Pauschalisierung widersprochen, schließlich hatte er gute Freunde und Bekannte auch in den USA, aber was war hier schon normal. Also schwieg er.
„Weißt du, David, was das Erste war, was Evo gemacht hat, als er Präsident geworden war? Er hat diese ganzen Geheimdienste der Amis aus dem Land geworfen. Die haben doch nur unter dem Vorwand des Kriegs gegen die Drogen versucht, das Land unter Kontrolle zu behalten.“
David brummte nur, was sollte er auch dazu sagen.

29
JASON UND DIE ARGONAUTEN

Dresden 2013

Jason wollte es sich nicht eingestehen, aber er war aufgeregt. Er hatte für heute einen Meeting Room angemietet, Kaffeegeschirr bereitgestellt, Schreibpapier ausgelegt. Die ganze Zeit fragte er sich, ob das nötig war. Vor allem das mit dem Schreibpapier schien ihm zu viel. Andererseits waren die Leute, die er eingeladen hatte, alles alte Menschen. Die kannten das bestimmt nicht anders.

Vielleicht hätten sie sich einfach in einer Kneipe in der Neustadt treffen sollen. Bei einem Drink lernte man sich besser kennen. Doch es mussten ein paar grundlegende Entscheidungen getroffen werden. Nichts, das in die Öffentlichkeit gehörte.

Er wusste immer noch nicht genau, wer alles kommen würde. Besonders gespannt war er auf Frau Thomsen. David hatte oft von ihr erzählt und Jason hatte ihm dabei gern zugehört, wobei er sich eines Gefühls von Eifersucht nicht erwehren konnte.

Der Einzige, von dem er sicher wusste, dass er kommen würde, war Herr Holzer. Der war, zumindest nach Davids Worten, dessen bester Freund. Jason kannte auch die Geschichte, wie die beiden sich in Angola kennengelernt hatten. Das war schon ein krasses Ding.

Er hatte in der Einladung an die Leute den Raum für das Meeting benannt, wollte aber mittels eines Zettels an der Tür sichergehen, dass sich keiner verlief. Jetzt saß er an seinem Schreibtisch und grübelte, was er darauf schreiben

sollte. „Meeting Thomsen“ oder doch vielleicht „Mission Rescue David“?
Es klopfte. Die Frau, die hereintrat, faszinierte ihn auf Anhieb. Sportlich, Kurzhaarfrisur, selbstsicher – war das Susann? Er stand auf und musterte sie dabei neugierig. David hatte ihm nie viel von ihr oder den anderen aus dem Team erzählt. Außer von Andreas Holzer wusste er fast nichts von den Leuten, die er heute eingeladen hatte. Vermutlich hatte das noch mit der Verschwiegenheitserklärung zu tun, die David während seiner Tätigkeit für die Blauhelme unterschrieben hatte.
„Bunk“, sagte sie und reichte ihm die Hand. Dabei sah sie ihm aufmerksam ins Gesicht. Ein leises, erstauntes Lächeln glitt über ihre Lippen.
Jason nahm ihre Hand und war überrascht über ihren festen Händedruck. „Jason Palmer, nennen Sie mich Jason.“
Zusammen gingen sie zum Meeting-Room. Er bot ihr Kaffee und Wasser an, aber sie lehnte ab und suchte sich einen Platz mit Blick zur Tür.
Die öffnete sich und zwei Männer traten ein. Ihre Ähnlichkeit war unverkennbar, also mussten es wohl die Zwillinge sein. Sie schüttelten Jason die Hand und umarmten dann still Susann. Jason beobachtete, wie sie sich fast wortlos begrüßten, und spürte die enge Vertrautheit der drei. Man merkte ihnen an, dass sie nur wenig Worte benötigten, um sich zu verstehen.
Ganz anders als der Mann, der jetzt den Raum betrat. „Na, da sind ja die üblichen Verdächtigen“, krähte Fred sofort los. „Habt ihr Andy auch schon gesehen?“ Er setzte sich und redete ohne große Pause weiter. „Ich wusste gar nicht,

wie schön Dresden geworden ist. Ich war vorhin noch an der Frauenkirche. Hab da gegenüber erst mal eine Gerstenkaltschale geschlürft. War ein geiles Wetter …“
So ging das weiter, immer noch fast ohne Pause, bis ein großer, kräftiger, blonder Mann den Raum betrat. Fred verstummte, stürmte auf ihn zu und umarmte ihn. Die anderen taten es ihm gleich.
Jason beobachtete die stummen Umarmungen. Er fühlte das unbedingte, innige Vertrauen der fünf, das aus gemeinsam überstandenen Gefahren erwachsen war. Jason kannte verschiedene Gruppenrituale, dieses hier berührte ihn in seiner schlichten Art. Er verspürte das Gefühl, dazugehören zu wollen, und wusste doch, dass es dazu nie kommen würde.
Er räusperte sich. „Wir sind fast vollständig. Wollen wir anfangen?“
„Wer fehlt denn noch?“, fragte Susann erstaunt.
Fred grinste. „Ich glaube, auf David brauchen wir nicht zu warten.“ Keiner lachte.
„Ich hatte noch Frau Thomsen eingeladen.“ Als er das sagte, war sich Jason nicht mehr sicher, ob das eine gute Idee gewesen war.
Susann beruhigte ihn mit ihren nächsten Worten. „Das war eine gute Entscheidung. Sie kennt David am besten und weiß, was er will.“
Fred lachte. „Du klingst, als würden wir über sein Begräbnis sprechen.“
Die Zwillinge und Holzer lächelten.
Andy sprang Susann zur Seite. „Können wir sicher sein, dass Delilah kommt?“

„Nein", sagte Jason.
„Du kennst Davids Frau?", fragte Susann.
„Ich war Trauzeuge auf ihrer Hochzeit", beschied Andy knapp.
Alle horchten auf. Das hatten sie nicht gewusst.
Andreas Holzer betrachtete erst jetzt Jason genauer. Er wechselte einen kurzen Blick mit Susann, die ihm verstehend zulächelte. Beide hatten sie wohl den gleichen Gedanken. Jason bemerkte die stumme Zwiesprache natürlich und ahnte, worüber die beiden sich Gedanken machten.
„Wie geht es unserem Capitano denn?", fragte Fred in die Pause hinein.
Alle schauten Jason an. Der sammelte sich. „Ich hatte nur zweimal Kontakt mit ihm. Er brauchte unbedingt Geld, also habe ich es ihm über BMPE zukommen lassen." Er sprach BMPE englisch aus.
Arno horchte auf. „Was ist das, BMPE?"
Jason lächelte leicht. „Das ist ein, nein das IVTS für Lateinamerika." Er fuhr fort, weil er die ahnungslosen Mienen der anderen bemerkte. „Das ist die Abkürzung für Informal Value Transfer System. Ihr habt doch sicher schon mal von Hawala gehört."
Jetzt nickte Ben. „Damit kann man Geld ohne Banken verschicken. Das funktioniert – glaube ich – über Vertrauensleute. Hawala wird vor allem in den arabischen Ländern benutzt."
„Genau", stimmte Jason zu. „In Lateinamerika heißt das Black Market Peso Exchange. In dem Knast, in dem David sitzt, gibt es ja keinen", er stockte und suchte nach dem Wort. „Wie sagt man auf Deutsch - Cajero Automatico?"

Andreas half ihm. „Geldautomat."
„Richtig!" Die anderen lächelten nachsichtig.
„Also, wenn ich richtig informiert bin, dann darfst du in einem deutschen Knast gar nicht viel Geld besitzen", warf Arno ein.
Jason nickte. „In San Pedro ist das wohl anders. David sagte, er bräuchte das Geld, um sich Essen und eine Zelle zu kaufen."
Fred lachte ungläubig. „Eine Zelle? Und wenn du kein Geld für eine Zelle hast, fliegst du dann raus aus dem Knast? Also ich wüsste, was ich da mache."
Jason runzelte die Stirn. „Ich glaube, so ist das nicht. Aber Genaueres weiß ich auch nicht."
„Was wirft man ihm denn vor?", mischte sich jetzt Susann ein. „Hat er irgendwas bei der Einreise falsch gemacht?"
Schon war Fred wieder auf dem Plan. „Wisst ihr, ich wurde mal richtig gefilzt, weil ich in meinem Gepäck ein Wurstbrötchen hatte. In Miami!"
Alles lachte.
„Die werden ja wohl in Bolivien die Leute nicht wegen eines Wurstbrötchens in den Knast stecken", sagte Ben. „David hatte uns gegenüber angedeutet, dass er Schwierigkeiten bekommen könnte."
Andreas war ernst geworden. „Ich kann euch erzählen, warum David sitzt."
Sofort war es still im Raum.
„Also", begann Holzer. „David hatte ja diesen Auftrag, von dem er glaubte, dass er von den Blauhelmen kommt, aber es war eine Falle von General Moro. Es ging darum, dass er eine peruanische Senatorin beschützen und nach Genf

bringen sollte. Sie hatten ihr angeblich einen Job bei der UNO angeboten. Wie David mir erzählt hat, war die Senatorin aber nicht gewillt, nach Europa zu kommen. Sie hatte sich der Aufklärung der Verbrechen des Fujimori-Regimes in Peru verschrieben, deshalb sind die Senatorin und ihre Assistentin während eines Festes in den Computer des ehemaligen Chefs der Todesschwadronen eingebrochen und haben dort Daten gestohlen, die sie auf einem Stick gespeichert hatten. Dieser Stick war Teil eines Kreuzes, das die Assistentin um den Hals trug. So weit, so gut."

Andy holte Luft. Jason hatte erstaunt zugehört. Diese Geschichte kannte er nicht.

„Irgendwie sind sie aufgeflogen, oder das Fest war eine Falle, jedenfalls sind sie beim Verlassen des Festes beschossen worden und die Senatorin wurde getroffen und verblutete. Der Chef der Todesschwadron ließ seine alten Verbindungen spielen und schaffte es, dass der Mord an der Senatorin David angehängt wurde. David und die Assistentin ..."

„Nenn ruhig ihren Namen!" Alle fuhren herum. Delilah war unbemerkt hereingekommen und sprach weiter: „Nenn diese Frau ruhig beim Namen, Andy."

Andy war überrascht über Delilahs heftige Worte. „Ich dachte, der Name tut nichts zur Sache, Delilah."

„Da solltest du ihn mal erleben, wenn ihr Name fällt." Aus Delilah sprach offensichtlich eine tiefe Kränkung.

Andreas suchte nach Worten. „Na ja", sagte er dann. „Sie ist ja doch aber dann auch gestorben."

Delilah schüttelte den Kopf und setzte sich.

Andy nutzte die Gelegenheit, um weiter zu erzählen. „Jedenfalls hat David dann den Stick aus dem Kreuz untersucht

und festgestellt, dass nur Datenmüll darauf war. Und so hat er beschlossen, noch einmal in die Villa des Chefs der Todesschwadronen zurückzukehren und erneut die Daten gestohlen. Dabei ist er vom Hausbesitzer überrascht worden und hat ihn erschossen."
„Und er hat diesen Chef von den Todesschwadronen wirklich abgeknallt?", fragte Susann.
Andy nickte.
„Wenn der Chef das macht, wird der Typ das verdient haben."
Fred war schnell fertig mit der Bewertung der Geschehnisse in Lima.
Susann widersprach ihm jedoch. „So einfach ist das nicht. Das war keine Notwehr." Andy nickte. „Ich denke, dass die peruanische Polizei Mord oder zumindest Totschlag vermutet", fuhr Susann fort. „Da könnte es sein, dass es in Südamerika einen internationalen Haftbefehl gegen David gibt."
„Genauso ist es." Delilah meldete sich wieder zu Wort. „David hatte es schon vermutet. Wir haben uns darüber unterhalten, nachdem Sie ihn angerufen hatten. Sie sind doch Jason?"
Jason nickte. Delilah war mit ihren langen blonden Haaren eine schöne Frau, fand er. Sie schien sympathisch zu sein, trotzdem spürte er instinktiv eine Aversion gegen sie. „Er ahnte, dass er dort verhaftet wird? Und ist trotzdem gefahren?", fragte er nun.
Delilah nickte. „Er wollte ursprünglich nicht. Genau deswegen. Wir haben uns darüber gestritten."
Jason spürte, wie Wut in ihm aufstieg. Das vor ihm war Davids Ehefrau, okay, Ex-Ehefrau. Und die erzählte gleich-

mütig, dass sie gewusst hatte, was David befürchtete. Und dass sie ihn nicht aufgehalten hatte. Das wollte er jetzt genauer wissen. „Was heißt, Sie haben gestritten? Wollten Sie nicht, dass er fährt?“

Delilah sah ihn lange und aufmerksam an. Dann suchte ihr Blick Andy. Genau wie bei Susann spürte Jason, dass sie denselben Gedanken hatten.

Sie wandte sich ihm wieder zu. „Ich habe ihn nur gefragt, ob er es mit seinen Moralvorstellungen vereinbaren könne, nicht auf den Hilferuf zu reagieren.“

Jason platzte fast vor Wut und unwillkürlich hob er die Stimme. „Sie haben ihn mit der Moralkeule in sein Verderben gejagt?“

Jetzt sprang Andy Delilah zu Hilfe. „Jason, nun mal ruhig. David tut nichts, was er nicht tun will. Er wird schon seine Gründe gehabt haben, warum er trotz der Gefahr nach La Paz geflogen ist.“ Nach einer kleinen Pause fügte er hinzu: „Und jetzt lasst uns besprechen, wie es weitergeht.“

Fred warf einen Blick auf den innerlich immer noch tobenden Jason. „Ich würde das schon gern genauer wissen. Was könnten das für Gründe sein, weswegen er gefahren ist?“, fragte er.

Andy schaute hilflos zu Delilah. Jason bemerkte, wie sie Blicke wechselten, und etwas sagte ihm, dass der ehemalige Trauzeuge sehr wohl wusste, was der eigentliche Grund für Davids Reise gewesen war. Er wollte es aber nicht vor allen anderen erzählen. Vielleicht befürchtete er, Delilah bloßzustellen.

Die überlegte ebenfalls. Dann schien sie sich einen Ruck zu geben und sagte mit einem langen Blick zu Jason: „Ich

vermute, dass es nicht meine moralische Keule war, wie Sie, junger Mann, annehmen. Es war, oder besser, es ist sein Versuch, mich zurückzugewinnen. Er glaubt möglicherweise, wenn er trotz der Gefahr nach Südamerika reist, könnte mich das beeindrucken."
Die Stille im Raum war greifbar.
„Und, tut es das?", fragte Jason.
Delilah warf ihm einen schmerzvoll-traurigen Blick zu. „Sie verstehen noch nicht viel von der Liebe, was?"

30
DER PUTSCH

Bolivien 2013

„David, hier geht irgendetwas vor.“ Luis war ihm noch nie so aufgeregt vorgekommen. Darum versuchte David, seine trüben Gedanken zu verdrängen und dem Bolivianer zuzuhören.

„Was meinst du?“, fragte er.

„Ich habe dir doch erzählt, wie die Selbstverwaltung der Gefangenen funktioniert?“

„Sicher.“ Luis hatte ihm das System der Delegados erklärt, damit er überhaupt eine Chance hatte, sich hier zurechtzufinden. „Es werden aus jedem Block Vertreter in den Rat gewählt und der Rat wählt einen Vorsitzenden. Alle zusammen entscheiden über die Belange der Häftlinge und die Anliegen von einzelnen.“

„Richtig. Das hat bisher auch ganz gut funktioniert.“

David grinste. „Aber du bist sicher nicht der Meinung, dass das eine Form der Demokratie ist? Oder?“

„Wieso nicht?“ Luis sah David böse an. „Jeder kann wählen und jeder kann gewählt werden.“

„Und jeder kann Stimmen kaufen oder Geld für seine Stimme bekommen.“ David lachte sarkastisch.

„Ach, das meinst du? Gibt es das bei euch in Deutschland nicht, dass Politiker Menschen etwas versprechen, im Falle, dass sie gewählt werden?“

David stutzte. „Das ist doch nicht dasselbe.“

„Ich denke, dass es ehrlicher ist, den Leuten vor der Wahl Geld für ihre Stimme zu geben, als ihnen vorher etwas zu

versprechen und es hinterher nicht zu halten.“ Jetzt lachte Luis.
David wusste mal wieder nicht, wie ernst der Bolivianer das Ganze meinte. „Was bringt dich denn nun so aus der Fassung?“, wechselte er das Thema.
„Es gibt hier einen Häftling, der hat es mit Stimmenkauf und wer weiß was noch für Methoden geschafft, in den Rat gewählt zu werden. Und jetzt ist er der Vorsitzende.“
„Na und?“ David blieb gelassen. „Wenn eure Regeln es hergeben, dann ist doch nichts dabei.“
„Mensch, Aleman!“ Wenn Luis fuchsig wurde, nannte er David einfach nur „Deutscher“. „Du verstehst mal wieder gar nichts. Der Mann plant einen Putsch. Er hat eine ganze Truppe von Schlägern hinter sich, die ihm aus der Hand fressen und alle, die ihm im Weg stehen, bedrohen, zusammenschlagen oder töten.“
David war jetzt sehr aufmerksam. Luis war schließlich auch im Rat. „Bedroht er dich?“, fragte er.
Luis schüttelte den Kopf. „Noch lässt er mich in Ruhe. Er hat Angst vor mir, beziehungsweise vor dem, was er mir zutraut.“
„Wie meinst du das?“ David dachte an den ersten Wortwechsel mit Luis, als ihm dieser erklärt hatte, dass niemand ihn anrühren würde. „Wovor hat er Angst?“
Luis schaute sich um. „Hast du Bier da?“
„Ja, ich war vorhin einkaufen.“ Er gab Luis ein Bier und nahm sich ebenfalls eins. In den letzten Wochen trank er öfter mal tagsüber. Das hatte er früher nicht gemacht.
Sie setzten sich und stießen mit den Flaschen an.

„Es gibt hier in San Pedro eine klare Hierarchie", erklärte Luis dann. „Ganz oben stehen die Mörder. Dann kommen die Drogenhändler und Süchtigen. Und ganz unten sind die Vergewaltiger. Die sind der letzte Dreck und müssen den auch wegmachen."

Jetzt begriff David, wer die öffentlichen Toiletten putzte. „Wo rangieren die Pädophilen?"

„Die gibt es hier nicht." Der Bolivianer antwortete kalt und knapp. Dann nahm er einen Schluck und fuhr fort. „Innerhalb der Mörder gibt es auch eine Hierarchie. Der einfache Mörder steht unten, darüber Mehrfachmörder und darüber wieder Polizisten-Mörder. Und ich bin in dieser Hierarchie eine Legende. Ich habe, nach Meinung der Leute hier, nicht nur Polizisten ermordet, sondern auch einen hohen Politiker. Das macht mich unantastbar."

David musste schlucken. „Und wo stehe ich da?"

Luis schaute ihn spöttisch an. „Du? Wen hast du denn ermordet?"

David zögerte. Musste man sich hier Respekt und Achtung wirklich mit Morden erkämpfen? Es war für ihn bisher unvorstellbar gewesen, mit dem Töten von Menschen zu prahlen. Aber wenn er hier überleben wollte, dann musste er ein anderer werden. Ein ganz anderer.

Sein Entschluss stand fest. Er straffte seine Schultern. „Ich habe viele Menschen getötet. An vielen Orten. Und jetzt soll ich nach Peru ausgeliefert werden, weil ich dort vier Menschen ermordet haben soll, darunter den Chef einer Todesschwadron."

Atemlos schaute er zu dem Bolivianer. Der saß wie erstarrt. Dann lief ein Grinsen über sein Gesicht. „Das ist gut, David.

Das ist sehr gut. Das werde ich gleich rumerzählen. Dich fasst niemand mehr an. Willkommen in San Pedro, David Thomsen."

David war nicht zum Lachen zumute. „Wieso bist du der Meinung, dass ich solchen Nimbus brauche?"

„Du bist hier für viele ein Gringo. Und die kann niemand südlich des Rio Grande leiden."

David wusste, dass der Rio Grande der Grenzfluss zwischen den USA und Mexiko war. Auch dass die Gringos verhasst waren, hörte er nicht zum ersten Mal.

„Die vier Typen, die dich überfallen haben, als du hier ankamst, wollten sich wahrscheinlich nur eine bessere Stellung in der Hierarchie verschaffen. Da kamst du gerade recht", fuhr Luis fort.

David fasste sich unwillkürlich an die Seite, wo ihm diese Männer zwei Rippen gebrochen hatten. „Du bist also nicht der Meinung, dass sie von irgendjemandem geschickt wurden?"

Luis schüttelte den Kopf. „Wie denn? Außer dem Gefängnisdirektor wusste doch niemand, dass du kommst?"

David blieb skeptisch. „Und der Gefängnisdirektor ist nicht korrupt?"

Jetzt lachte Luis laut. „O doch. Der ist der schlimmste von allen. Und das bringt mich auf den Anfang unserer Unterhaltung zurück." Jetzt wurde Luis ernst. „Victor Hugo Mendoza hat offensichtlich den Direktor so geschmiert, dass er jetzt machen kann, was er will."

„Wer ist Victor Hugo Mendoza?"

„Bist du wirklich so begriffsstutzig?" Luis schaute David fassungslos an. „Ich rede doch die ganze Zeit von ihm."

„Du meinst den neuen Ratsvorsitzenden?“
„Genau!“ Luis stand auf und warf die leere Flasche in den Müll.
„Victor Hugo?“ David kam aus dem Staunen nicht heraus. „Heißt der wirklich so?“
Luis schaute ihn schräg von unten an. „Was wundert dich so?“
„Weißt du, wer Victor Hugo war?“
Luis zuckte mit den Schultern und nahm sich ein weiteres Bier. Wortlos bot er David ebenfalls ein Neues an. Der schüttelte den Kopf und deutete auf seine noch halb volle Flasche.
„Victor Hugo war ein französischer Schriftsteller, der vor zweihundert Jahren gelebt hat“, erklärte David dann.
„Und was hat der so geschrieben?“
David musste nachdenken. Er hatte Hugo nie gelesen. Aber es gab ja Verfilmungen. Jetzt bloß nichts durcheinanderbringen. „Also, da gab es den ‚Glöckner von Notre Dame‘ und dann noch ‚Die Elenden‘.“
„Und worum geht es da?“
„In dem Roman ‚Die Elenden‘ geht es um einen entflohenen Häftling. Aber vor allem um das elende Leben der Arbeiter in Paris vor zweihundert Jahren.“
Luis horchte auf. „Das klingt so, als müsste man das mal lesen.“
David nickte. „Mir fällt gerade noch ein Spruch von ihm ein: ‚Wenn ich rede, werde ich verurteilt. Wenn ich schweige, bin ich verdammt!‘.“
Luis wirkte auf einmal sehr nachdenklich.

David hatte seine „Wohnung“, wie die Zellen hier genannt wurden, beim Delegado bezahlt und wohnte nun schon einige Wochen darin. Es war kein großer Raum, aber er bot Platz für Bett, Tisch, Stuhl und Kühlschrank. Die Möbel hatte er von anderen Häftlingen gebraucht gekauft, die, wie man ihm sagte, sie nicht mehr brauchten. David hatte nicht nachgefragt, warum. Es gab hier viele Gründe, warum jemand seine Zelle verlassen musste. Entlassung war der beste davon.
Noch immer fand er es ungerecht, dass man hier seine Zelle kaufen musste. Aber Luis hatte ihn getröstet. „Du bekommst dein Geld zurück, wenn du entlassen wirst.“
Doch ob David normal entlassen werden würde, dessen war er sich gar nicht so sicher. Aber sei es drum, sagte er zu sich, er hatte jetzt immer etwas Geld und eine Zelle, die er abschließen konnte. Insofern ging es ihm besser als vielen anderen in San Pedro.
Da gab es zum Beispiel die Massenunterkünfte. Ein Raum, in etwa so groß wie ein Klassenzimmer, in dem zwanzig Doppelstockbetten dicht an dicht standen. Die Bewohner hatten Decken vor ihre Betten gehängt, um wenigstens etwas Privatsphäre zu haben. Dort hatten sie ihre wenigen Habseligkeiten und mussten scharf darauf aufpassen, dass die nicht auch noch gestohlen wurden. Immer gab es darum Streit, genau wie um das Programm des einzigen Fernsehers, der an der Stirnseite des Raumes hing und Tag und Nacht laut dröhnend lief.
Am schlimmsten ging es denen, die sich auch ein solches Bett in einer Massenunterkunft nicht leisten konnten. Die schliefen im Freien, unter Treppen und Balkonen. Meist

schutzlos der Kälte der Nacht in der Höhe von La Paz ausgeliefert, hielten sie das nur aus, indem sie Drogen nahmen. Das billigste Zeug, eine Art Basispaste der Kokainproduktion, war das bevorzugte Mittel. Es machte sofort süchtig und verwandelte die Konsumenten in Zombies. Abgemagert, mit toten Blicken in ihren Augen, hatten sie meist nicht mehr lange zu leben. Irgendwann fand man sie tot in einer Ecke.

Alle hielten sich fern von diesen Zombies, denn sie stahlen hemmungslos alles, was sie kriegen konnten. Für die nächste Portion Dope.

Ein paar Tage später traf David vor seiner Tür einen Mann, den er an seiner Tätowierung als einen der Männer Mendozas erkannte. „Mendoza will dich sprechen."

David wurde vorsichtig. Er schaute sich um. „Wann und warum?", fragte er dann.

„Das wird er dir selbst sagen. Komm mit."

David zögerte. War das eine Falle? Wollte man ihn schon wieder zusammenschlagen? Unauffällig tastete er nach dem Messer, das er immer einstecken hatte.

„Komm schon." Der Mann drängelte.

David gab sich einen Ruck: „Okay, geh voran!"

Der Mann zog los. Durch den engen Gang folgte ihm David. Als sie den Hof erreichten, blieb er kurz stehen und schaute sich um. Er konnte niemanden sonst entdecken, der Hof lag zu dieser späten Stunde verlassen da.

Mendozas Mann war bereits bis zur Mitte des Hofes vorangegangen. Jetzt blieb er stehen und drehte sich um. Er wedelte ungeduldig mit der Hand. „Komm schon."

Nach allen Seiten sichernd folgte ihm David. Mendoza hatte sein Quartier im ersten Stock. Man erreichte es vom Hof über eine Treppe, die zu einem Balkon führte. Dahinter war ein großer Raum, Büro und Hauptquartier der Truppe Mendozas, dessen prominentes Möbel ein großer alter Schreibtisch war. An den Wänden standen ein paar Stühle, auf denen drei weitere Männer saßen, ebenfalls tätowiert.
Mendoza thronte hinter dem Schreibtisch und schaute von ein paar Papieren hoch, als David den Raum betrat. Seine Miene verfinsterte sich. Er bot David keinen Stuhl an und begrüßte ihn auch nicht.
„Wann bezahlst du deine Schulden, Gringo?", fragte er nur.
David spürte, wie Wut in ihm hochkochte. Wie behandelte ihn dieser aufgeblasene … „Ich bin kein Gringo und ich habe auch keine Schulden bei dir." Mühsam sich beherrschend, presste er die Worte zwischen seinen Zähnen hervor.
„Wer Gringo ist, bestimme ich!"
„Verdammt", dachte David. „Das hast du doch schon mal gehört."
„Schulden hast du bei mir, weil ich es sage. Du musst eine tägliche Gebühr von einem Boliviano bezahlen, für die Nutzung deines Zimmers."
Das war doch eine Unverschämtheit! In David kochte es. Er hatte sein Zimmer teuer bezahlt und jetzt kam dieser halbhohe Möchtegern und wollte auch noch Geld von ihm?
„Das Zimmer habe ich bezahlt, das gehört mir."
Vielleicht hatte er die Worte etwas zu laut oder zu heftig ausgestoßen, jedenfalls standen die drei Typen, die noch mit im Raum waren, nun von ihren Stühlen auf und gingen

auf David zu. Mendoza machte eine knappe Handbewegung und sie verharrten.
Jetzt begriff David: Mendoza war ein stinknormaler Schutzgelderpresser. Den interessierte nicht, ob die Wohnung David gehörte oder nicht. Der wollte Geld machen und seine Macht demonstrieren.
„Wenn du in dein Zimmer willst, musst du über den Flur dorthin, nicht wahr?“ David vermied jede Bewegung. „Und dafür zahlst du ab sofort eine Wegegebühr. Mein Haus, meine Regeln.“

Als David am nächsten Tag Luis davon erzählte, lachte der nur bitter. „Jetzt wird es hier drinnen genauso wie draußen. Immer kommt so ein Mendoza daher und schreibt die Regeln neu. Und du kannst dich dagegen auflehnen, oder du spielst mit. Aber wenn du dich auflehnst, kann es sehr schnell ungemütlich werden.“
Noch wollte David sich nicht damit abfinden. „Aber wenn er alle so behandelt, warum wehrt sich denn niemand?“
Luis sah nachdenklich aus. „Warum sollte sich jemand wehren? Zum einen verspricht er, mit dem Geld neuen Wohnraum zu schaffen. Er will oben auf dem Dach neue Räume errichten. Mal sehen, ob das was wird, die wären dann oberhalb der Mauer. Aber für die meisten reicht schon die Hoffnung auf ein bezahlbares Quartier, um den Mund zu halten. Und zum anderen: Mein Vater hat immer gesagt: ‚Wahre Macht schafft nicht neue Regeln. Sie ist das Ende der Regeln.‘“
David nickte und beschloss zu bezahlen. Er hatte offensichtlich schon genügend Feinde in Südamerika, da brauchte er nicht noch Stress mit einem Gangsterboss.

31
HEILIGER PETRUS

Bolivien 2013

David war Gewalt nichts Unbekanntes. Er war während seiner verschiedenen Missionen für die Blauhelme vielen Gewalttätern begegnet. Mit manchen hatte er kämpfen müssen. In San Pedro lebte er nun unter ihnen. Abgesehen von der Tatsache, dass die wenigsten Insassen im Gefängnis rechtmäßig verurteilt waren, gab es doch wohl nur wenige unter ihnen, die schuldlos inhaftiert waren.

Diese Tatsache und sein „Empfang" in San Pedro führten dazu, dass er seine Umgebung ständig aufmerksam und mit einer großen Portion Respekt beobachtete. Außer in der Zelle, wenn er die Tür von innen verschlossen hatte, fühlte er sich nie sicher. Und selbst hier war das Gefühl der Sicherheit zerbrechlich.

Wie ihm ging es auch anderen Gefangenen, aber jeder ging auf eine andere Art damit um. Da war zum Beispiel der Italiener Ricardo. Der verließ fast nie seine Zelle. Er lebte davon, dass er kleine Wandborde und Regale aus Holz zimmerte und an andere Gefangene verkaufte. Seine Notdurft verrichtete er in einem Eimer, den er des Nachts aus dem Fenster seiner Dachwohnung auf das Dach kippte. Seit sieben Jahren wartete er vergeblich auf seinen Prozess. Er war wegen Drogenbesitzes verhaftet und ohne einen Richter gesehen zu haben, direkt nach San Pedro gebracht worden. Seine ständige selbst gewählte Isolation hatte seiner Psyche zugesetzt, er war dem Wahnsinn nahe. Es war nur eine Frage der Zeit, bis er auf die eine

oder andere Art Selbstmord begehen würde. Und damit wäre er kein Einzelfall.
David verließ seine Zelle durchaus. Die Möglichkeit, erneut angegriffen zu werden, war ihm bewusst, deshalb hatte er sicherheitshalber immer sein Messer dabei. Außerdem trainierte er, so gut es in der kleinen Kammer ging. Liegestütze, Kniebeugen mit und ohne Gewicht, Hockstrecksprünge – viel war nicht möglich in der Enge. Aber er wollte unbedingt fit bleiben. Was ihm fehlte, waren Ausdauerläufe.
San Pedro war vor hundert Jahren auf einer Fläche etwa so groß wie ein Fußballfeld erbaut worden. Damals war es für vier- bis fünfhundert Gefangene konzipiert worden, inzwischen beherbergte es mehr als zweitausend Sträflinge. Um allen Platz zu bieten, war immer wieder an- und umgebaut worden. Jeder Flecken wurde als Unterkunft genutzt, selbst die Dachböden waren ausgebaut worden. Das Ergebnis war ein Gewirr von Gassen, Gängen und Tunneln. Die sieben Teile oder „Stadtviertel" waren einerseits miteinander verbunden, andererseits auch streng voneinander abgetrennt.
Sie umschlossen kleine Innenhöfe, in denen die Häftlinge Fußball spielten oder sich anderweitig beschäftigten. Tagsüber fand das Leben im Freien statt, denn außer dem Kindergarten gab es kaum Gemeinschaftsräume. Frauen und Kinder waren in dieser brutalen Umgebung durch eine Art ungeschriebenes Gesetz geschützt. Wenn ein Mann die Frau eines anderen belästigte, wurde er zusammengeschlagen. Bei Übergriffen auf Kinder gab es nur eins – die Höchststrafe. So spielten die Kinder fröhlich im Hof und die Frauen handelten mit den Waren, die sie durch das Tor herangeschafft hatten.

Auch David ging täglich in den Hof und versuchte, Kontakte zu knüpfen. Doch obwohl er Spanisch sprach, gelang es ihm nicht, nähere Bekanntschaften zu schließen. Sein einziger Freund blieb Luis, die anderen begegneten ihm entweder mit Scheu oder Abscheu. Für Letztere blieb er der Gringo, auch wenn er immer beteuerte, Aleman zu sein, Deutscher.
Einer der wenigen, die ihm hin- und wieder zunickten und auch mal ein paar Worte mit ihm wechselten, war Zweifinger-Pepe. Seinen Namen hatte er von der Verletzung der rechten Hand, an der er nur noch Daumen und Zeigefinger hatte.

David hatte sich auf eine Bank vor einem der Restaurants gesetzt und zu Mittag einen Hühncheneintopf gegessen. Dabei hatte er sich über die Strahlen der Sonne gefreut, die es mittags schaffte, in diesen Teil des Gebäudekomplexes zu scheinen. Als es um ihn herum laut wurde, schaute er von seiner emaillierten Schüssel hoch und sah eine grölende Menge zum Haupthof ziehen.
Sie stießen zwei Männer vor sich her und brüllten unverständlich Bedrohliches. Beide Männer bluteten im Gesicht, ihre Kleidung war zerrissen. Die Menge zog zum Pool, der David bereits an seinen ersten Tagen in San Pedro aufgefallen war. Im Pool war nie Wasser gewesen, aber heute hatte jemand das Wasser aufgedreht und es stand bereits hüfthoch in dem Becken.
Neugierig stand David auf und folgte dem Mob.
Das Gebäude auf der dem Pool gegenüber liegenden Seite verfügte über einen Balkon. Dieser war baufällig, wie vieles

im Gefängniskomplex, und man hatte ihn vor einiger Zeit mit Balken abgestützt. Zu dem Balkon und den dahinter liegenden Räumen gehörte eine Treppe.
Auf dem Balkon standen etwa ein Dutzend Männer, allesamt Schlägertypen, teils auf die Brüstung gelehnt. Unter ihnen glaubte David, einen seiner Angreifer der ersten Nacht wiederzuerkennen. Ein untersetzter Kerl stand ebenfalls inmitten der Gruppe: Mendoza, der neue starke Mann in San Pedro.
David wandte seinen Blick von der Gruppe ab und verfolgte das Geschehen am Pool. Die beiden Verletzten wurden gerade in das Becken gestoßen. Sie tauchten kurz unter, fanden dann aber Halt für ihre Füße und standen nun in dem eiskalten Wasser. Es war immer noch Winter in La Paz.
David trat näher an die Gruppe der grölenden Männer heran und wandte sich an einen weiter hinten stehenden Bolivianer. „Was passiert hier?", fragte er.
Der Mann schaute David feindselig an, bequemte sich dann aber doch zu einer Antwort. „Das sind Vergewaltiger. Die haben ein kleines Mädchen vergewaltigt und umgebracht."
David war schockiert. Voller Abscheu betrachtete er die beiden Männer, wie sie versuchten, über die Treppe aus dem Pool herauszukommen. Mehrere Inhaftierte versperrten ihnen den Weg und stießen sie immer wieder in das Wasser zurück.
Einer versuchte daraufhin, über den Rand herauszuklettern. Mit beiden Händen umklammerte er den Beckenrand und wollte sich hochziehen. Die Männer, die oben standen, traten ihm mit voller Wucht auf die Finger. Der so Miss-

handelte brüllte vor Schmerz auf und fiel in den Pool zurück. Langsam färbte sich das Wasser rot.
In David stieg eine dunkle Ahnung auf. Erneut wandte er sich an den wenig auskunftsfreudigen Mann neben sich. „Was geschieht mit ihnen?"
Herablassend schaute der ihn an. „Na was wohl?", sagte er.
„Ihr bringt sie um?" David war entsetzt.
Der Mann zuckte gleichgültig mit den Schultern.
David zerriss es fast. Die Männer im Pool waren die schlimmste Sorte Verbrecher, die er sich vorstellen konnte. Sie hatten eine harte Strafe verdient. Aber die Todesstrafe? In den Neunzigern hatte er manchmal in Deutschland Aufkleber auf Autos gesehen, auf denen stand „Kinderschändern die Todesstrafe". Er hatte lange darüber nachgedacht und für sich entschieden, das abzulehnen. Der Tod war das Ende von allem, er hatte es oft genug sehen müssen.
Sein Entschluss stand fest. Er spürte, wie ihm das Blut zu Kopf stieg, in seinem Oberkörper stach es wie tausend Nadeln. Er begann sich durch die johlende Menge zu drängen und wollte zum Beckenrand, den Ertrinkenden helfen.
Da spürte er eine Hand auf seiner Schulter, die ihn festhielt und ihn hinderte, weiter zu gehen. Zweifinger-Pepe stand hinter ihm, griff seinen Arm und zog ihn entschlossen aus der Menge. David versuchte, sich freizumachen, doch Pepe brüllte ihn an. „Nein, lass es, David!"
Es war das erste Mal, dass ihn außer Luis jemand bei seinem Vornamen nannte. David kam zu Besinnung und ließ sich ziehen.
In einer Ecke des Hofes gab Pepe seinen Arm wieder frei. „Was hast du vor, David? Bist du lebensmüde? Willst du mit

den beiden sterben?“ David hatte Pepe noch nie erregt gesehen. Er war sonst immer ruhig, ja gelassen. Aber jetzt stand er vor David und sprach nach wie vor laut. „Das letzte Mal, als jemand versucht hat, sich dem Haufen entgegenzustellen, war er schon tot, bevor er den Pool erreicht hatte. Lass es!“
David sackte innerlich zusammen. Er wusste, dass Pepe recht hatte. Er konnte nichts tun. Und immer noch brüllte die Menge und die beiden im Pool schrien und bettelten um Gnade.
Plötzlich fühlte sich David wie ein Verräter. Es war so bequem, für Gerechtigkeit zu sein, wenn man die stärkeren Waffen hatte. Aber im Angesicht dieser Gewalt und der Macht des Pöbels verstand er doch endlich Petrus, der, noch ehe der Hahn krähte, seine Träume und seine Ideale verraten hatte. Und deshalb floh und weinte.
David war auch zum Weinen zumute. Fliehen konnte er nicht, sich höchstens in seine Kammer verkriechen. Er wollte, er musste etwas tun!
Sein Blick irrte über den Hof, hinauf zum Himmel. Dann fiel er auf den Balkon. Mendoza stand inmitten seiner Schlägertruppe und beobachtete offensichtlich amüsiert den Lynchmord. Die Typen um ihn herum johlten mit der Menge und genossen den besten Blick auf das Geschehen.
Er wusste noch nicht genau, was er tun würde, aber er ließ Zweifinger-Pepe stehen und ging zur Treppe.
Bevor er die ersten Stufen betrat, drehte er sich noch einmal zum Pool. Einer der Männer, der offensichtlich nicht schwimmen konnte, verlor langsam den Boden unter den Füßen. Verzweifelt schrie er um Hilfe. Dabei tauchte er immer wieder unter, strampelte sich dann wieder hoch,

sodass er mit dem Kopf noch einmal über die Wasseroberfläche kam und Wasser spuckte.
David stieg entschlossen die Treppe hoch. Mendozas Leibgarde beachtete ihn nicht, denn im Pool strebte das Drama seinem ersten tödlichen Höhepunkt entgegen. So konnte er ungehindert Mendoza an der Schulter packen und zu sich drehen. Der hatte das nicht kommen sehen und für den Bruchteil einer Sekunde sah David Schrecken und Angst in Mendozas Augen.
„Tu etwas! Beende das!", schrie er den Bolivianer an.
Schnell hatte Mendoza sich wieder gefangen. Blanker Hass blitzte in seinen Augen. Grob stieß er Davids Arm zurück. In dem Moment packten ihn bereits zwei der Schläger und hielten ihn fest.
„Das wirst du bereuen, Aleman!" Mendoza spuckte die Worte heraus. „Schmeißt ihn von der Treppe", befahl er dann seinen Leuten.
David gab noch nicht auf und brüllte aus voller Kehle: „Wer gibt euch das Recht, zu richten? Seid ihr Gott? Wer tot ist, hat nicht die Gelegenheit zu bereuen!"
Die Schläger schleiften ihn zur Treppe und stießen ihn hinunter. Instinktiv versuchte David sich abzurollen. Er riss die Arme schützend um den Kopf und versuchte, mit dem rechten Bein den Sturz abzubremsen. Er hatte Glück und brach sich nicht das Genick.
Als er sich aufrichtete, schrie Mendoza, immer noch wutentbrannt von oben: „Das war ein Fehler! Dafür bezahlst du!"
David war ganz benommen von dem Sturz, aber er wollte nur noch weg. Bevor er fluchtartig den Hof verließ, sah er,

dass der eine Mann im Pool nicht wieder aufgetaucht war. Der andere kämpfte weiter um sein Leben.
Humpelnd erreichte David das Zimmer von Luis. Aufgeregt und empört wollte er ihm berichten, was vorgefallen war, doch Luis hatte kein Ohr für ihn. Voller Euphorie fiel er David um den Hals. „Ich werde entlassen, David, ich kann raus!“, rief er fröhlich.
Das war zu viel für David. Er drückte seinen Freund an sich und fing an zu schluchzen. Luis missverstand den Gefühlsausbruch.
„Warte nur ab, bestimmt kommst du auch bald raus“, sagte er und klopfte David tröstend auf den Rücken.

32
BESTECHUNG

Bolivien 2013

Der Mann war ihm unsympathisch. Dabei kannte David ihn kaum. Juan Deposito war wohl ein Nachkomme der spanischen Kolonisatoren, die vor Jahrhunderten Südamerika besiedelt hatten. Viele von ihnen hatten sich im Laufe der Generationen mit der indigenen Bevölkerung vermischt, sodass die Mestizen inzwischen wahrscheinlich den größten Bevölkerungsanteil der bolivianischen Nation stellten. So genau wusste das niemand.

Deposito war, was seinen Habitus anging, kein Mestize. Er drückte durch Kleidung und Auftreten aus, dass er zur weißen Oberschicht gehörte.

David fragte sich, wie seine Anwältin an den geraten war. Sie hatte ihm den Mann empfohlen, da sie nicht die Zeit hatte, in Bolivien auf seinen Prozess zu warten. Zumal das mehrere Jahre dauern konnte.

Was David dem Mann zugestand: Er war hervorragend informiert. Sie hatten sich kurz über die Zustände in San Pedro ausgetauscht und waren seinen Fall detailliert durchgegangen. Dann hatte ihm Deposito unumwunden gesagt, dass David Geld zusammenkratzen müsste. Als David fragte, wofür, sagte der Anwalt knapp: „Für mich und den Richter. Wie viel kriegen Sie denn zusammen?"

David hatte auf die Frage nicht geantwortet. Er erklärte Deposito, dass Bestechung für ihn nicht infrage käme. Daraufhin hatte der Anwalt laut gelacht und war gegangen.

Nur seine Karte blieb zurück. Und in David das Bauchgefühl, einen Fehler gemacht zu haben.

Jetzt also saß der Mann wieder vor ihm. Obwohl seine Miene regungslos war, hatte David den Eindruck, der Bolivianer lachte innerlich hämisch über ihn.

„Sie wissen, dass ich Bestechung ablehne." David musste dem Anwalt nichts erklären, das hatte er ihm beim ersten Mal bereits gesagt. Trotzdem hatte er das Bedürfnis, es noch einmal zu betonen. Vielleicht war der Satz auch eher für ihn selbst. „Aber ich muss hier raus. Wie schnell können Sie das organisieren?"

„Das kommt darauf an, wie schnell Sie das wollen."

„Klar", dachte David, „wenn ich so auf die Tube drücke, dann wird der Preis steigen." Andererseits: Zwei-Finger Pepe hatte ihn eindringlich gewarnt, dass er auf Mendozas Todesliste stand.

Wörtlich hatte er gesagt: „David sieh dich vor! Mendoza hat dich auf die Liste gesetzt."

„Auf welche Liste?" David war alarmiert.

„Auf die Todesliste!"

„Und was bedeutet das für mich?"

„Dass du innerhalb der nächsten Woche tot bist! Niemand, den er töten lassen wollte, hat länger überlebt. Keiner!"

Damit war der alte Mann gegangen und David hatte dagestanden und musste den Schock erst mal verdauen. Was konnte er tun? Wenn Luis noch da gewesen wäre, hätte er ihn gefragt, aber sein einziger Freund hier war gerade entlassen worden. Ihm blieb keine Wahl, er musste raus aus San Pedro.

Während er in seine Zelle flüchtete, überlegte er fieberhaft:

Sollte er Greene noch einmal anrufen? Wenn sein Team schon in Südamerika war, könnten die ihn vielleicht befreien. Aber das war jetzt Wunschdenken.
Die Botschaft? Nein!
David wurde immer panischer. Er schloss die Tür hinter sich ab und schob den Tisch vor die Tür. Dann zwang er sich zur Ruhe. Ihm blieb noch eine Option. Nur deshalb saß er jetzt Deposito gegenüber.
„Ich habe nicht viel Zeit. Was geht denn am schnellsten? Zwei Tage? Drei Tage?“
Jetzt zeigte der Anwalt eine Regung. Er zog eine Augenbraue hoch und lächelte leicht. „Das kostet. Fünfstellig. Ausschließlich Dollar. Und für den Richter das doppelte.“
David schluckte. Aber was blieb ihm übrig? „Okay“, sagte er. „Wohin soll das Geld?“

33
MOVE IT!

Bolivien 2013

Nach dem Gespräch versuchte David, so unauffällig wie möglich über den Hof und in seine Zelle zu kommen. Jetzt wünschte er sich einen Tarnumhang, so ein Ding wie im Märchen, das ihn unsichtbar machte.

In der Zelle schob er den Tisch vor die Tür, wie er es sich in letzter Zeit zur Gewohnheit gemacht hatte, und setzte sich mit einem Bier aufs Bett. Jetzt hieß es warten. Ein paar Tage konnte er es hier in der Zelle aushalten, ohne rauszugehen. Aber was wäre, wenn er in der Zelle angegriffen werden würde?

Hektisch sah er sich um. Was ließ sich als Waffe benutzen? Er hatte zwei kleinere Küchenmesser und den angeschliffenen Löffel, den er immer bei sich trug, wenn er die Zelle verließ. Alles eher was für den Kampf Mann gegen Mann. Aber würde ein einzelner Mithäftling es wagen, David anzugreifen?

David überlegte. Es gab ein paar Cracksüchtige in San Pedro, die verrückt genug waren, so etwas zu tun. Aber ein normaler Häftling, der wusste, wer David war, würde sich auf so einen Kampf nicht einlassen.

Also würden sie im Pulk kommen. Und dann? David war ratlos.

Mitten in seine Überlegungen hinein trommelte es an die Tür. Er fuhr zusammen und spürte deutlich, wie Puls und Atmung schneller gingen. So bald hatte er die Mörder nicht erwartet. Er rührte sich nicht, versuchte, kein Geräusch zu

machen. Dann schlich er zur Tür, um zu hören, was dahinter vor sich ging. Es war still. Er legte das Ohr an die Tür. Nichts.
Plötzlich trommelte es wieder. David fuhr erschrocken zusammen.
Dann, nach quälend langen Minuten, in denen er sich nicht bewegte, hörte er Schritte, die sich entfernten.
Aufatmend schlich er von der Tür weg und nahm seine Gedanken wieder auf. Zusammenfassend konnte er sich selbst nur sagen, dass seine Zelle eine Todesfalle war. Mit einem einzelnen Angreifer konnte er es aufnehmen, aber wenn mehrere kämen, hatte er keine Chance.
David erinnerte sich, was sie bei ihren Einsätzen in vergleichbaren Situationen getan hatten. Manchmal wurden sie von Feinden in der Überzahl angegriffen. Dann half nur, in Bewegung zu bleiben, und genau das würde er jetzt auch tun. Er steckte die zwei kleinen Messer ein, versteckte sein Bargeld im Schuh und nahm sich noch eine Flasche Wasser und ein Feuerzeug, das Luis hier gelassen hatte, mit. Dann verließ er die Zelle, schloss ab und warf den Schlüssel weg. Hierher würde er nicht wieder zurückkehren.
Als Erstes suchte er die Zelle vom Zwei-Finger Pepe. Der würde ihn bestimmt für eine Nacht aufnehmen. Selbst, wenn jemand beobachtet hatte, wie Pepe und er sich unterhalten hatten, bei dem alten Krüppel würde niemand David vermuten.
Es dämmerte, als David den Hof überqueren musste, um in den Teil des Gefängnisses zu kommen, in dem Pepe wohnte. Etwas war anders. Er war nur dreimal kurz in dem Gebäude gewesen und es war immer etwas los auf dem Gang. Man

schwatzte von Tür zu Tür, half sich mit Lebensmitteln, borgte sich ein Küchenutensil. Heute war es merkwürdig still. Alle Türen waren verschlossen.
Als David bei Pepe klopfte, war die Tür nur angelehnt und ging langsam auf. Das Bild, das sich David bot, brannte sich förmlich auf seiner Netzhaut ein.
Pepe war tot. Und so, wie er verkrümmt und mit Wunden übersät auf seinem Stuhl saß, hatte man ihn gefoltert.
David prallte zurück. Hektisch blickte er sich um und lief zum Ausgang. Bisher war die Lebensgefahr nur theoretisch gewesen, jetzt war sie real. Er musste sich ein Versteck suchen. Dringend!
Wieder kam er in den Hof. Immer noch waren Leute unterwegs und David versuchte zu allen, so gut es ging, Abstand zu halten. Daher war er erschrocken, als ihn jemand am Ärmel fasste. Er wirbelte herum und hatte schon ein Messer in der Hand, das er dem Unbekannten an die Kehle drückte.
„Was?", fragte er leise.
Der Unbekannte, ein kleiner, schmächtiger Bolivianer zitterte. „Nicht! Bist du David?", fragte er panisch.
„Warum willst du das wissen?"
„Du sollst morgen früh in das Büro des Direktors kommen. Es geht um deine Entlassung." Damit war der Mann weg.
David stand da und staunte. Entlassung? Das war schnell gegangen. Aber sei es drum. Jetzt musste er nur noch eine Nacht hier überleben.

34
DREI FAHNEN

Bolivien 2013

David schaute in beide Richtungen die Straße neben der Mauer entlang. Er hatte keine Ahnung, von welcher Seite Luis kommen würde.

„Warte vor dem Gefängnis, bis ich komme. Geh nicht weg, ich hole dich ab. Dann zeige ich dir, wer wir hier in Bolivien sind und wie wir leben", hatte er nur gesagt.

Also wartete David. Nach den Ereignissen der vergangenen zwei Stunden war ihm fast ein wenig schwindelig zumute. Er hatte monatelang auf den Moment gewartet, an dem er freikommen würde, aber dann war alles sehr überraschend und sehr schnell passiert. Nun begann die Euphorie von ihm Besitz zu ergreifen.

Er hatte kein Gepäck. Das, mit dem er vor Wochen in La Paz am Flughafen angekommen war, war angeblich verschwunden. Er würde es verschmerzen. Seinen Pass hatte er in der Tasche, dazu ein Bündel Geldscheine. Vielleicht sollte er sich bei Gelegenheit wenigstens ein Handy kaufen.

Ein Hupen riss ihn aus seinen Gedanken. Ein großer weißer Nissan-Pick-Up hielt in einer Parklücke etwa zwanzig Meter entfernt. Luis stieg aus und winkte.

Als David seinen Platz neben Luis eingenommen hatte, grinste der wie gewohnt, sodass man seine Zahnlücke sehen konnte und sagte, ganz im Stile eines Reiseleiters: „Bevor wir unsere Fahrt heute beginnen, möchte ich dir ein paar Informationen vorab geben. In etwa einem Kilometer

Entfernung von hier befindet sich der Präsidentenpalast. Im Volksmund heißt er Palacio Quemado."
David horchte auf. Quemada hieß verbrannt. „Warum nennt man den so?"
„Gut, dass du fragst", sagte Luis grinsend. „Der Palast ist bei einer Revolte 1860 in Brand geraten." Luis stutzte und hörte seinen Worten hinterher. „Das ist seltsam, dass wir den Tag mit so einer Geschichte beginnen. Es wird heute noch um einen ganz anderen Brand gehen." Er war ernst geworden.
David hatte den Stimmungsumschwung mitbekommen und hörte aufmerksam weiter zu.
Luis versuchte, den Faden wieder aufzunehmen. „Der Palacio Quemado befindet sich an der Plaza Murillo, an der Fassade wehen die drei offiziellen Staatsfahnen Boliviens."
„Drei?" David glaubte, sich verhört zu haben.
„Ja, drei. Eine ist die mit den drei Streifen Rot, gelb, grün, mit dem Wappen in der Mitte. Die andere ist die Wiphala, manchmal auch Regenbogenflagge genannt, aber das ist nicht richtig. Diese Flagge symbolisiert die bunte Völkervielfalt Boliviens."
David versuchte, sich zu erinnern: Hatte er nicht so eine bunte Flagge gesehen? Aber die bestand aus lauter bunten Quadraten. Er hatte sich noch gewundert, was das sein sollte, und hatte an irgendeine Firmenflagge geglaubt. „Und die dritte?", fragte er.
„Die dritte ist blau und ist die Marineflagge Boliviens."
David lachte. „Wie? Marine? Berittene Gebirgsmarine oder was? Bolivien ist doch ein Binnenland."
Luis schaute böse zu David hinüber, während er sich vorsichtig durch den chaotischen Verkehr Richtung Flughafen

bewegte. „Also: Erstens haben wir eine Marine, die übt auf dem Titicacasee. Und zweitens hatte Bolivien mal einen Zugang zum Meer, der ist nur im Krieg mit Chile verloren gegangen. Aber irgendwann bekommen wir den Zugang wieder und daran erinnert und gemahnt uns die blaue Flagge."

David hörte auf zu lachen. Der Nationalstolz der Bolivianer war schon faszinierend. Aber das mit der Marine … Es hatte für ihn etwas Irrationales, zu glauben, dass man so ohne Weiteres die Ergebnisse einer Niederlage im Krieg ausradieren könnte. Das wäre ja so, überlegte er, als würde Deutschland Königsberg zurückverlangen, bloß weil Kant diese Stadt angeblich nie verlassen hat. Da hätten die Russen bestimmt was dagegen.

„Wo fahren wir hin?" David wollte dem Gespräch eine andere Wendung geben.

„Erst mal in Richtung Flughafen in El Alto. Dort erreichen wir die Nationalstraße 1, folgen der ein kleines Stück und fahren dann auf die RN 2, die Nationalstraße 2. Alle Nationalstraßen beginnen symbolisch vor dem Präsidentenpalast. Dort sind an einer Ecke des Plaza Murillo zwei Metalltafeln angebracht. Die größere hat die Aufschrift ‚Ministerio de Obras Publicas: Caminos - Ministerium für öffentliche Arbeiten: Straßenbau' und zeigt das Fernstraßennetz Boliviens. Darunter ist eine zweite, kleinere, mit der Aufschrift ‚0km'."

David konnte sich das Ganze nicht recht vorstellen. Aber ihn interessierte etwas anderes. „El Alto?", fragte er. „Was ist das?"

„El Alto war früher ein kleiner Vorort von La Paz, hat aber in den letzten Jahrzehnten seine Einwohnerzahl verviel-

facht. Inzwischen wohnen hier über eine Million Menschen, darunter viele Neureiche, die ihr Geld mit dem Anbau von Koka gemacht haben."
David war schon wieder von etwas anderem abgelenkt. Eine etwa zehn Meter hohe Statue erregte seine Aufmerksamkeit. „Was ist das?"
Luis nahm kurz den Blick von der Straße und sah erstaunt zu David. „Erkennst du es nicht?", fragte er.
Durch die Fahrt änderte sich der Blickwinkel und David erkannte einen Mann nun doch. „Ist das Che?"
„Na klar!"
„Aber er sieht so anders aus!"
„Na ja, das ist alles aus Altmetall gemacht, aus Schrauben, Zahnrädern und so."
„Das meine ich nicht. Ich meine, sein Gesicht hat indigene Züge." Verdammt, warum hatte er das gesagt?
„Hast du ein Problem damit?" Luis war schon wieder beleidigt.
„Nein, um Himmels willen: nein!" David versuchte, seinen Lapsus wieder gut zu machen. „Auf was tritt Che denn da herum? Sind das Federn?"
„Richtig! Er tritt auf einem Weißkopfadler herum."
„Auf dem amerikanischen Wappentier?"
„Genau. Er hielt nicht viel von den Gringos und wir hier in Bolivien auch nicht."
Das hatte David schmerzvoll am ersten Tag in San Pedro am eigenen Leib erfahren. Diese „Begrüßung" im Gefängnis hatte er nur dank Luis überlebt.

35
ACHACACHI

Bolivien 2013
Sie hatten El Alto lange hinter sich gelassen, als Luis zu erzählen begann.
„Vom blauen, wolkenlosen Himmel schien prall die Sonne, ein milder Wind blies vom großen See in die Stadt und blähte manchmal die Röcke der Frauen. Sie hatten ihren wertvollsten Schmuck angelegt. Oft waren es Erbstücke, für die Generationen gearbeitet und gespart hatten und die von Mutter zu Tochter und von Großmutter zur Enkelin weitergegeben wurden. Selten wurde dieser wenige Reichtum zur Schau gestellt, meist blieb er verborgen in kleinen Schatullen in den armseligen Häusern der Dorfbevölkerung." Er machte eine dramatische Pause.
„Heute jedoch nicht!", fuhr er dann fort. „Heute war ein Feiertag. Achacachi feierte das Fest der Jungfrau von Candelaria. Aber nicht nur Achacachi feierte das Fest. An mehreren Tagen im Februar 2009 feierte die ganze Bevölkerung rund um den Titicacasee. Das größte Fest dieser Art fand traditionell in Puno, der größten Stadt am See statt. Hunderte Gruppen aus ganz Peru veranstalteten einen Karneval der Lebensfreude. Zusammen mit Kapellen zogen Frauen und Männer in fantasievollen, farbenprallen Kostümen in einem schier endlosen Zug durch die Straßen. Im Stadion fanden Tanzwettbewerbe statt, der Alkohol, vor allem das beliebte Maisbier Chicha floss in Strömen."
Die farbenfrohe Schilderung gefiel David. Er konnte den Festzug regelrecht vor sich sehen.

„Genauso, wenn auch wesentlich kleiner, bescheidener feierten die Bewohner von Achacachi und der gleichnamigen Halbinsel im Titicacasee.
Um die Mittagszeit, die Stimmung steuerte auf den ersten Höhepunkt des Tages zu, erhob sich vielfaches Schreien und Wehklagen. Dutzenden Frauen, die den bunten Zug betrachtet hatten, war der Schmuck gestohlen worden. Die Menge raste. Mehrere Schuldige waren schnell gefasst und wurden in das halb fertige Stadion der Stadt gezerrt. Dort wurden sie an die Torpfosten gebunden.
Aber nur wenig Schmuck wurde gefunden. Waren die sechs Männer und fünf Frauen die wahren Täter? Hatten sie vielleicht Komplizen, die mit dem übrigen Schmuck verschwunden waren? Egal, die enthemmte Menge wollte Blut sehen."
Wieder hielt Luis in seiner Erzählung inne. Diesmal war die Pause weniger dramatisch.
„An der Stelle musst du wissen, dass es drei Grundsätze der Aymara gibt, die noch auf die Inka zurückgehen, als deren legitime Nachfahren die Aymara sich sehen: ‚ama sua, ama llulla und ama khella' - du sollst nicht stehlen, nicht lügen und nicht faul sein. Der erste Grundsatz ist der sichtbarste: Es gibt noch heute Dörfer im Andenraum, in denen man Fremden schon beim Ankommen klarmacht, wie mit Dieben verfahren wird: Am ersten Baum oder Laternenmast baumelt eine gehenkte Puppe. Und das ist keine leere Drohung, werden doch immer wieder Diebe nach den Gesetzen der Justiz der Aymara gehängt."
„Wie? Nach den Gesetzen der Justiz der Aymara? Habt ihr eure eigene Justiz?" Luis wandte kurz den Blick von der Stra-

ße, den er bis dahin starr geradeaus gerichtet hatte. David spürte in dem kleinen Bolivianer eine steigende Spannung.
„Die Verfassung Boliviens geht von 36 indigenen Völkern aus. Mit der Verfassungsreform von 2009 wurde deren Stammesjustiz der offiziellen - ich nenne sie koloniale - Justiz gleichgestellt."
„Aber damit habt ihr faktisch 36, nein 37, Rechtssysteme? Warum tut man denn so was?"
„Unsere Rechtsprechung ist schneller, effektiver, billiger. Schau nur, wie lange wir auf unsere Freilassung gewartet haben. Außerdem können sich die Reichen nicht bei korrupten Richtern und Staatsanwälten freikaufen."
„Das sind auch alles Argumente für die Einführung der Scharia", dachte David, sagte das aber lieber nicht laut.
„Außerdem", fuhr Luis fort, „war es ein zentrales Wahlversprechen von Evo Morales. Und Evo cumple – Evo hält sein Versprechen."
Sie fuhren in Achacachi ein und parkten direkt vor dem Stadion. David wollte wissen, wie die Sache mit den Dieben ausgegangen war, aber Luis vertröstete ihn. „Warte ab, ich zeige es dir", sagte er nun.
Das Stadion war inzwischen fertig gebaut, das Spielfeld war bedeckt mit Kunstrasen und alles machte einen modernen, gepflegten Eindruck.
„Evo hat versprochen, überall im Land Fußballplätze zu bauen. Er will es wieder zu einer führenden Fußballnation machen. Und – wie gesagt – Evo cumple!" Es klang unverkennbarer Stolz aus den Worten von Luis. David dachte an das römische „Panem et circenses" und welche Realität es damals und heute beschrieb.

„Ich war damals in der Stadt, um zwei Freunde zu besuchen, die an der hiesigen Universidad Publica de El Alto studierten", erklärte Luis weiter. „Wir hatten uns auch erst den Zug angesehen und dann wollten sie mir das Stadion zeigen. Wir saßen da oben", Luis deutete in Richtung oberes Ende der Tribüne, „und diskutierten darüber, ob es nicht besser wäre, statt der Fußballplätze ein paar Kinderkrankenhäuser zu bauen."

David nickte heftig, aber Luis ignorierte es. Stattdessen fuhr er fort. „Man hatte die vermeintlichen Diebe hierhergeführt und band sie fest. Dann zündete man sie an."

Stille.

David sah Luis entsetzt an. Was erzählte der da? Wer tat denn so etwas Barbarisches? Er war fassungslos. Doch sein Blick auf Luis sagte ihm, dass es sein völliger Ernst war. Der Mann war leichenblass und schwitzte. Offensichtlich durchlebte er erneut diesen schrecklichen Moment.

„Weißt du, David", sagte er fast flüsternd. „Ich höre oft noch ihre Schreie und ich mag bis heute kein gegrilltes Fleisch. Ich bekomme Brechreiz, wenn ich verkohltes Fleisch rieche."

„Aber warum ist denn niemand eingeschritten? Wo war die Polizei?"

„Die Polizei kannst du in solchen Momenten vergessen, die mischt sich nicht in Stammesjustiz ein, sind ja meist selbst Aymara. Ich wollte dazwischen gehen, aber meine Freunde haben mich festgehalten. Die enthemmte Menge hätte mich sonst gelyncht. Wir haben Krankenwagen und Feuerwehr gerufen, aber die trauten sich auch erst, als das Militär aus der Kaserne angerückt kam."

„Konnte denn noch jemand gerettet werden?"

„Zwei Menschen starben, die anderen kamen mit schwersten Verbrennungen ins Krankenhaus. Mehr weiß ich auch nicht." Und nach einer Pause sagte Luis noch: „Ich habe damals für mich beschlossen, solchen Taten entgegenzutreten. Egal, wie laut die Menge brüllt, welches Recht sie zu haben glaubt. Koste es mich, was es wolle."

Sie ließen den Wagen zurück und liefen schweigend die paar Schritte ins Zentrum. Vor einem Denkmal blieben sie stehen.

„Hat es nie eine Untersuchung des Falls gegeben?", fragte David.

Luis schüttelte den Kopf. „Es gab zwar Ermittlungen, aber angeblich war niemand dabei oder hat etwas gesehen."

„Aber das ist doch schlimmste Selbstjustiz." David war immer noch erregt.

Luis schaute ihn erstaunt an. „Bist du dir sicher, dass so etwas bei euch nicht passieren kann?", fragte er.

Empört wollte David die Frage verneinen. Doch dann kamen, mal wieder, Bilder in ihm hoch. Selbstjustiz, Pogrome, ja das hatte es in Deutschland schon gegeben. Man musste gar nicht zurückgehen bis in die dunkelste Zeit. Erst Anfang der Neunzigerjahre … Er sah noch das Bild von der Fratze des Faschismus, wie sie mit hochgerecktem Arm und bepisster Jogginghose vor einem Ausländerheim in Rostock stand und dessen Brand bejubelte. Er war sicher, dass das jederzeit wieder passieren konnte, und musste an Brechts Worte denken: „Der Schoß ist fruchtbar noch, aus dem das kroch."

David wollte nun lieber das Thema wechseln, das wurde ihm einfach zu finster. „Wer ist das hier auf dem Sockel?", fragte er.

„Das ist Tupac Katari. Er war ein Anführer der Aymara im 18. Jahrhundert. 1781 hat er eine Armee von vierzigtausend Mann vor La Paz geführt und die Stadt belagert. Er wollte die spanischen Kolonialherren aus Bolivien vertreiben."
„Woran ist er gescheitert?"
„Er wurde von seinen eigenen Leuten verraten und die Spanier haben ihn mit vier Pferden in Stücke gerissen. Heute zitiert man gern die letzten Worte von Tupac Katari - ‚Sie können mich töten, aber ich werde millionenfach zurückkehren.'"
David schüttelte den Kopf. Langsam und tief in Gedanken versunken lief er die kleine Einkaufsstraße entlang. In einem Laden kaufte er sich ein Handy.
Wenig später gingen sie wieder zum Auto und fuhren weiter nach Santiago de Okola.

36
SANTIAGO DE OKOLA

Bolivien 2013

Während der Fahrt rief David in Deutschland an. „Jason?"
„David? Wie geht es dir?" Der junge Mann klang erleichtert, seine Stimme zu hören.
„Alles okay, ich bin wieder draußen. Hör zu, du musst jetzt das Team in Marsch setzen. Ich bin auf dem Weg nach Santiago de Okola. Wir treffen uns dort. Du musst in La Paz noch einkaufen."

Als sie den kleinen Ort erreichten, versuchte David irgendetwas wiederzuerkennen. Es gelang ihm nicht. Damals war er durch den Tod Marias traumatisiert gewesen, er hatte nicht groß auf seine Umgebung geachtet. Als sie an der kleinen Kirche ankamen, bat er Luis, anzuhalten. Einen kurzen Moment zögerte er, dann stieg er aus.
„Was hast du vor?", fragte Luis überrascht.
„Ich will jemanden besuchen."
„Soll ich auf dich warten?"
David überlegte. „Nein, frag du schon mal, wer Emilias Vertretung ist. Ich komm dann gleich nach."
Luis fuhr weiter und David betrat den kleinen Friedhof. Langsam ging er zwischen den wenigen Reihen lang und schaute auf die Beschriftung der Kreuze. Manchmal war auf dem verwitterten Holz kaum noch der Name des Verstorbenen erkennbar. Sein Schritt wurde immer langsamer, als fürchtete er sich, vor Marias Grab zu treten.

Er sah ihr schönes Gesicht vor sich, hörte ihr Lachen und der sanfte Wind, der über seine Wangen strich, gab ihm das Gefühl, sie würde ihn küssen.
Als er endlich angekommen war, atmete er schwer. Jemand hatte erst vor Kurzem ein paar wenige Blüten zu einem Kranz geflochten und über ihr Kreuz gehängt. Er senkte den Kopf und schloss die Augen.
Dann brach es aus ihm heraus. „Es tut mir so leid. Ich hatte versprochen, auf dich aufzupassen. Ich habe versagt. Verzeih mir." Tränen liefen über sein Gesicht, der Schmerz riss in seiner Brust. Lange stand er so da.
Irgendwann verließ David aufgewühlt den Friedhof und lief zum Seeufer. Als er den Steg sah, fielen ihm zuerst die verkohlten Balken auf. Genauso war ihm der Steg in Erinnerung, so hatte er ihn das erste Mal vor gut einem Jahr erlebt. Vor dem unbrauchbaren Gebilde standen Luis und ein alter Mann. Sie schienen zu diskutieren.
David trat näher.
Luis schaute ihn düster an. „Hör dir das an!", sagte er.
Auch der Alte blickte finster drein. „Wir brauchen euch nicht hier. Wir haben euch nicht gerufen!"
David war verblüfft. Man hatte ihn zwar gewarnt, hierher zu kommen, aber er hatte es trotzdem getan, hatte alles riskiert und war im härtesten Knast gelandet, den er sich vorstellen konnte. Als er hergekommen war, hatte er sich manchmal gefühlt wie einer der glorreichen Sieben, die im Wilden Westen ein terrorisiertes Dorf beschützen.
Und nun das! Warum prallte ihm diese Feindschaft entgegen? „Aber irgendjemand hat mich doch angerufen. Jemand hat mich um Hilfe gebeten."

„Mag sein, ich war es nicht.“ Die Augen des alten Mannes funkelten böse.
Luis mischte sich ein. „Also, David, es ist so: Gleich nach dem Unfall von Emilia hat einer, wahrscheinlich ihr Mann, bei dir angerufen und um Hilfe gebeten.“
„Ich kann mir schon vorstellen, dass es ihr Mann war“, unterbrach ihn David. „Ich hatte in Marias Pass einen Zettel mit meiner Nummer versteckt. Da wird er ihn gefunden haben. Aber was ist mit Emilias Mann und warum heißt es plötzlich, es sei ein Unfall gewesen?“
Luis wandte sich wieder zu dem Alten, in dem David inzwischen den Mann erkannt hatte, der Maria und ihm das Schulmuseum gezeigt hatte. Er hieß Fernando. Sie unterhielten sich aufgeregt auf Aymara.
Dann wandte sich Luis wieder an David. „Marias Mann ist ihr nach La Paz gefolgt, er wollte sich in der Nähe des Krankenhauses aufhalten“, erklärte er. „Es ging ja auch noch um das Kind. Von da ab hat keiner mehr was von ihm gehört.“
„Und wieso heißt es jetzt plötzlich nicht mehr, sie wurde angegriffen, sondern es war ein Unfall?“
Der Alte verstand das Gespräch zwischen David und Luis, das auf Spanisch geführt wurde. Er hob die Hände wie zur Abwehr, doch Luis ließ nicht locker. Wieder sprach er mit ihm auf Aymara und David hatte das Gefühl, dass er den Alten bedrängte, mit der Sprache rauszurücken. Dann fiel ein Name. Luis verstummte.
David hatte den Namen nicht richtig verstanden. Er wartete auf Luis’ Übersetzung und holte schon Luft, um zu fragen, aber Luis hob die Hand und schien zu überlegen.

„Was würdest du tun, wenn du wüsstest, wer für das hier“, er deutete auf den Anleger, „und für Emilias Unfall verantwortlich ist?“, fragte er schließlich.
David wurde misstrauisch. Was hatten die beiden da in ihrer Sprache verhandelt? Wieso sprach Luis jetzt plötzlich auch von einem Unfall? Er hatte ihm doch erzählt, was vorgefallen war. Zumindest, wie es ihm übermittelt worden war.
„Ich verstehe nicht“, sagte er, um Zeit zum Nachdenken zu gewinnen.
„Na, was würdest du tun, wenn du den Verantwortlichen zur Rechenschaft ziehen könntest?“
Jetzt mischte sich auch Fernando wieder ein und sagte, nein spuckte förmlich: „Wir brauchen hier keine Hilfe von außen. Wir klären unsere Probleme allein. So wie wir es immer gemacht haben. Ihr gutmeinenden Europäer kommt, stellt alles auf den Kopf und dann seid ihr wieder weg. Wir sind hier und wir bleiben hier. Seit hundert und hundert und hundert Jahren. Und nur Pachamama hilft uns.“
Davids Blick ging von Luis zum Alten und wieder zurück zu Luis. Natürlich hatte der alte Aymara recht. Im Innersten war er von irgendwelchen Drogenbossen ausgegangen, die sich durch die Bauern in ihren Geschäften gestört gefühlt hatten. Das konnte man mit ein paar entschlossenen Kämpfern klären. Aber richtig war eben auch, dass sie dann wieder abziehen würden. Sie konnten hier schließlich keine dauerhafte Militärbasis errichten, wie die Amerikaner in Guantanamo. Aber was jetzt?
„Kennst du denn den Verantwortlichen?“, fragte er Luis.
„Ja.“

Manchmal war dieser kleine Bolivianer wirklich maulfaul. David hätte ihn nehmen und schütteln können. „Jetzt sag schon, wie heißt der?“, drängte er ungeduldig.
„Álvaro Pereira“, sagte Luis. „David, wir sind hier fertig. Wir fahren zurück und reden im Auto.“ Damit drehte er sich um, verabschiedete sich von Fernando und stiefelte zum Auto.
David nickte dem Alten nur knapp zu und lief ziemlich sauer hinterher. Das wars? Deswegen war er aus Deutschland hierher geflogen? Deswegen hatte er Wochen im Knast zugebracht? Hatte diese Hölle nur knapp überlebt? Das konnte doch nicht sein! Luis war ihm ein paar Antworten schuldig!
Mit diesen grimmigen Gedanken stieg er zu seinem Freund ins Auto. Der schien es Davids Miene anzusehen, was er dachte. Bevor David etwas sagen konnte, redete Luis auch schon los.
„Du bist mir immer noch eine Antwort schuldig.“ Luis ignorierte offensichtlich Davids Stimmung.
„Was … Du meinst, wenn ich die Gelegenheit hätte, diesen Pereira zur Verantwortung zu ziehen?“
„Ja, du hast doch da so deine Vorgehensweise.“ Luis schaute ihn listig an und startete den Motor. David überlegte: Welche Vorgehensweise hatte er, von der Luis wissen konnte?
„Du meinst mein Treffen mit Riveras?“, fragte er.
„Treffen ist gut“, sagte Luis lachend. „Du hast ihn ja wohl sehr gut getroffen.“
David protestierte schwach. „Ich fahre doch nicht einfach so durch die Welt und schieße alle Bösewichte über den Haufen.“

Luis grinste ihn an und wieder sah man seine Zahnlücke. „Warum eigentlich nicht?", fragte er fast vergnügt.
„Kennst du diesen Pereira?" David wollte das Gespräch nicht ins Lustige ziehen.
„Ich hatte mal mit ihm zu tun." Luis wurde wieder ernst und einsilbig.
„Was ist das für einer?"
„Er ist ein Geschäftsmann, aus Paraguay glaube ich, der vor Kurzem nach Bolivien gekommen ist und sich hier niedergelassen hat. Er hat eine Frau von großer Schönheit und soll bestens vernetzt sein mit der MAS und der Regierung."
„Na ja", dachte David und hatte direkt ein Bild vor Augen. „Das kennt man ja, reicher, alter Knacker und junges schönes Model." Laut fragte er: „MAS?"
„Das ist die Regierungspartei von Evo. Bewegung für den Sozialismus."
„Und der war in Santiago de Okola?"
Luis schaute kurz zu David rüber. „Der Alte wollte erst nicht mit der Sprache raus. Aber dann hat er mir erzählt, dass Pereira persönlich nach dem Unfall von Emilia im Dorf aufgetaucht ist und viel Geld gespendet hat. Dafür sollten sie den Mund halten und für eine Zeit auf Touristen verzichten. Er hat wohl auch dafür gesorgt, dass Emilia ins Krankenhaus nach La Paz gekommen ist. Dort bekommt sie die beste Versorgung."
„Das war ja klar", sagte David finster. „Erst Scheiße bauen und dann alles mit viel Geld zupflastern. Und, war seine Gespielin mit im Dorf oder hatte die Besseres zu tun, zum Beispiel shoppen?"

Jetzt war es Luis, der finster blickte. „Du kennst sie doch gar nicht. Warum redest du so von ihr?“
Egal. David hatte das Gefühl, er würde diesen Mistkerl und seine Frau schon ganz genau kennen.

37
EL ALTO

Bolivien 2013

Eine Weile fuhren sie schweigend und David hing verschiedenen Rachefantasien gegenüber Pereira nach. Die staubige Straße führte schnurgerade durch die Landschaft, nur wenige Fahrzeuge kamen ihnen entgegen. Er wurde auf die riesigen Berge aufmerksam, die sich Linkerhand über der hügeligen Fläche erhoben.

„Großartige Landschaft. Was sind das für Berge?"

Luis warf einen Blick zum Seitenfenster raus. „Das ist der Illampú, auch Gott der Stürme genannt. Die Cordillera Real, die Königlichen Cordilleren, werden gebildet vom Illampú und dem Illimani. Der liegt von hier aus ein Stück hinter La Paz."

„Wie hoch sind die?"

„Die sind beide über sechstausend Meter hoch. Und ganzjährig mit Schnee bedeckt. Es gibt eine Legende in meinem Volk. Illimani und Illampu waren zwei Könige mit großer Macht. Aber wie das so ist, Macht ist eine Droge, die Mächtigen wollen immer noch mehr davon. Beide wollten das Gebiet des heutigen Altiplano beherrschen. Und so kam es zum Krieg. In der entscheidenden Schlacht prallten sie aufeinander und töteten sich gegenseitig. Noch im Sterben ließen sie ihre Söhne schwören, den Kampf fortzusetzen und ihren Tod zu rächen."

„Keine Mutter käme auf die Idee, ihre Söhne in den Krieg zu schicken, um die Sünden der Väter fortzuführen", unterbrach David düster Luis' Erzählung.

„Die Söhne hatten auch keine Lust auf den Kampf, aber Schwur war Schwur. Und so wiederholte sich die Geschichte, auch sie verletzten sich im Kampf tödlich. Noch auf dem Schlachtfeld beendeten sie den Zwist und baten ihre Diener, sie nebeneinander aufzubahren. Die Göttin der Fruchtbarkeit, Pachamama, Schöpferin allen Lebens, tröstete die jungen Männer und entband sie und ihre Nachfahren von dem Schwur, damit die Blutrache endete. Und sie bestrafte die Väter, indem sie ihre Sterne vom Himmel fallen ließ und sie zu den beiden eisigen, lebensfeindlichen Berggipfeln machte, Illampu und Illimani."
Als sie Achacachi passierten, wurde David bewusst, dass sie zurück Richtung La Paz unterwegs waren. Er hatte seinen Gedanken nachgehangen und die letzten Minuten nicht auf den Weg geachtet.
„Wo fahren wir hin?", fragte er nun.
„Lass dich überraschen."
„Nein, im Ernst, Luis, wie geht es denn jetzt weiter?"
Luis lächelte. „Kannst du dich noch an meine Frage von vorhin erinnern?"
„Du meinst, was ich mit Pereira machen würde, wenn ich ihm gegenüberstehe?"
„Ja."
„Ich weiß es nicht." Das stimmte. Er hatte fast die ganze Fahrt darüber nachgedacht.
Da war einerseits die hochschwangere Emilia, die mit dem Tode rang und seit Wochen im Koma lag. Entweder sie oder ihr Baby oder beide würden wahrscheinlich sterben. Andererseits hatte Pereira, welche Rolle er auch immer in

dieser ganzen Geschichte spielte, versucht, einen Teil des Schadens mit seinem Drogengeld zu lindern.
In Santiago de Okola war er stinkwütend gewesen. Die Ablehnung der Dorfbewohner, so verständlich sie auch war, hatte ihn geschmerzt. Inzwischen war er sich nicht mehr sicher, was er tun wollte.
„Ich weiß es nicht", wiederholte er nachdenklich.
„Mach mal das Handschuhfach auf."
David beugte sich vor. In dem Fach lag eine Pistole. Er griff nach ihr, ließ das Magazin herausfallen, prüfte die Patronen und legte dann die Pistole mit dem Magazin wieder in das Fach zurück.
„Nein", beschied er knapp.
„Was, nein?" Luis schien verblüfft. „Wir fahren jetzt direkt zu Pereira. Du willst ihm doch wohl nicht ohne Waffe gegenübertreten. Der ist immer von einem halben Dutzend Sicherheitsleuten umgeben."
„Du weißt, wo Pereira wohnt?" Jetzt war David schon wieder überrascht. In Luis steckten doch mehr Geheimnisse, als er geahnt hatte. „Erst sagst du nur, du kennst ihn, jetzt weißt du sogar, wo er wohnt?"
„Ja, ich habe ihn dort mehrmals besucht. Und dabei auch seine Frau kennengelernt. Aber das ist nur seine Stadtwohnung. Die liegt in El Alto in einem Haus, das von Mamani entworfen wurde."
„Und was ist da so Besonderes daran?"
„Das wirst du dann sehen. Es ist ein Haus im Cholet-Stil. Der Architekt verwendet für ihre Fassaden Elemente der Aymara-Kultur. Also Farben, wie wir sie auf unserer Kleidung, auf unseren Taschen verwenden."

David schaute Luis an. Der Bolivianer trug Jeans und ein ausgewaschenes T-Shirt, dessen ursprüngliche Farbe man nicht mal mehr erahnen konnte.
Luis spürte wohl den Blick und lachte. „Ich meine unsere traditionelle Kleidung, die, die wir oft nur zu Festtagen anziehen."
David nickte, erinnerte sich aber auch, diese Kleidung in den Straßen von La Paz gesehen zu haben.
„Und diese Häuser haben richtige Fassaden?" Ihm war aufgefallen, dass die meisten Gebäude in La Paz unverputzte Ziegelwände hatten.
„Ja, grellbunt und mit vielen Ornamenten, Schlangen und Schmetterlingen und so, verziert."
„Und wer leistet sich solche Häuser?"
„Die neue bolivianische Oberschicht. Weißt du, David, nachdem Evo Präsident wurde, hat er zuerst Schluss gemacht mit der Verfolgung des traditionellen Kokaanbaus. Er hat den Handel und die Ausfuhr erlaubt, schließlich war er vorher Chef der Gewerkschaft der Kokabauern. Da musste er seinen Kumpels helfen. Und viele von denen sind dadurch sehr reich geworden."
Sie näherten sich der Stadt. David sah deutlich die Folgen der Landflucht. Primitive Häuser säumten den Rand der staubigen Straße.
Luis nickte, als hätte er Davids Gedanken erraten. „El Alto ist sehr schnell gewachsen. Innerhalb der letzten zwanzig Jahre hat sich die Einwohnerzahl verdoppelt, auf heute fast eine Million. Die Regierung kommt nicht hinterher, alle Probleme, die damit einhergehen, zu lösen. Ganze Stadtviertel sind noch immer ohne Strom oder Trinkwasser."

„Und hier baut dann ein Stararchitekt pompöse Häuser?"
„Richtig, der Kontrast könnte manchmal größer nicht sein. Wobei man schon versucht, die Häuser ins Viertel zu integrieren. Im Erdgeschoss sind Läden, alles von Schuhen bis Baumaterial. Dann kommt eine Etage mit einem Raum zum Feiern, mit einem leicht schrägen Fußboden."
„Was? Wofür ist das denn?" David war amüsiert, hatte er doch keine Idee, welchen Zweck so ein Fußboden haben konnte.
„Wir spenden traditionell von jedem Getränk, das wir zu uns nehmen, einen kleinen Schluck an Pachamama. Dazu schütten wir etwas aus unserem Glas auf den Boden. Und damit das ablaufen kann, ist der Fußboden schräg."
David schüttelte den Kopf. Seltsame Sitten! Obwohl, frönten nicht auch die Griechen der Sitte des Trankopfers? Da wurden doch von jedem Becher Wein ein paar Tropfen für Dionysos, den Gott des Weines gespendet.
„Und wo wohnen die Besitzer des Hauses?", fragte er.
„In den beiden Etagen darüber. Oft gibt es noch eine Dachterrasse."
Inzwischen waren sie mitten in El Alto angekommen. Luis hielt vor einem großen Haus. „Hier ist es", sagte er und schaute David erwartungsvoll an. „Du kannst dir die Pistole nehmen."
David war plötzlich unsicher. So kannte er sich nicht. Hatte er etwa Angst? San Pedro fiel ihm ein, seine ersten Stunden. Die Schläge, Schmerzen, die Todesangst. Er brauchte etwas Zeit.
„Hör mal Luis", sagte er. „Ich weiß nicht, was mich die nächsten Tage erwartet. Also möchte ich vorher noch etwas Wichtiges erledigen."

Luis wartete.
„Ich möchte Emilia im Krankenhaus besuchen."
Luis nickte. „Okay, ich fahr dich hin, aber dann muss ich nach Hause. Ich werde dich dort nur absetzen und weiterfahren. Wir haben heute Abend noch Gewerkschaftstreffen und da möchte ich, da muss ich dabei sein."

38
KRANKENBESUCH

Bolivien 2013
Vor dem Krankenhaus verabschiedete sich David. „Sehen wir uns mal wieder?"
Luis hob die Schultern. „Vielleicht, melde dich mal. Ich bin gespannt, was du bei Pereira erreichst."
„Ich weiß ja noch nicht mal, was ich erreichen will."
Luis sagte nichts und schüttelte nur leicht den Kopf, genau wie in San Pedro, wenn ihm die Handlungen oder Ansichten des Deutschen unverständlich waren. Dann drehte er sich um, stieg in sein Auto und fuhr davon.
David fragte sich durch und durfte auf die Station, auf der Emilia lag. Das Krankenhaus machte einen guten Eindruck auf ihn. „Kein Wunder", dachte er, „ist ja auch privat."
Einer Schwester erklärte er geduldig, dass Emilia die Tochter der Stiefschwester seiner Mutter wäre, und durfte zu ihr ins Zimmer.
Dann war er mit ihr allein. Emilia lag in einem schönen, hellen Zimmer und wurde offenbar gründlich überwacht. Verschiedene Schläuche führten in sie hinein oder heraus. Ein Monitor an der Wand hinter ihr zeichnete Kurven auf den Bildschirm. Ein zweiter Monitor hing daneben. Möglicherweise für das ungeborene Menschenkind.
Er sah sich alles der Reihe nach an und spürte, wie seine Laune sich verschlechterte. Vor seinen Augen tauchten die Bilder auf, wie die junge Frau vor einem Jahr mit Maria gelacht hatte. Sie hatte ihn so freundlich empfangen, als wäre er ein Mitglied der Dorffamilie. Und das letzte, was er letztes

Jahr in Santiago de Okola erlebt hatte, war auch Emilia. Sie hatte ihm Marias Kreuz gegeben und ihm Glück und Pachamamas Segen gewünscht.

Und nun? Nun lag sie vor ihm und wachte nicht auf. Ihr Baby wuchs in ihr. Wie mochte es diesem Ungeborenen ergehen? David hatte nie eine Schwangerschaft miterlebt, aber hatte er nicht gehört, dass die Babys im Mutterleib ganz viel mitbekommen? Konnten sie nicht spüren, wenn die Mutter glücklich oder traurig war? Hörten sie nicht sogar mit, wenn Musik gespielt wurde? Sie spürten die Hände von Vater und Mutter und traten kräftig dagegen. Das alles hatte doch dieses Baby nicht.

Und das konnte auch alles Drogengeld der Welt nicht ersetzen!

David spürte, wie sein Hass auf Pereira wuchs. Vielleicht hätte er doch die Pistole von Luis annehmen sollen.

Er war so in Gedanken versunken, dass er nicht hörte, wie die Zimmertür geöffnet wurde.

„David?" Ein hagerer Bolivianer war eingetreten. David schaute hoch.

Er hatte Emilias Mann nur einmal gesehen. Pedro sah älter aus, als er ihn in Erinnerung hatte. Das Gesicht von Sorgen und Ängsten zerfurcht, die Augen tief in den Höhlen liegend, machte es den Eindruck, als bekäme er zu wenig Schlaf oder arbeitete zu viel. Oder beides.

Pedro umarmte den Deutschen und fing an zu weinen. David stand da und war verlegen. Mit weinenden Männern wusste er nicht umzugehen. Aber Pedro fing sich schnell und zog David zu Emilias Bett: „Sieh dir an, was sie mit ihr gemacht haben. So haben wir sie gefunden, vor Wochen schon."

„Du hast sie gefunden und dann mich angerufen?“
„Ja, und von den Leuten, die das verbrochen haben, war keiner mehr da.“
„Was ist passiert?“
„Sie ist nachts aufgewacht und hat irgendwas Seltsames bemerkt. Weißt du, wir hatten den ganzen Tag schwer gearbeitet und den Anlegesteg repariert, deshalb habe ich fest geschlafen. Sie hat mich geweckt und gesagt, ich sollte ein paar Männer zusammenholen. Das tat ich und dann sind wir hinter ihr her. Wir hörten noch Motorengeräusche und dann fanden wir sie so, wie sie da liegt. Am Kopf hat sie geblutet, aber sonst schien alles in Ordnung. Aber sie will nicht aufwachen.“ Wieder begann er zu weinen.
David tätschelte zaghaft die Schulter des kleinen Bolivianers. „Warum kam dann Pereira nach Santiago de Okola? Was hatte er mit der ganzen Sache zu tun?“
Pedro hob die Schultern. „Ich weiß es nicht. Ich weiß nur, dass er sich sofort darum gekümmert hat, dass sie hierherkommt. Und bis jetzt zahlt er alles. Die haben hier Leute, die singen dem Baby vor, sie lesen Emilia Geschichten vor und reiben ihren Bauch mit Öl ein. Ich wollte wissen, was das alles kostet, und der eine Arzt hat gesagt, er schätzt, dass bis jetzt in den zwanzig Wochen ungefähr eine halbe Million Dollar zusammengekommen sind.“
„Eine halbe Million?“
„Ja, aber ich weiß jetzt nicht, wie das hier weitergeht.“
David hatte genug gesehen und gehört. Nach kurzer Zeit verabschiedete er sich von Pedro und ließ ihn mit seiner Frau allein, nicht ohne ihm vorher das Versprechen abge-

nommen zu haben, sich zu melden, wenn sich Emilias Gesundheitszustand veränderte.
Draußen bat er die Schwester, mit einem Arzt sprechen zu dürfen. Als die Ärztin kam, fragte er sie nach den Aussichten für Emilia und ihr Baby.
„Das sieht insgesamt gut aus. Das Baby ist gesund und normal entwickelt. Die Mutter ist äußerlich gesund, nur liegt sie nach einem Trauma im Koma. Alle Versuche, sie aufzuwecken sind gescheitert. Deshalb wird sie und dadurch auch das Baby künstlich ernährt und sie wird beatmet. Beide werden permanent überwacht und wir rechnen in etwa zwei Wochen damit, dass wir das Baby mittels Sectio holen können."
„Also mit Kaiserschnitt?"
Die Ärztin sah David an, als wollte sie sagen: „Das habe ich doch gesagt", blieb aber höflich professionell. „Wir wissen nicht, was mit der Mutter dann weiter passiert, aber das ist weltweit schon häufig durchgeführt worden. Wir gehen also davon aus, dass das Kind gesund zur Welt kommen wird."
„Und wenn die Mutter weiter im Koma bleibt?"
„Dann braucht sie lebenslange Pflege, aber das ist nicht mehr unsere Aufgabe."
David bedankte sich und ging zum Ausgang der Klinik. Seine Gefühle waren zwiespältig. Einerseits war er froh, dass das Kind eine gute Chance hatte, andererseits ging ihm das Schicksal Emilias verdammt an die Nieren.
Wenn seine Wut auf Pereira nicht schon so groß gewesen wäre, spätestens jetzt hätte sie ihr Maximum erreicht.
Vor der Klinik nahm er sich ein Taxi.

39
CHOLET

Bolivien 2013

Wieder vor dem Haus von Pereira angekommen, stieg David aus dem Taxi und bezahlte den Fahrer. Dann stand er einen Moment vor dem bunten Gebäude und starrte staunend nach oben. Luis hatte ihm erklärt, dass „Cholet“ zusammengefügt sei aus „Chalet“, einem Baustil von Häusern in den Alpen und dem Begriff „Cholo“, einer rassistischen Bezeichnung für die Ureinwohner Boliviens.

„Weißt du“, hatte er gesagt, „mit Cholo bezeichnet man eigentlich einen Hund, einen Kläffer. Die Reiseführer nennen unsere Frauen oft Cholitas, ohne zu hinterfragen, woher der Begriff kommt.“ Die neureichen Besitzer der Häuser waren stolz auf ihre Cholets und inzwischen waren das für die Aymara „ihre“ Häuser, „ihr“ Baustil.

Im Erdgeschoss befand sich ein Lebensmittelgeschäft. David wollte das Haus betreten, um in die oberen Etagen zu gelangen, aber davon hielten ihn zwei zweibeinige Schränke ab. Die Sicherheitsleute hatte man in Anzüge gesteckt, die im Brustbereich einseitig leicht ausgebeult waren. Sie fragten David nach seinen Absichten und als er antwortete, dass er Pereira sprechen wolle, teilten sie ihm mit, dass er nicht auf der Einladungsliste stehen würde. Offensichtlich gab Pereira heute einen Empfang.

Auch als er forderte, sie sollten Pereira sagen, dass David Thomsen ihn zum Problem Santiago de Okola sprechen wolle, blieben sie stur.

Inzwischen fuhren immer mehr Luxuslimousinen vor und spuckten ihre gut gekleideten Insassen aus. Viele trugen traditionelle, hochwertige Aymara-Tracht. Er sah Ponchos und bunte Röcke, die Damen trugen fast alle die traditionelle Melone.

David stand etwas verloren neben der Szenerie und zermarterte sich das Hirn nach einer Lösung. War es besser, morgen wiederzukommen, wenn die Party vorbei war? Dann müsste er sich ein Bett für die Nacht suchen. Andererseits, wer sagte ihm, dass er morgen an den Schränken vorbeikäme? Irgendwie kam er sich vor wie in seiner Jugend, wenn er nicht in die angesagte Disco gelassen wurde.

Langsam ebbte der Limousinenstrom ab. Da spürte er einen heftigen Schmerz in seiner rechten Schulter, in der ihn letztes Jahr eine Kugel getroffen hatte. Eine schwere Hand hatte ihm von hinten auf die Schulter geschlagen und gleichzeitig hörte er ein bekanntes lautes Lachen. „David Thomsen, haben sie dich also rausgelassen."

David brauchte sich nicht umzudrehen, um zu wissen, wer da hinter ihm stand. Trotzdem tat er es, langsam, um seine Gesichtszüge wieder in den Griff zu bekommen.

„Gary Greene, oder soll ich Groucho zu dir sagen." David spielte auf ihre letzte persönliche Begegnung in der Schweiz an, als ihm Greene mit einer Geschichte, in der er die Namen der Marx-Brothers benutzte, unmissverständlich gedroht hatte.

Greene ging ungerührt darüber hinweg und umarmte David wie einen alten Freund. „Kann ich dir helfen, David?", fragte er und setzte hinzu: „Mal wieder."

David hätte ihn am liebsten geohrfeigt. „Danke, ich komm klar. Außerdem wüsste ich nicht, wie du mir helfen kannst." Sein Gehirn arbeitete auf Hochtouren: Was machte Greene hier? Das konnte doch kein Zufall sein!
Greene grinste wohlgefällig. „Oh, ich weiß schon, wie ich dir helfen kann. Du hast doch sicher keine Eintrittskarte zu der Party. Oder?", fragte er scheinheilig.
David sagte nichts, merkte nur, wie das Erstaunen in ihm wuchs.
„Komm!", sagte Greene und steuerte geradewegs auf die Sicherheitsleute zu. Die hatten offensichtlich die kleine Szene zwischen Greene und David beobachtet und rissen vor den beiden, ohne eine Frage zu stellen, die Tür auf. Dass sie nicht salutierten, war schon ein Wunder, fand David. Obwohl sie es bestimmt gelernt hatten, denn sie sahen aus wie ehemalige Elitekämpfer der Armee. Nur eben in Anzügen.
Es ging eine Treppe nach oben. Vor einer buntverzierten Tür stand ein weiterer Wachmann. Auch er öffnete die Tür, kaum dass er Greene gesehen hatte. Alle schienen ihn zu kennen.
„Und zu fürchten?", fragte David sich in Gedanken.
Er betrat einen großen Raum voller Menschen und Geräusche. Es war ein Saal mit umlaufender Empore, auf der überall an den Wänden Sitzbänke standen. Die Empore wurde von Säulen gehalten, zwischen denen sich ebenfalls Bänke befanden. Die Säulen besaßen scheibenartige Kapitelle. Auf den Sitzbänken, die David an Biertischgarnituren erinnerten, saßen bereits einige der Gäste, die David beim Ankommen gesehen hatte. Alle hielten ein Getränk in der Hand oder hatten es vor sich stehen.

Der Fußboden unter der Empore war mit bunten Fliesen belegt, in der Mitte des Raumes befand sich helles Parkett, in dem riesige Ornamente aus dunklem Holz eingefügt waren. Diese Ornamente hatten die Form von vierblättrigen Kleeblättern oder Schmetterlingen. Von der Decke hing ein ausladender Lüster, flankiert von roten, blauen und gelben Leuchten.

Dieser Raum war für David so ungewöhnlich anzusehen, dass er nicht hätte sagen können, ob ihm das alles gefiel oder nicht.

Von der Seite kam eine rothaarige Frau auf sie zu. „Gary, wie schön, dass du es einrichten konntest. Wen hast du denn …“

Sie sprach nicht weiter. Aus ihrem sehr hellhäutigen Gesicht mit ein paar wenigen Sommersprossen wich das Blut. David kannte diese Sommersprossen. Wie oft hatte er sie zärtlich gezählt.

Vor ihm stand Ria!

40
RIA PEREIRA

Bolivien 2013

David hatte einen immer wiederkehrenden Traum. Nicht andauernd, aber mindestens einmal im Monat träumte er, er wäre auf der Suche. Anfangs suchte er sein Auto, das er auf einem riesigen Parkplatz abgestellt hatte. Als er es abstellte, war der Parkplatz noch leer, als er wiederkam, war er übervoll mit Tausenden Autos. Überall standen sie, in der Einfahrt, auf der hügeligen Rasenfläche, vor dem Eingang. Sein Auto fand er nicht.

Dann ging er in das Gebäude, das dort stand. Es war ein Hotel und er suchte ein Zimmer. Er war sich nicht einmal sicher, dass es sein Zimmer war. Er lief durch Flure und über Treppen und kam immer an derselben Stelle raus. Das Zimmer fand er nicht.

Wenn er aufwachte, hatte er das schale Gefühl, es wäre wichtig gewesen, zu finden, was er suchte.

Ria hatte er auch gesucht. Als sie damals von einem Tag auf den anderen verschwunden war, hatte er sie gesucht. Er war bei ihren Eltern gewesen, in Leipzig, wo sie damals gewohnt hatte, in der Klinik. Er war durch die Klubs gezogen, hatte viele Abende damit verbracht, sie im Leipziger Nachtleben zu suchen. Ihre ehemaligen Mitbewohner in der besetzten Wohnung konnten ihm nicht helfen. Auf ihrer Arbeitsstelle teilte man ihm mit, dass sie dort schon lange nicht mehr gearbeitet hatte.

Irgendwann sollte er bei der Polizei erscheinen. Ein Mitarbeiter der Abteilung 1 teilte ihm mit, dass Ria vermisst

würde, und man vermutete, dass sie das Land verlassen hatte.
Er war wie vor den Kopf geschlagen: Ria sollte ein Republikflüchtling sein? Das wollte er nicht glauben. Und so suchte er weiter. Bis dann plötzlich der Marschbefehl nach Angola kam und wenig später die Wende. Er dachte nicht mehr an Ria, aber er vergaß sie auch nie. Irgendwann fing es dann mit diesen Träumen an.
Jetzt stand David wie zur Salzsäule erstarrt. In seinem Kopf ging alles drunter und drüber. Er verstand nicht, was Greene zu Ria sagte und auch sie reagierte nicht auf seine Worte und sah nur unverwandt David an. David sah, dass Tränen in ihren schönen grünen Augen glitzerten. Das weckte ihn aus seiner Erstarrung, er wollte einen Arm heben, einen Schritt auf sie zugehen. Da drehte sie sich um und ging weg. Er sah auf ihren Rücken, ihre ihm so vertraute rote Mähne floss über das grüne, perlenbesetzte Kleid.
Greene sah ihr verdutzt hinterher. Dann drehte er sich zu David um, der einen halben Schritt hinter ihm stand. „Was sagt man dazu? Lässt uns einfach stehen", meinte er.
Dabei hatte David den Eindruck, dass Greene die ganze Situation genoss. Huschte da nicht ein leichtes Lächeln über das Gesicht des Amerikaners?
David war immer noch sprachlos. Die einsetzende Musik enthob ihn einer Antwort.
Langsam wich seine Erstarrung geordneten Gedanken. Irgendetwas war seltsam. Warum hatte er mal wieder den Eindruck, dass jemand im Hintergrund Strippen zog? Erst der Zufall, dass Greene vor dem Haus Pereiras auftauchte und ihn mit hinein nahm. Dann der unwahrscheinliche

Moment, als seine Jugendliebe plötzlich am Ende der Welt vor ihm stand.
Wie würde Special Agent Gibbs sagen? „Regel 39: Es gibt keine Zufälle.“ Oder Regel 36: „Wenn du das Gefühl hast, man spielt mit dir, stimmt das wahrscheinlich.“ Er liebte diese Krimiserie aus den USA, Navy CIS.
Greene zog ihn mit sich quer über die noch fast leere Tanzfläche. David ließ es willenlos mit sich geschehen. An der anderen Seite des Raumes war eine weitere Tür. Greene ging wie selbstverständlich hindurch, ganz offensichtlich war er nicht zum ersten Mal hier.
Hinter der Tür befand sich ein kleiner Raum, vermutlich für Besprechungen. In Sesseln saßen zwei Männer, die sich erhoben, als Greene und David eintraten. Der eine, ein großer schlanker Mann Ende vierzig, sagte zu dem anderen: „Du weißt Bescheid, das wäre alles.“
Damit ging der andere, ein mittelgroßer Bolivianer und schloss die Tür.
„Hallo Álvaro.“ Greene umarmte den großen Mann. Der ließ es mit sich geschehen.
„Hallo Gary“, antwortete er vorsichtig. „Wer ist bei dir?“, fragte er dann.
Greene winkte David heran. „Das, mein Lieber, ist ein guter Freund von mir, David Thomsen.“
Pereira erbleichte. „Sie sind David Thomsen?“ Der Mann war offensichtlich sehr überrascht.
David nickte und hielt ihm die Hand hin. Pereira ignorierte sie. „Und was macht Señor Thomsen in meinem Haus?“, fragte er an Greene gewandt.

„Oh, ich traf ihn zufällig auf der Straße und habe ihn mit reingebracht."
„Du hast ihn mit reingebracht?" Die Gesichtsfarbe Pereiras wechselte von weiß zu rot. David bemerkte das und spürte auch die zunehmende Spannung zwischen den beiden Männern.
Er wollte gerade anfangen, zu reden und Pereira mit den Vorfällen in Santiago de Okola konfrontieren, als sich die Tür wieder öffnete und Ria eintrat. Mit einem Blick schien sie die Situation erfasst zu haben, ging zu David, fasste ihn an der Hand und zog ihn wortlos aus dem Zimmer. Während sie die Tür hinter ihnen beiden schloss, hörte David Pereira brüllen: „Warum schleppst du ihn hier an? Gerade jetzt?"
Der Rest war nicht mehr zu verstehen.
Immer noch Davids Hand haltend, zog Ria ihn eine Treppe hinauf ins nächste Stockwerk. David hatte das Gefühl, als stünde seine Hand, nein sein ganzer Arm unter Strom. Ein süßer Schmerz, der ihn willenlos machte. Verwirrt stolperte er wie ein kleines Kind an der Hand der Mutter Ria hinterher.

Sie betraten ein großes Wohnzimmer, das im europäischen Stil eingerichtet war. Keine mit Ornamenten überladenen Wände oder Decken, keine Säulen. Eine Sitzecke mit Couch, Highboards und Sideboards an den Seiten, ein Durchgang zu einer kleinen Küche, ein Esstisch mit acht Stühlen. Und überall Blumen und Grünpflanzen. Man spürte die Hand einer Frau, die liebevoll auch auf Kleinigkeiten geachtet hatte.

Ria zog ihn zum Esstisch. „Setz dich“, sagte sie und ließ sich am Tisch nieder. David rückte sich einen Stuhl so zurecht, dass er ihr ganz nah gegenübersitzen konnte.
Sie hatte sich verändert. Ihr Gesicht wirkte schmaler, nicht mehr so jugendlich weich. Ihre Augen blickten nicht mehr unbekümmert und frech, eher wissend. Was hatte sie gesehen, seit sie fortgegangen war?
Ihre grünen Augen hielten seinem Blick stand und ließen ihn nicht mehr los. Und da war plötzlich wieder dieses tiefe Gefühl, das er so lange vermisst hatte. Er wehrte sich dagegen, mit aller Kraft wehrte er sich, diesen Augen zu verfallen. Er fühlte sich wie in einem Sog zu ihr hingezogen, wollte sie berühren, küssen, streicheln, von ihr berührt werden.
Doch es war inzwischen zu viel passiert.
„Du bist es wirklich!“, sagte sie und er bemerkte schon wieder ein verdächtiges Glitzern in ihren Augen.
Er zögerte. Was sollte er sagen? Seine Gedanken, seine aufgestauten Gefühle ballten sich zusammen. „Was machst du hier? Wie bist du hierhergekommen?“, fragte er.
Sie lächelte leicht. „Ich wohne hier. Das ist mein Haus. Meinen Mann hast du schon kennengelernt.“
„Du heißt jetzt Pereira, nicht mehr Vietze?“
„Ja, wir sind seit über zwanzig Jahren verheiratet.“
Er schaute sie an und Eifersucht stieg in ihm auf. Vor einer sehr langen Zeit waren sie mal verlobt gewesen. Geheiratet hatte sie einen anderen.
„Und du? Hast du jemanden?“, fragte sie.
David tauchte aus seinen eifersüchtigen Gedanken auf. Natürlich hatte er jemanden. Er liebte seine Frau. Oder sollte er sagen Ex-Frau?

„Ja, wir sind auch seit zwanzig Jahren verheiratet. Wir haben im Moment eine etwas schwierige Phase, aber ich bin da optimistisch …“ Er ließ den Satz ausklingen und hoffte, dass sie die Lüge nicht spürte, denn er war keineswegs optimistisch, was seine Beziehung mit Delilah anging.
„Wo schläfst du heute?“, fragte Ria dann.
„Weiß ich noch nicht.“
„Okay.“ Sie lachte leise. „Wo hast du denn letzte Nacht geschlafen?“
„Im San Pedro.“
Sie zog die Stirn kraus und überlegte. „San Pedro?“, sagte sie fragend. „Das Hotel kenne ich nicht. Ist das hier oder in La Paz?“
„Das ist in La Paz und es ist kein Hotel, sondern der Knast im Zentrum.“
Ria riss erschrocken die Augen auf. „Im Knast? Was hast du denn im Knast gemacht?“
„Da war ich fast fünf Monate. Und ich war natürlich unschuldig“, versuchte er den alten Gag.
Ria lachte nicht. „Und wie bist du rausgekommen? Bist du abgehauen?“
„Nein, nein“, versuchte David, sie zu beruhigen. „Ich denke, meine Rechtsanwältin und deren bolivianischer Kollege …“ Wieder beendete David seinen Satz nicht, weil ihm ein verwegener Gedanke durch den Kopf schoss: Was wäre, wenn es nicht seine Rechtsanwältin gewesen war, sondern Greene, der doch auf sein Flehen reagiert hatte? War das möglich? Aber warum hätte der Mann das tun sollen?
„Dann ist es ja gut“, sagte Ria. „Du bleibst heute Nacht im Gästezimmer und morgen sehen wir weiter. Ich habe heute

eine kleine Party organisiert, da sollte ich mich bald mal wieder sehen lassen. Aber erst zeige ich dir dein Zimmer. Und morgen reden wir ausführlich."
Das Zimmer war klein und zweckmäßig, hatte sogar ein eigenes Bad.
„Ich glaube, ich könnte eine Dusche vertragen. Es war ein langer Tag", sagte David.
Ria schaute an ihm runter. „Ein paar frische Sachen könntest du auch gebrauchen. Ich schau mal, ob ich etwas finde", sagte sie.
In dem Moment, als David nur mit einem Handtuch um die Hüften aus der Dusche trat, kam sie mit einem kleinen Stapel Wäsche ins Zimmer. Sie legte die Sachen auf das Bett und betrachtete David. Dann machte sie einen Schritt auf ihn zu und ließ ihre Finger über die Narbe an der Schulter gleiten. Er bekam eine Gänsehaut.
„Was ist mit dir passiert?", fragte sie erschüttert.
Er schaute sie lange an und fragte zurück: „Und mit dir?"
Sie riss ihren Blick los. „Ich muss jetzt wirklich zur Party. Du kommst bitte nach. Ich will dir was zeigen."

Als David den Festsaal betrat, war die Feier in vollem Gange. Etwa hundert Menschen befanden sich nun in dem Raum, ein kleiner Teil tanzte, der Rest saß auf den Bänken und unterhielt sich. David verharrte eine Weile an der Tür und ließ die Szenerie auf sich wirken. Er sah Greene und Pereira in angestrengtem Gespräch mit zwei anderen Männern. Es schien um Wichtiges zu gehen. Ria ging, nein schritt von Bank zu Bank und begrüßte, wie es aussah, jeden Gast einzeln.

David fiel auf, wie sehr sie sich in den Jahren, in denen er sie nicht mehr gesehen hatte, verändert hatte. Aus dem unbekümmerten, oft wilden Mädchen war eine Frau, eine Dame geworden. Sie war der Star des Abends, schön und souverän. Mit ihrer flammend roten Mähne stach sie aus der Menge der schwarzen Schöpfe deutlich hervor. Mit kleinen, unauffälligen Handbewegungen dirigierte sie das Personal und sorgte so dafür, dass alles perfekt ablief. Hatte ein Gast kein Getränk, schickte sie eines der Mädchen, die bedienten, um nach seinen Wünschen zu fragen. Stand irgendwo Geschirr rum, so genügte ein Blick und einer der Kellner eilte herbei, um es wegzuräumen.
Sie bemerkte David und ging auf ihn zu. „Komm mit, ich möchte dich jemandem vorstellen."
David war irritiert. Er war nicht gekommen, um hier Konversation mit wildfremden Menschen zu betreiben. Was sollte das also?
Sie lief auf einen Mann zu, der im Gespräch in einer Gruppe von Männern stand. „Señor Rodriguez, darf ich Ihnen einen alten Freund von mir vorstellen? Señor David Thomsen aus Deutschland, aus Dresden. David, das ist Señor Rodriguez, der stellvertretende Polizeichef der Region La Paz."
David war im ersten Moment geschockt. Die letzten Wochen hatte er nicht die besten Erfahrungen mit der bolivianischen Polizei gemacht. Und jetzt stellte sie ihn einem der Chefs vor? Was sollte das? Hatte sie vergessen, was er ihr über seine Unterkunft in den letzten Wochen erzählt hatte? Aber dann beruhigte er sich. Er war offiziell freigekommen, hatte also im Moment nichts zu befürchten. Und vielleicht konnte er die Bekanntschaft ja für seine Zwecke nutzen.

„Sind Sie als Chef der Region La Paz auch für Santiago de Okola zuständig?“, fragte er den Mann.
Ria entschuldigte sich und ging zu anderen Gästen.
„Ja, was interessiert Sie so an dem Ort?“, fragte Rodriguez zurück.
„Ich war heute mit einem Freund dort, er wollte mir den See und diesen markanten Felsen zeigen.“
„Sie meinen den schlafenden Drachen?“
„Richtig“, sagte David lächelnd. „So war der Name. Sehr imposant! Und nette Leute dort.“ David verdrängte den Gedanken an seine Begegnung mit dem alten Fernando, die nicht wirklich nett gewesen war. „Die zeigten mir dann auch den Bootsanlegesteg.“
Jemand drückte David ein Glas Chicha in die Hand. Er achtete nicht drauf und erzählte weiter. „Der sah überhaupt nicht gut aus. Er war abgebrannt und das wohl schon zum wiederholten Mal.“ Jetzt nahm er einen Schluck von dem Maisbier und wartete gespannt auf die Reaktion des Polizeichefs.
„Ja, Señor Thomsen, das ist so ein kleines Ärgernis“, kam die Antwort. „Die Dorfleute behaupten immer wieder, dass es Sabotage war. Angeblich wären es Schmuggler, die nicht durch den Tourismus dort gestört werden wollen. Aber ganz ehrlich, ich glaube das nicht. Wahrscheinlich ist das einfach nur die Unachtsamkeit der Dorfleute, die zu den Bränden führt. In diesem Land wird schnell mal etwas aufgebauscht und dramatisiert.“
David hatte eine solche Antwort schon fast erwartet. Trotzdem hakte er nach und versuchte, so unschuldig wie möglich zu wirken. „Gibt es denn in Bolivien ein Problem mit Drogenschmugglern?“

Trotz seiner Vorsicht wurde Rodriguez nun doch hellhörig. Er hatte wohl die Vermutung, dass dieses Gespräch mehr als nur Small Talk war.
„Was hatten Sie gesagt, was Sie beruflich tun?“, fragte er, statt zu antworten.
Jetzt musste David innerlich grinsen. Er schien einen wunden Punkt gefunden zu haben. „Habe ich das noch nicht erwähnt? Ich bin international tätiger Sicherheitsspezialist. Ich habe in Deutschland eine Firma für Sicherheitstechnik und erstelle manchmal Gutachten für Auftraggeber, wie zum Beispiel Reiseveranstalter, über die Sicherheitslage in touristischen Regionen.“ So, das war nur halb gelogen.
Rodriguez traten Schweißperlen auf die Stirn. „Ich hatte ja keine Ahnung.“
„Wie sollten Sie auch. Aber Sie sagten ja, dass es in Santiago de Okola kein Problem gibt.“ David lächelte den Bolivianer an, wohl wissend, dass der Tourismus in Bolivien ein wichtiger Wirtschaftszweig war.
Der Polizeichef war jetzt in einer Zwickmühle: Sollte der Mann aus Deutschland ein negatives Gutachten verfassen, konnte das bedeutende Einnahmeverluste zur Folge haben. Sollte er ihn überzeugen können, dass es keine Probleme gab und dann passierte doch etwas, stand möglicherweise die Frage der Haftung durch den bolivianischen Staat im Raum.
David wusste, dass der Bolivianer jetzt mit der Sprache rausrücken musste. Und so geschah es auch.
Der Polizeichef schaute sich um, als wollte er sich vergewissern, dass ihnen niemand zuhörte. „Also“, begann er zögernd. „Es gibt da schon ein kleines Problemchen. Wir

wissen, dass einige Gruppen den Weg über den Titicacasee nehmen. Die Drogen werden auf Schiffe verladen, die quer über den See fahren. Meist nachts, damit unsere Marine sie nicht sehen kann."
David grinste innerlich. Mit modernem Radar konnte man jedes noch so kleine Schiff auch nachts entdecken. Wenn allerdings Drogengeld die Augen zuklebte …
„Die Schiffe kommen auf peruanischer Seite an und die Drogen werden weiter Richtung Matarani geschafft. Das ist ein großer Hafen in der Provinz Arequipa. Von dort geht es dann mit Frachtern in alle Welt, vor allem in die USA. Sollte es in Matarani mal Schwierigkeiten für die Banden geben, werden die Drogen per Bahn zum nächsten Hafen Mollendo, weiter südlich befördert."
„Und was hat das mit Santiago de Okola zu tun?"
„Wir vermuten, dass eine Gruppe neu in das Geschäft einsteigen will. Da andere Verlademöglichkeiten von konkurrierenden Banden bereits belegt sind, haben die sich vielleicht gedacht, dass dort eine gute Alternative wäre. Allerdings stören dabei die Touristen. Stellen Sie sich mal vor, was das für ein internationales Geschrei gibt, wenn ein ausländischer Tourist, also zum Beispiel ein Deutscher, dort zu Schaden käme."
David nickte verständnisvoll. „Aber was mache ich denn jetzt mit meinen Auftraggebern?"
Dem Bolivianer rann der Schweiß die Schläfen herab. Er zögerte eine ganze Weile und schien nach den richtigen Worten zu suchen. Dann gab er sich einen sichtlichen Ruck. „Sie sind doch mit dem Hausherrn befreundet?", fragte er verschwörerisch.

David war überrascht, blieb aber in seiner Rolle und nickte. „Dann reden Sie mal mit ihm. Ich habe gerüchteweise gehört, dass er möglicherweise jemanden kennt, der Verbindungen zu dieser Bande in Santiago de Okola haben soll. Vielleicht kann man irgendeine Vereinbarung zwischen denen und Ihrem Auftraggeber finden."
David war baff. Also war Pereira in Drogengeschäfte und Drogenschmuggel verstrickt und die bolivianischen Behörden wussten davon. Die verblüffend offenen Antworten des Polizeichefs ließen kaum einen anderen Schluss zu. Das machte seine Mission nicht leichter. Er wollte schließlich Pereira das Handwerk legen, hatte nur nicht gewusst, welcher Art dieses Handwerk war.
Ria kam zurück zu ihnen. Bewundernd blickte er ihr entgegen. Er hatte vergessen, wie stolz sie schon früher ihren Kopf erhoben hatte, wenn sie ging und wie schneeweiß ihr Hals war.
„Na", sagte sie lächelnd. „Habt ihr euch gut unterhalten?"
Der stellvertretende Polizeichef nickte heftig, entschuldigte sich und verschwand, sichtlich erleichtert, in der Menge.
Weil David nichts sagte, schaute sie ihn prüfend an. „Alles gut bei dir?", fragte sie.
Jetzt nickte auch David. „Ja, alles gut. Es war ein sehr informatives Gespräch."
Ria lächelte leicht. „Ich möchte dich noch ein paar anderen Leuten vorstellen."
Und so lernte David einen Transportunternehmer und einen Minenbesitzer kennen, ein paar Funktionäre von der MAS, der Regierungspartei und einige andere, die er bald wieder vergessen hatte. Fast zum Schluss stellte ihm

Ria noch zwei hohe Beamte aus dem Bergbauministerium vor.
Irgendwann waren die meisten Gäste gegangen. „Wenn du willst, kannst du auch ins Bett gehen. Du siehst müde aus", sagte Ria.
In dem Moment merkte David, dass er tatsächlich sehr müde war. Er hatte zwar gehofft, noch mit Greene oder Pereira zu sprechen, aber er hatte sie nicht mehr gesehen. Vielleicht ergab sich morgen dazu eine Gelegenheit.

In der Nacht wurde David wach, weil er zur Toilette musste. Als er leise wieder zu seinem Bett ging, hörte er vor seiner Zimmertür Stimmen. Neugierig legte er das Ohr an die Tür, um zu lauschen. Vergeblich, das Gesagte blieb unverständlich. Er öffnete die Tür einen winzigen Spalt und hoffte, dass sie nicht knarrte. Die Stimmen kamen nicht vom Flur, der leer war.
Er ging in den Flur und schlich zu einer Tür, unter der ein Lichtspalt hervorlugte. Aus dem dahinter liegenden Zimmer drang das Gespräch. Jetzt erkannte er sie: Es waren die von Ria und Pereira.
„Geh doch ins Bett, du hast zu viel getrunken", rief Ria gerade.
„Das könnte dir so passen, damit du dich dann zu ihm schleichen kannst. Die alte Liebe wieder auffrischen", antwortete Pereira heftig.
„Wie kommst du denn auf so eine absurde Idee?"
„Ich habe doch gesehen, wie er dich anschaut. Und du guckst genauso."

„Du spinnst doch, das alles ist über zwanzig Jahre her. Da ist nichts mehr."
„Erzähl mir doch nichts. Du willst doch mit ihm ins Bett steigen. Einmal Hure, immer Hure."
Rias Stimme überschlug sich. „Was, du wagst es? Du Schlappschwanz. Du bist doch Greenes Hure. Immer gewesen."
Dann kam ein klatschendes Geräusch aus dem Zimmer. Ria schrie auf. „Du besoffenes Schwein!", rief sie. „Fass mich nie wieder an oder ich bring dich um."
Dann Schritte.
David hastete in sein Zimmer zurück und schaffte es, die Tür leise zu schließen, bevor die Schritte den Flur entlang an seinem Zimmer vorbeiliefen.

41
WASSER

Bolivien 2013

Luis hatte David vor dem Krankenhaus abgesetzt. Während er sein Auto durch den dichten Verkehr von La Paz steuerte, dachte er noch eine Weile über den Deutschen und den heutigen gemeinsamen Tag nach.

Dieser David Thomsen war schon ein verrückter Kerl. Monatelang hatte er sich geweigert, den für seinen Fall zuständigen Richter zu bestechen. Luis hatte es ihm mehrfach vorgeschlagen, aber David konnte es angeblich nicht mit seinem Gewissen vereinbaren.

Bei ihm, Luis hatte es nicht an der Moral gelegen. Es war in Bolivien normal, die Richter des staatlichen Rechtssystems zu bestechen. Es war genauso normal, wie zum Beispiel einen Gebrauchtwagen zu kaufen. Man traf sich und handelte die Summe und die Lieferzeit, also den Tag der Freilassung, aus. Dann gab es den Handschlag und wenn das Geld beim Richter war, war alles in Ordnung.

Nein, ein moralisches Problem hatte Luis nicht. Was ihm fehlte, war das Geld. Seine Compadres hatten während seiner Haftzeit für seine Familie gesorgt. Sie hatten Boliviano für Boliviano gesammelt, um die Summe für die Bestechung des Richters zusammen zu bekommen. Und das hatte eben so lange gedauert.

David hatte ihm Geld angeboten. Der Deutsche war selbst nicht bereit, zu bestechen, hatte aber wohl kein Problem damit, ihm, Luis, dabei zu helfen. Ein verrückter Kerl eben.

Erst als dem Deutschen das Wasser bis zum Hals stand, weil er auf die Abschussliste von Mendoza geraten war, war er eingeknickt und hatte den Rechtsanwalt losgeschickt, mit dem Richter zu verhandeln. Dass es dann doch so schnell ging, hatte Luis überrascht. Wer weiß, wer da sonst noch seinen Einfluss geltend gemacht hatte.
Wieder führte seine Route am Denkmal für Che vorbei. Dabei überlegte Luis, dass der auch so ein verrückter Kerl gewesen war. Der hatte es doch längst geschafft, hatte Kuba befreit, war Minister bei seinem besten Freund Fidel. Und dann schmiss der alles hin und ging nach Bolivien, um dort die Menschen zu befreien?
Respekt dafür, aber verrückt war das schon. Inzwischen hatten sie in Bolivien ihr Schicksal selbst in die Hand genommen und mit ihrem Präsidenten Evo Morales hatten sie auch den Richtigen an die Macht gewählt. Evo hat noch immer geliefert. Nur die Bonzen, die in der mittleren Ebene, die hatten kein Interesse, den Bergleuten das Leben zu erleichtern.
Er hatte es David erklärt, als die beiden noch in San Pedro gewesen waren. „Weißt du", hatte er zu David gesagt. „Ich glaube, dass Evo gar nicht weiß, was bei uns los ist. Diese mittleren Beamten, die schirmen ihn von der Wirklichkeit ab. Die liefern bestimmt falsche Berichte. Und er ist ahnungslos und denkt, alles ist in Ordnung."
David war sehr nachdenklich geworden und hatte ihn so komisch angesehen. Dann hatte er gesagt: „Das erinnert mich an die letzten Jahre der DDR. Da haben wir uns genau das gleiche eingeredet. ‚Wenn der Honecker wüsste, was in unserem Land los ist', und so Sprüche eben. Und hinterher

kam raus, dass die da oben genau Bescheid wussten. Klar wurden Berichte geschönt, Ergebnisse verfälscht. Aber durch den Geheimdienst wussten die ganz genau, wie es um das Land stand."

„Und warum haben sie nichts geändert?"

David hatte mit den Schultern gezuckt und ratlos geguckt. „Ich vermute, sie waren zu alt für Veränderungen, oder klebten an ihrer Macht oder ihre Ideologie stand Veränderungen im Weg." Und dann, nach einer nachdenklichen Pause, sagte er noch: „Oder alles zusammen."

Später am Abend, nach ein paar Bieren, erzählte David ihm dann noch, dass er als Kind Märchen gelesen hatte, über einen arabischen Herrscher, der nachts seinen Palast verließ, um sich unerkannt unter das Volk zu mischen und so zu erfahren, wie die Leute lebten.

Luis hatte inzwischen La Paz hinter sich gelassen und befand sich auf dem Weg nach Hause. Er war zwei Tage vor David freigekommen und hatte seine Frau und seinen kleinen dreijährigen Sohn bereits in die Arme geschlossen. Der Hautausschlag des kleinen Carlo war schlimmer geworden. Es tat ihm weh, zu sehen, wie das Kind litt. Seine Frau war schon beim Schamanen gewesen, aber das hatte nicht geholfen. Daraufhin war er gestern mit den beiden in die Stadt zu einem Arzt gefahren. Der hatte ein paar Untersuchungen gemacht und gesagt, er melde sich wieder.

Heute Abend würde er sich mit den Compadres treffen. Sie mussten beraten, wie es weiterging mit ihrer Mine. Das Telefon klingelte. Der Arzt war persönlich dran. Luis fuhr rechts ran. Wenn der Arzt selbst dran war, war es sicher wichtig.

„Ich habe jetzt die Laborbefunde da. Sie sagten, dass Sie Bergarbeiter sind?“
„Ja?“ Luis war gespannt.
„Spielt das Kind oft in der Mine?“
„Nein, das ist kein Spielplatz.“
Stille. Der Arzt schien zu überlegen. „Woher bekommen Sie Ihr Wasser?“
Luis holte tief Luft. Was hatte das denn jetzt mit ihrem Wasser zu tun? „Als die Mine erschlossen wurde, war klar, dass viel Wasser benötigt wurde. Deshalb baute man eine Wasserleitung vom Titicacasee zur Mine. Und weil das Wasser so schön klar und sauber ist, schloss man die Häuser der Bergleute gleich mit an. Dadurch brauchen wir keine Brunnen.“
Der Arzt gab ein eigentümliches kurzes Brummen von sich. „Das war zu der Zeit sicher richtig“, sagte er. „Heute ist es lebensgefährlich. Durch den Bergbau am Ufer des Sees gelangen ungeklärte Abwässer in den See. Wir messen inzwischen Blei, Arsen und Quecksilber. Sie dürfen Ihrem Sohn das Wasser nicht mehr zum Trinken geben. Am besten, Sie ziehen aus der Gegend weg. Dann hat Ihr Sohn vielleicht Glück und stirbt nicht.“
Luis war geschockt. Sein Sohn sollte sterben? Wegziehen? Das kam nicht infrage. Aber bleiben ging auch nicht. Was konnte er tun?
Als Luis das Bergwerksgelände betrat, fiel ihm der Lkw auf. Einen seiner Kollegen, der gerade an ihm vorbeilaufen wollte, hielt er am Arm fest. „Was ist das da mit dem Lkw?“, fragte er scharf.

Der Mann drehte sich um und schaute in die Richtung, in die Luis gewiesen hatte. „Ach der, das ist die Lieferung Sprengstoff. Der ist gestern gekommen. Wir hatten noch keine Zeit, den zu entladen."

Luis runzelte die Stirn. „Das geht so nicht. Der muss entladen werden! Am besten noch heute."

Der Mann schüttelte den Arm ab. „Du hast gut reden, du warst nicht da. Wir haben hier alle Hände voll zu tun. Morgen kommen die Lkw. Die müssen voll werden. Wenn die raus sind, haben wir auch wieder Zeit für deinen Sprengstoff." Sprachs und ließ Luis stehen.

Luis war bedient. Er hatte doch keinen Urlaub gemacht in den letzten Monaten. Was war denn hier los? Er würde das gleich mal auf der Versammlung ansprechen.

Der Saal war schon gut gefüllt. Luis ging vor, zu seinem Platz auf der Bühne. Das Gemurmel erstarb und er begann: „Compadres! Bevor ich anfange, möchte ich euch zuerst einmal danke sagen. Eure Solidarität hat mich wieder nach Hause gebracht. Vielen Dank an alle, die das möglich gemacht haben."

In seine letzten Worte hinein brandete Beifall auf.

42
SALAR DE UYUNI

Bolivien 2013

David hatte schlecht geschlafen. Er grübelte, was das alles zu bedeuten hatte. Er hatte Ria wiedergetroffen, war Greene begegnet, hatte etwas von Pereiras Geschäften erfahren.

Aber hatte er das tatsächlich? Er wusste nur, dass Rias Mann ganz offensichtlich dubiose Verbindungen zu Drogenhändlern hatte. Wie hing das alles zusammen? Wusste Greene etwas von diesen Geschäften? Was wusste Ria?

Wie war Ria überhaupt hierher und in die Ehe mit Pereira geraten? Es schien ja gerade nicht besonders gut zu laufen zwischen den beiden. Hatte er in der Nacht richtig gehört, dass Pereira Ria geschlagen hatte, oder bildete er sich das nur ein?

Vielleicht erfuhr er heute mehr. Wenn man ihn nicht rauswarf, wollte er der ganzen Sache weiter auf den Grund gehen.

Als er aufstand, roch es nach Kaffee. Er machte sich rasch fertig, ging auf den Flur und folgte seiner Nase und dem Kaffeeduft.

Im großen Wohnraum war der Esstisch gedeckt. Allerdings lagen nur zwei Gedecke auf dem Tisch. „Schade“, dachte David, und wollte sich gerade wieder entfernen, um Ria und Pereira nicht beim Frühstück zu stören.

Da kam Ria herein. „Ah, du bist wach“, sagte sie. „Das ist schön. Setz dich doch.“

Verwirrt gehorchte David. „Frühstücken wir allein?“

Ria holte den Kaffee und goss ihm die Tasse voll. „Ja“, sagte sie knapp.

Er schaute sie an. Der Mistkerl Pereira hatte sie ganz offensichtlich geschlagen. In Rias Gesicht war der rote Abdruck einer Hand zu erkennen. Seine mühsam unterdrückte Wut auf den Mann kochte wieder hoch.
„Willst du mir davon erzählen?", fragte er und deutete in Richtung ihres Gesichts.
„Nein." Die Antwort war eindeutig. Er hakte nicht weiter nach, sondern trank einen Schluck Kaffee. Der war richtig gut.
Ria hatte sich eine Empanada genommen und knabberte lustlos daran herum. David wollte die Stimmung etwas heben und fing ein unverfängliches Gespräch an.
„Was ist das?", fragte er und zeigte auf ein Teeglas mit einer lilafarbenen, dampfenden Flüssigkeit.
Ria schaute von ihrem Teller hoch. „Das ist Api. Das habe ich auch erst hier kennengelernt. Koste doch mal!"
David nahm vorsichtig einen Schluck. Wonach schmeckte das? Dann hatte er es: „Das schmeckt nach Weihnachten."
Ihr Blick wurde nachdenklich. „Du hast recht", sagte sie. Dann lächelte sie verträumt. „Wie Striezelmarkt, nicht?"
Auch David lächelte nun. Sie waren nicht oft zusammen auf dem Dresdner Weihnachtsmarkt gewesen, dennoch hatte er früher manchmal an dieses unbeschwerte, unschuldige Vergnügen gedacht.
Ria klärte ihn auf. „Das ist aus lila Maispulver gemacht. Gibt es auch in Weiß. Man gibt Zimt und Nelken dazu. Ich mag es gern, wenn noch etwas Orangenschale mit drin ist."
Jetzt, da die Stimmung besser schien, fiel David etwas ein. „Du hast gestern gesagt, du wolltest mir etwas zeigen, als du mich zur Party eingeladen hast. Was war das?"

„Ich wollte dir unser Netzwerk hier in Bolivien zeigen."
„Du meinst, die stecken alle mit deinem Mann und seinen Drogengeschäften unter einer Decke?"
Ria sah ihn erstaunt an. Dann lachte sie. Es klang allerdings nicht fröhlich. „Ach, du denkst, er handelt mit Drogen. Was hat dir Rodriguez denn da erzählt? Nein, so was macht er nicht mehr. Das ist auch der Grund, warum Gary so sauer ist."
David verstand gar nichts. Pereira machte so etwas nicht mehr? Also hatte er mal so etwas gemacht? Und warum war dann Gary sauer? Welche Rolle spielte Greene hier? Und überhaupt, warum war Gary in Bolivien und nicht mehr in Peru?
„Wenn er ‚so etwas' nicht mehr macht, womit verdient er denn dann sein Geld?"
Ria sah ihn lange an. Es sah aus, als überlege sie, wieweit sie David vertrauen konnte. Dann gab sie sich einen Ruck. „Hast du heute etwas vor?"
David verneinte.
„Dann machen wir einen Ausflug."
Er lachte. „Einen Ausflug mit Picknick und so?"
„Du wirst schon sehen."
David ging in sein Zimmer, um seine Jacke zu holen. Ria erwartete ihn in einer großen Limousine vor dem Haus. Der Fahrer war einer der Sicherheitsmänner, die er am Abend zuvor schon gesehen hatte. Ria stellte ihn als ehemaligen Special-Forces-Soldat der US-Armee vor. Der Mann hieß Dominique und kam aus Los Angeles. Ein zweiter Wagen folgte ihnen.

Sie fuhren zum Flughafen und unterwegs klärte Ria ihn auf, dass Pereira dort einen Learjet stehen hatte. Damit würden sie etwa eine Stunde weit fliegen und dann einen Geländewagen nehmen.

Der Flughafen von Uyuni war klein und staubig. Der Jeep stand bereit. Dominique setzte sich auch hier ans Steuer und sie fuhren noch einige Minuten über unbefestigte Straßen. Dann verschwand die Straße und der Fahrer fuhr scheinbar querfeldein, wobei er immer wieder größeren und kleineren Wasserlöchern auswich.
Vor ihnen erstreckte sich eine riesige Ebene von faszinierender Schönheit. Ria schaute nach vorn und sagte: „Das ist der Salar von Uyuni, einer, wenn nicht der größte Salzsee der Erde. Wir haben Glück, es hat in der Nacht ein wenig geschneit. Dadurch kann ich dir ein wunderbares Naturschauspiel zeigen."
„Was ist es?"
„Warts ab, du wirst es gleich sehen."
Als der Jeep hielt, stiegen sie aus. Davids Schuhsohlen patschten in eine dünne Wasserschicht, nur wenige Zentimeter dick.
„Wie gesagt, wir haben Glück, dass es heute Nacht geschneit hat. Jetzt hat die Sonne den Schnee getaut und nun sieh."
Ria deutete auf den Horizont. Dort erhob sich eine eindrucksvolle Gebirgskette. Und – David hielt den Atem an – sie spiegelte sich in der Wasserfläche, die sich ruhig vor ihnen erstreckte. Ria lief ein paar Schritte vom Auto weg in die Wasserfläche hinein. Nun wurde auch sie gespiegelt.

David bekam eine Gänsehaut. Das war nicht der kühlen Luft in über dreitausend Meter Höhe geschuldet, es war dieser einmalige Anblick unter einem wolkenlos blauen Himmel.
Begeistert breitete er seine Arme aus. „Das ist genial!“, rief er Ria zu. „Das ist absolut genial.“
Ria konnte sich seiner Euphorie nicht entziehen, lachte, lief auf ihn zu und umarmte ihn. Er hielt sie einen Moment lang fest und atmete ihren Duft ein. Dann löste sie sich von ihm und schaute sich nach dem Fahrer des Jeeps um. Der hätte die Szene sehen können, guckte allerdings gerade angestrengt in eine andere Richtung.
Sie stiegen wieder in den Geländewagen. „Kann ich dir noch etwas zeigen?“, fragte Ria.
David war immer noch begeistert und gespannt, was nun kommen würde. Sie fuhren eine ganze Weile über die Ebene.
„Und das ist alles Salz, worauf wir fahren?“, fragte er.
„Ja, es ist mehrere Meter dick. An manchen Stellen wird auch ein wenig davon abgebaut. In mühseliger Handarbeit werden kleine Mengen von Anwohnern des Sees gewonnen und, in Säckchen verpackt, an Touristen verkauft.“
„Man sieht keine Menschen. Ist das nichts für den Tourismus?“
„O doch, hierher kommen jedes Jahr Tausende Leute, aber das verläuft sich auf der riesigen Fläche des Sees. Du wirst gleich viele Menschen auf der Isla Incahuasi sehen.“
Aus der scheinbar endlosen Ebene erhob sich am Horizont ein dunkler Hügel. Sie fuhren direkt darauf zu und David fragte sich, wie Dominique vorher die Orientierung behalten hatte.

Vor der Insel parkten zwei Dutzend ähnlicher Autos wie das, mit dem sie gekommen waren. Die Insel war voller Menschen und Kakteen. Riesige Kakteen, vier oder fünf Meter hoch, standen auf einem Hügel. David stieg über eine niedrige hölzerne Wegbegrenzung, um sich die stachligen Ungetüme aus der Nähe anzusehen. Ein Uniformträger, vermutlich so etwas wie ein Parkranger, scheuchte ihn zurück. Dann sah David das Schild, das verbot, die Wege zu verlassen.
Viel zu schnell wurde es Zeit für die Rückfahrt. Auf dem Weg zum Flughafen kamen sie an einem großen Gebäude vorbei. Ria zeigte darauf. „Das ist ein Salzhotel."
David sah sie verständnislos an.
„Darin ist alles aus Salz. Die Wände und Böden, der Tresen der Anmeldung, die Betten, auf denen du schlafen kannst, die Skulpturen im Foyer und so weiter."
„Ist ja verrückt."
„Ja, und das alles soll kaputtgemacht werden."
David guckte sie entgeistert an. „Was? Wieso?"
„Bolivien hat den weltgrößten Vorrat an Lithium. Es geht wohl um hundert Millionen Tonnen. Die befinden sich ausgerechnet unter dem Salzsee. Mit dem Verkauf des Lithiums könnte Evo Morales viel Geld ins Land holen und viele Probleme lösen."
David wurde hellhörig. Schon wieder dieses Lithium. Erst sein Sitznachbar im Flugzeug, dann Luis und nun auch noch Ria. Alle erzählten vom Lithium, als ob es das neue Gold wäre. Er dachte an Luis' Erzählung vom Cerro Rico, dem Silberberg in Potosi, und wie dieser ungeheure Schatz Bolivien ins Unglück gestürzt hatte.
Was machte der Schatz im Salzsee mit dem Land heute?

Gegen Abend waren Ria und David wieder im Haus in El Alto. Ria hatte zwischendurch angerufen und ein leichtes Abendessen organisiert. Anschließend setzten sie sich in die Sitzecke im Wohnraum und Ria öffnete eine Flasche Wein.

Sie fragte David, was er in Bolivien mache. Er erzählte ihr von Emilia und Santiago de Okola. Dabei wartete er gespannt auf ihre Reaktion. Und richtig, sie wusste Bescheid.

„Das Telefon klingelte mitten in der Nacht. Álvaro war danach ziemlich aufgeregt. Er zog sich an, ließ sich dorthin fahren und als er zurückkam, erzählte er mir, dass ein paar Leute Mist gebaut hatten. Er hat die junge Frau sofort in ein Krankenhaus bringen lassen und für beste Versorgung gesorgt. Ich bin am nächsten Morgen in die Klinik gefahren und habe dort mit den Ärzten und dem Pflegepersonal gesprochen. Warst du sie besuchen?"

„Ja, sie tun alles, was möglich ist. Zumindest was ich so einschätzen kann."

Ria nickte. „Das ist gut so. Jetzt können wir nur hoffen, dass sie wieder aufwacht."

Er trank einen Schluck Wein und setzte gerade an, Ria zu fragen, was mit ihr seit damals passiert war, als sie ihm eine Frage stelle. „Wie ist es dir ergangen, seit ich …" Sie sprach nicht weiter.

Er holte tief Luft, er hatte so viele Fragen. Aber gut, er konnte ja ebenso gut anfangen. Und so erzählte er in knappen Sätzen, dass er nach der Wende Wachmann geworden war und inzwischen seine eigene Firma hatte. Bei einer Reise im letzten Jahr nach Peru war er mit den Leuten von Santiago de Okola bekannt geworden und sie hatten

ihn zu Hilfe gerufen. „Aber nun wollen sie meine Hilfe doch nicht mehr und ich werde bald wieder heimreisen."
Ria schaute ihn merkwürdig an, nachdem er geendet hatte. Er hatte bewusst vieles ausgelassen. Nicht, weil er Ria nicht vertraute, sondern weil er gespannt war auf ihre Geschichte.
„Und nun erzähl du", sagte er.
„Wo soll ich anfangen?"
David überlegte kurz. „Na, irgendwie hatte ich immer das Gefühl, dass du aus meinem Leben verschwunden bist, nachdem wir uns verlobt hatten. Stimmt das, hatte es etwas damit zu tun?"
Ria schüttelte energisch den Kopf. „Nein, auf keinen Fall. Ich war so glücklich. Ich habe dich doch geliebt." Dann schien sie zurückzudenken. „Es fing ein paar Tage später an, so um den achten März."

43
ORGIE

DDR 1988

Doktor Mende klopfte an sein Glas, um das fröhliche Schnattern am Tisch zu unterbrechen. Neun Augenpaare schauten erwartungsvoll in seine Richtung. „Meine Damen! Es ist seit Langem eine schöne Tradition, dass am achten März die Frauen in unserer Gesellschaft geehrt werden. Damit soll allen Frauen gedankt werden, die am Aufbau des vollendeten Sozialismus ihren Anteil …“

Rias Gedanken verließen das Restaurant „Varadero“ im Barfußgäßchen. Sie war Dr. Mende schon dankbar, dass er sich beizeiten um einen großen Tisch in diesem begehrten Restaurant gekümmert hatte. Meist musste man hier Monate im Voraus reservieren, aber jetzt hatten sie die Hälfte der Plätze für sich, also für sie und ein paar Kolleginnen von Station. Allerdings war der Doktor wirklich kein großer Redner und wenn das Wort „vollendeter Sozialismus“ fiel, dann schaltete sie innerlich sofort ab. Diese ganzen Phrasen interessierten sie nicht. Sie dachte lieber an David.

Sie war so verliebt in ihn. Und er war verliebt in sie, da war sie sich sicher. Als Beweis trug sie heute seinen Ring an der linken Hand. Er hatte ihr am letzten Wochenende einen Heiratsantrag gemacht und jetzt waren sie verlobt.

Ria war an jenem Samstag wie immer nach Dresden gekommen. Das Wochenendwetter versprach schön zu werden und David schlug vor, in die Sächsische Schweiz zu fahren. Unterwegs hatte Ria das Gefühl, dass ihn etwas beschäftigte. Sie zeigte ihm immer wieder aus dem Busfenster die ersten

Frühlingsboten, doch er nickte nur stumm oder ließ ein zustimmendes Brummen hören. Offensichtlich war er mit den Gedanken ganz woanders.
An der Bastei stiegen sie aus. Mit vielen anderen Menschen liefen sie zu der beeindruckenden Brücke und blieben immer wieder stehen, um den Blick zu genießen. Sie drängten sich durch das Gewühl bis vor zur Spitze der Bastei. Einen Moment standen sie still und spürten die Strahlen der Sonne auf ihren Gesichtern.
David, der zuvor seinen Arm um sie gelegt hatte, drehte sich halb von der Aussicht weg und Ria zu. Er nahm ihre beiden Hände in seine, räusperte sich und schaute ihr tief in die Augen. „Ich möchte dir was sagen", begann er.
Ria spürte, wie ihr warm im Bauch wurde.
„Ich kann dir nicht versprechen, dass es uns immer gut geht." David räusperte sich erneut. „Ich kann dir nicht versprechen, dass wir nie schwere Zeiten erleben werden. Aber ich kann dir versprechen, dass ich dich immer lieben werde und dass wir alles Schwere im Leben meistern werden, solange wir zusammen sind! Ria Vietze: Willst du meine Frau werden?"
Die Wärme hatte jetzt ihren Kopf erreicht. „Ja, ja, ja!", rief sie jubilierend, fiel ihm um den Hals und küsste ihn lange und leidenschaftlich.
„Moment", sagte David und löste sich aus ihrer Umklammerung. „Da fehlt doch noch was." Er griff in die Tasche seines Parkas und holte einen Ring hervor. Vorsichtig steckte er ihn ihr auf den Finger.
Sie war zappelig. In ihrem Bauch kribbelte es. Dann schaute sie auf den Ring. „Oh, der ist schön."

„Der hat meiner Großmutter gehört. Wir dürfen ihn behalten, bis wir verheiratet sind."
„Deine Mutter weiß, dass du mir einen Antrag machen würdest?"
Da hatte David genickt.
„Woran denkst du?", fragte Silvia leise, während Dr. Mende zum Schluss seiner Rede kam.
„An David." Ria strahlte. Silvia schaute neidisch auf die Kollegin. Dieses Strahlen hatte sie wohl schon oft gesehen bei Ria, immer dann, wenn die auf ihren Offiziersschüler zu sprechen kam.
Silvia war eine gute Krankenschwester, freundlich zu Patienten, korrekt zu Kollegen und Vorgesetzten. Sie war groß. Sehr groß und sehr schlank, fast schon mager. Wie viele große Menschen lief sie etwas gebeugt, die Schultern nach vorn gezogen. Ihr schmales Gesicht wurde von einer großen Nase dominiert, die, durch einen kleinen Knick in der Mitte, der jungen Frau ein raubvogelartiges Aussehen verschaffte. Dieser Eindruck wurde noch dadurch verstärkt, dass sie außerhalb der Station ausschließlich schwarze Kleidung trug. Sie war ledig und hatte auch keinen Freund.
„Habt ihr es wieder wild getrieben?", fragte sie.
Ria war befremdet. Irgendwann, sie war noch neu auf Station gewesen, hatte sie im Nachtdienst Silvia vorgeschwärmt, wie großartig der Sex mit David sei. Aber jetzt, diese Frage, fand sie schon etwas distanzlos.
Um das nicht beantworten zu müssen, nippte sie an ihrem Cuba Libre. Er schmeckte überraschend gut, also nahm sie doch einen großen Schluck.

Der Frauentag folgte wie alle diese Feiertage einem scheinbar universellen Ritual. Der meist männliche Chef lud seine weiblichen Untergebenen zu einer kleinen Feier ein. Dann gab es eine kurze Ansprache mit Lob für die sozialistische Frau und anschließend Alkohol. Wobei es häufig vorkam, dass der Chef als erster betrunken war. Die Frauen spielten das Spiel mit und schienen sich gleichberechtigt zu fühlen. Ria waren solche Dinge herzlich egal.
Sie war jetzt seit einem halben Jahr in Leipzig. Man hatte ihr die Stelle im Militärkrankenhaus angeboten und gleichzeitig zu verstehen gegeben, dass sie vorerst nicht mit einer Stelle in Dresden rechnen konnte. Schwestern waren überall knapp und so versuchte man schon mal mit Druck, vor allem aber mit Versprechungen, frisch ausgelernte Schwestern dahin zu lotsen, wo es der jeweiligen Behörde am besten schien. Und so hatte das Militär, in dessen Lazarett Ria ihre Praxiseinsätze absolviert hatte, beschlossen, sie nicht gehen zu lassen.
Als Ria das David erklärt hatte, hatte er nur resigniert reagiert: „Na ja, Leipzig ist immerhin näher als Torgelow. Und wer weiß, wohin ich versetzt werde, wenn ich an der Akademie fertig bin."
Ria war in dem Moment enttäuscht von David. Etwas mehr Kampfgeist hatte sie schon von ihm erwartet. Aber vielleicht hatte er ja recht, was brachte es schon, sich mit der Staatsmacht anzulegen.
Die Staatsmacht hatte ihr ein Zimmer im Schwesternwohnheim angeboten, aber darauf hatte sie keine Lust. Schon während des Fachschulstudiums in den letzten drei Jahren hatte sie im Wohnheim gewohnt. Sie wollte endlich was Eigenes, also lehnte sie ab und fing an, in Leipzig nach einer

Wohnung zu suchen. Die Stadt bot viele leer stehende Wohnungen, eine Menge Häuser waren unbewohnt, ja ganze Straßenzüge. Die Wirtschafts- und Sozialpolitik der DDR setzte auf Neubau. Riesige Städte aus Plattenbauten wurden industriell aus dem Boden gestampft. Gleichzeitig vernachlässigte man die historischen Innenstädte. So kam es, dass in den Achtzigerjahren mehr Altbauten verfielen, als Neubauten errichtet wurden.

Für viele junge Leute war das eine Katastrophe. Wer zu Hause raus wollte, hatte ein echtes Problem. Es entstand, nicht nur in Leipzig, eine Hausbesetzerszene. Zuerst aus purer Not, dann immer mehr politisiert.

Ria fand über den Freund einer Bekannten Platz in einem Haus in Connewitz. Zuerst schlief sie einige Nächte auf einer alten Couch, dann wurde mit vereinten Kräften ein leer stehendes Zimmer so hergerichtet, dass es bewohnbar wurde.

Es wohnten drei Leute in der Wohnung, die sich ein Bad und die Küche teilten. Jeder hatte sein abschließbares Zimmer. Ein Luxus für Ria. Ihr Bett knarrte, sobald sie sich darin bewegte, und der Sessel, das einzige Sitzmöbel, war vom Sperrmüll. Sie hatte eine Decke über das zerschlissene Polster gelegt.

Thomas, einer der Mitbewohner, hatte zwei gebogene Hölzer von einem alten Stuhl so unter die Beine geschraubt, dass sie jetzt sogar einen Schaukelsessel hatte. Da saß sie dann und träumte sich auf eine Veranda im Wilden Westen. Das Haus war ein Glücksfall. Natürlich regnete es durch das Dach und tropfte in die Wohnung, das war bei sehr vielen alten Häusern so. Aber es tropfte wenigstens genau in die

Badewanne. Das war ein seltsames Erlebnis, wenn man bei Regen badete. Erwärmt wurde das Wasser mit einem alten Badeofen.
Nachdem sie sich dort eingerichtet hatte, freute sie sich nach jeder Schicht, „nach Hause“ zu kommen. Es war die erste eigene Bleibe.
David war nie in dieser Wohnung. Ria wollte nicht, dass er sah, unter welchen Bedingungen sie hauste. Wenn sie sich trafen, dann in Dresden oder gleich in Radebeul. Irgendwie würden sie die Zeit bis zum Ende seiner Ausbildung schon bewältigen und dann bekäme er sowieso eine Wohnung über die Armee.
Jetzt saß sie also mit den Kolleginnen im Restaurant. Nach zwei Stunden begann eine nach der anderen sich zu verabschieden und auch Silvia ging irgendwann. Ria war erleichtert. Die Bemerkung der Kollegin ging ihr nicht aus dem Kopf.
Sie war eine der Letzten. Doktor Mende half ihr in den Mantel. Sie kannte ihn als eher zurückhaltend. Er hatte einen Schwips und vermutlich traute er sich deshalb, zu Ria zu sagen: „Frau Vietze, Sie müssen aufpassen.“
Ria horchte auf. „Was meinen Sie?“
„Sie müssen auf Ihren Ruf aufpassen.“
„Was ist mit meinem Ruf?“
„Im Krankenhaus tuscheln die Leute über Sie. Sie wären ein leichtes Mädchen. Man witzelt sogar, Sie wären ein Wanderpokal.“
Ria war empört. „Wer erzählt denn so was? Das ist doch nicht wahr. Ich bin verlobt.“

Der Doktor wurde kleinlaut. „Ich sag ja nur, was die Leute so sagen."

Auf dem ganzen Weg nach Hause konnte sich Ria kaum beruhigen. Wodurch hatte sie denn Anlass zu solchen Gerüchten gegeben? Klar, sie lachte über anzügliche Witze und sie wurde auch nicht rot dabei oder kicherte verschämt. Sie war freundlich zu Männern wie Frauen und blieb souverän, wenn mal ein Patient versuchte, eine Grenze zu überschreiten. Aber „Wanderpokal"? Das war schon ein starkes Stück.

Wütend und verunsichert nahm sie die Straßenbahn nach Hause und ging in ihr Zimmer.

Die folgende Woche auf Station betrachtete sie die Kolleginnen voller Argwohn. Wer erzählte wohl solche Sachen über sie?

Sie fuhr jetzt etwa jedes zweite Wochenende nach Dresden, um David zu treffen. In ihrem Nest in Radebeul schmiedeten sie Pläne für die Zukunft. Am darauffolgenden Wochenende hatte David allerdings keine Zeit, also blieb Ria in Leipzig. Sie hatte vor, ins Kino zu gehen und sich den Film „Grenzen der Zeit" über Caspar David Friedrich anzusehen.

Aber es kam anders. Als sie am Freitag nach der Frühschicht nach Hause kam, saßen vier junge Männer in der Küche und tranken Bier. Zwei kannte sie, Thomas und Edgar waren ihre Mitbewohner. Beides liebe Kerle, die sie meist in Ruhe ließen, aber auch hilfsbereit zur Stelle waren, wenn sie Hilfe brauchte.

Die beiden anderen wurden ihr als Kommilitonen von Eddi und Tommi vorgestellt. Peter und Klaus waren also ebenfalls Physikstudenten. Die vier sprachen über irgendeine

Party, die geplant war. Ria grüßte kurz und wollte in ihrem Zimmer verschwinden, da sprach Peter sie an: „Hättest du Lust, mitzukommen?“

Ria war überrascht. „Wohin mitkommen?“, fragte sie.

„Wir feiern Geburtstag von einem Freund. Da die beiden Pfeifen hier abgesagt haben, suchen wir noch Begleitung zum Mitfeiern.“ Die beiden „Pfeifen“ Eddi und Tommi protestierten schwach gegen ihre Bezeichnung.

Ria lachte und wehrte ab. „Aber ich kenne da doch keinen. Ich habe auch kein Geburtstagsgeschenk.“

Peter, der sie von Statur und Aussehen ein wenig an David erinnerte, spürte, wie halbherzig ihre Ablehnung war, und setzte nach. „Ach was, du wirst schon alle kennenlernen. Ist nur ein kleiner Kreis. Und da ist noch ein Mädchen, die kennt auch niemanden. Ihr werdet euch bestimmt gut verstehen.“

Ria schwankte. David war nicht da, aber er hatte sicher nichts dagegen, wenn sie ein bisschen Spaß hatte.

„Bis wann muss ich mich entscheiden?“, fragte sie.

„Bis gestern!“ Peter grinste.

Ria zögerte noch immer. Dann gab sie sich einen Ruck. „Okay. Wann und wo?“

Am nächsten Tag stand sie vor dem Bahnhof. Peter kam und stellte ihr Sabine vor, eine hübsche Blondine, sympathisch und ebenfalls Studentin. Ria kam gleich mit ihr ins Gespräch und erfuhr, das sie Studentin an der Handelshochschule war. Dann zeigte Ria ihr Geburtstagsgeschenk, eine Flasche „Erlauer Stierblut“. Auch Sabine hatte eine Flasche Rotwein eingepackt.

Mit der S-Bahn fuhren sie nach HaNeu, wie Halle-Neustadt im Volksmund hieß. Die Retortenstadt war eine riesige Plattensiedlung, Hochhäuser wechselten ab mit Wohnblöcken, die im Geviert standen. Dazwischen eine einzelne Kaufhalle, vor der schon am Nachmittag Leute auf den Stufen saßen und Bier tranken.
„Haben die hier ein Problem mit Pennern?“, fragte Ria entsetzt.
Peter lachte. „Wo sollen sie denn hin? Kneipen gibt es hier kaum.“ Dann wurde er ernster. „Diese Reißbrett-Städte haben riesige soziale Probleme. Und die Menschen sind in diesen anonymen Wohnungen oft sehr einsam.“
Sie vertieften das Gespräch nicht, denn schon erreichten sie das Hochhaus, in dem die Geburtstagsparty stattfinden sollte. Die Wohnung war eine DDR-typische Plattenbau-Wohnung mit drei Zimmern, einer Küche mit Durchreiche und einem winzigen Bad.
Klaus war schon da, außerdem Christine, die sich als Gastgeberin und Geburtstagskind vorstellte und Roland, beide etwa dreißig Jahre alt.
Christine hatte ein paar Häppchen vorbereitet und stellte Salzstangen auf den Tisch. Dann wurden zuerst die Geburtstagsgeschenke der beiden Mädchen in Gläser gefüllt. Der Wein hob die Stimmung und senkte die Hemmschwelle. Roland war die ganze Zeit damit beschäftigt, an Christine rumzuknabbern. Die Gespräche wurden zäher. Christine stand auf und holte weiteren Wein und Weinbrand. Ria versuchte, den Überblick zu behalten, wie viel sie trank. Eine halb volle Rotweinflasche fiel um und ergoss ihren restlichen Inhalt auf die graue Auslegware.

Christine quietschte auf. „Mist, das müssen wir wegmachen. Mein Mann darf nichts merken."
Ria sah überrascht Roland an. Der schüttete gerade wieder ungerührt Weinbrand in Gläser. Sie stand auf und zusammen mit Sabine half sie Christine, den Schaden zu begrenzen. Sabine hatte dann auch die Idee, dass Rotweinflecken mit Salz verschwinden würden. Also schütteten sie eine ganze Packung Salz auf den unübersehbaren Fleck.
Die Männer hatten inzwischen weitergetrunken. Es war wohl Klaus, der auf den Einfall mit dem Flaschendrehen kam und den Mädchen die Regeln erklärte. Die waren simpel. Eine der leeren Rotweinflaschen wurde auf den Tisch gelegt und gedreht. Auf wen der Flaschenhals zeigte, der musste ein Kleidungsstück ausziehen und durfte die Flasche wieder drehen.
Nach wenigen Minuten waren die Männer nackt. Ria hatte noch ihren Slip an. Roland fummelte mittlerweile heftig an Christine rum, Klaus steckte seine Zunge tief in Sabines Hals. Bevor sich Peter zu ihr rüber beugen konnte, stand Ria auf und verschwand im Bad. Als sie auf der Toilette saß, tauchte das Bild von David vor ihr auf.
Sie ging zum Waschbecken und warf sich mehrere Hände kaltes Wasser ins Gesicht. Währenddessen klopfte Peter bereits an die Tür. Sie öffnete sie und drückte sich an ihm vorbei. Seine Hände auf ihrem Körper ignorierte sie.
Im Wohnzimmer suchte sie ihre Sachen zusammen. Christine und Roland waren vermutlich im Schlafzimmer verschwunden und Sabine saß mit gespreizten Beinen auf Klaus' Schenkeln und stöhnte im Rhythmus ihrer Bewegungen.

Peter stand hinter ihr und schien langsam zu begreifen, was Ria vorhatte. „Jetzt sei doch kein Spielverderber. Ich dachte, ihr Krankenschwestern seid immer so geil.“
Ria warf ihm einen wütenden Blick zu und verließ die Wohnung. Auf dem Weg durch die Nacht zur S-Bahn weinte sie hemmungslos.
Sie sehnte sich nach David.

44
TRIPPERBURG

DDR 1988

Ria hatte nur drei Stunden geschlafen, als heftig an die Wohnungstür ihrer Wohngemeinschaft geklopft wurde. Aus den Zimmern der beiden Jungs kam kein Laut, sie schliefen wohl noch tief und fest.

Ria zog sich eine Hose und ein T-Shirt über und öffnete die Tür.

„Frau Vietze?“ Vor ihr stand ein Polizist.

Ria nickte. Dabei bemerkte sie in ihrem Kopf, dass die Nacht zu kurz gewesen war. Im Hals hatte sie einen Kloß. Die Polizei vor ihrer Tür, was konnte das bedeuten?

„Kommen Sie bitte mit, zur Klärung eines Sachverhaltes.“

Das klang zwar höflich, gab ihr aber das Gefühl, festgenommen zu werden.

„Bin ich verhaftet?“ Sie musste furchtbar aussehen. Wahrscheinlich waren ihre Haare zerzaust und bestimmt hatte sie Augenränder. „Was habe ich denn falsch gemacht?“

Der Polizist blieb ungerührt und wiederholte nur: „Kommen Sie bitte mit, zur Klärung eines Sachverhaltes.“

Sie ging in die Wohnung, um Jacke und Schuhe anzuziehen. Der Polizist folgte ihr und ließ sie nicht aus den Augen.

Er begleitete sie vor das Haus und öffnete die hintere Tür des „Toniwagens“, wie manche die Streifenfahrzeuge der Polizei nannten. Ein zweiter Polizist saß auf dem Fahrersitz. Ria traute sich nicht, den Kopf zu heben. Sie schämte sich, von der Polizei abgeholt zu werden, obwohl sie nicht wusste, warum.

In rascher Fahrt ging es durch das morgendliche Leipzig, am Völkerschlachtdenkmal vorbei, entlang der Prager Straße zu einem Gelände mit Gebäuden aus dunkelrotem Klinker. Vor einem der Gebäude hielt das Fahrzeug und einer der Polizisten brachte Ria in den ersten Stock. Hier sollte sie warten. Ria stand unschlüssig in dem kleinen Zimmer und sah sich um. Ein typisches Untersuchungszimmer, ähnlich dem ihrer Gynäkologin. Was sollte sie hier?

Eine Frau in Schwesternkleidung kam herein. Sie würdigte Ria kaum eines Blickes und sagte, während sie sich ein paar Untersuchungshandschuhe anzog: „Unten frei machen und dann rauf auf den Stuhl!"

Ria zuckte bei dem unfreundlichen Ton zusammen. Verwirrt zog sie Hose und Slip aus und setzte sich vorsichtig auf den Untersuchungsstuhl. Sie kannte solche Stühle von gynäkologischen Untersuchungen und mochte sie nicht, aber sie gehörten zum Frauwerden und -sein, wohl oder übel, dazu.

„Beine hoch!" Der gleiche Befehlston, der jeglicher Wärme entbehrte. Es ging der Schwester offenbar zu langsam.

Gehorsam legte Ria die Beine breit in die Schalen. Mit groben Händen führte die Schwester Instrumente in ihre Vagina ein.

„Was machen Sie mit mir?"

„Einen Abstrich", bequemte sich die Schwester zu einer Antwort.

Der körperliche Schmerz war auszuhalten, aber die ganze Prozedur empfand Ria wie eine Vergewaltigung. Vor Scham und Hilflosigkeit kamen ihr die Tränen.

Die Schwester bemerkte es und sagte kalt: „Hör auf zu flennen, da ist noch keine dran gestorben."
Ria durfte wieder vom Stuhl klettern und begann sich anzuziehen.
„Nur den Slip und den BH. Der Rest bleibt hier." Die Schwester holte einen blauen Kittel, der Ria viel zu weit war und befahl ihr, diesen anzuziehen.
Jetzt fühlte sich Ria endgültig wie im Knast.
Eine andere Schwester brachte sie in ein großes Zimmer, eher einen Saal. Darin standen etwa sechzehn oder achtzehn Betten, wie in einem Krankensaal aus dem vorigen Jahrhundert. Ria erinnerte das an Bilder aus dem Studium. Im Fach Geschichte der Pflege waren alte Fotos gezeigt worden, die ähnliche Krankensäle abbildeten. Heute gab es so was nicht mehr, zumindest hatte Ria nie in solchen Sälen arbeiten müssen.
In dem Saal befanden sich etwa zehn Frauen und Mädchen, einige jünger, die meisten etwas älter als Ria. Sie saßen auf den Fensterbänken oder liefen auf und ab. Alle hatten einen blauen Kittel an.
Die Schwester stieß Ria einen Schritt in das Zimmer. „Such dir ein Bett!"
Damit schloss sie die Tür und Ria stand unschlüssig da. Wie sollte sie wissen, welches Bett frei war?
„Willkommen in der Tripperburg!" Eine junge Frau, fast noch ein Mädchen, saß auf der Kante des Bettes, das ihr am nächsten war. Ihre strähnigen dunklen Haare umrahmten ein blasses Gesicht mit wachen Augen, die von schwarzen Rändern umgeben waren.

Ria fuhr ein Schauder des Erschreckens über den Rücken und sie wich unwillkürlich zurück.
„Tripper..." Natürlich wusste sie, wie man mit der Geschlechtskrankheit angesteckt werden konnte. Von dem Mädchen konnte keine unmittelbare Gefahr ausgehen. Aber trotzdem. Und wieso war sie selbst hier gelandet? Bisher hatte sie immer nur gerüchteweise von der Tripperburg gehört.
Das Mädchen hatte ihr Erschrecken bemerkt. „Keine Angst, hier hat niemand einen Tripper. Oder sonst eine Geschlechtskrankheit."
Ria war geschockt. Wie konnte das Mädchen das wissen? Die junge Frau schien ihre Skepsis zu spüren. „Das ist hier eine als Krankenstation getarnte Haftanstalt", erklärte sie. „Vor allem für Minderjährige."
Was erzählte das Mädchen da? Wo gab es denn so was? Jetzt war Ria empört. Haftanstalt? Was für eine Haftanstalt? Da kam man doch nur hin, wenn man von einem Richter verurteilt wurde.
Untersuchungshaft? Aber die hatte doch nichts mit gynäkologischen Untersuchungen zu tun. Ria war verwirrt. Aber sie brauchte immer noch ein Bett, also lief sie an ein paar Frauen vorbei in Richtung Fenster. Das Bett direkt am Fenster schien frei zu sein, also setzte sie sich darauf.
Auf der Fensterbank saß ein weiteres Mädchen, nicht viel älter als sechzehn Jahre. „Wir dürfen uns am Tag nicht auf die Betten setzen." Während das Mädchen sprach, baumelte sie mit den Beinen. „Wie heißt du?"
„Ich? Ria."
„Ria? Ein ungewöhnlicher Name."

„Das bedeutet die Wilde, Ungezähmte."
„Und? Bist du wild und ungezähmt?"
Ria überlegte. War sie wild? Ja! Sie tanzte gern wild, sie liebte gern wild, sie lebte gern wild. Ungezähmt? Hatte David sie schon gezähmt? Bei dem Gedanken an David kamen ihr die Tränen. Was sollte er von ihr denken? Sie war auf der Tripperburg gelandet!
Das Mädchen stieg von der Fensterbank. „Oh, entschuldige. Ich plappere manchmal einfach so los, tut mir leid."
Sie umarmte Ria und sagte. „Ich bin Heike. Ich erkläre dir mal, wie das hier langgeht."
Ria wischte sich über die Augen und hörte aufmerksam zu.
„Jeden Morgen nach dem Wecken können wir uns im Bad waschen. Dabei müssen wir uns beeilen, denn wir müssen pünktlich vor dem Untersuchungszimmer stehen, um unseren Abstrich machen zu lassen. Danach gibt es Frühstück und dann Langeweile bis zum Mittag. Dann ist wieder Langeweile bis zum Abendbrot. Danach ist Langeweile bis zum Schlafen. Und so weiter."
„Und wie lange soll das so gehen?"
„Du brauchst dreißig Abstriche ohne Ergebnis, dann kannst du entlassen werden. Wenn du hier unliebsam auffällst, bekommst du Abstrichsperre und bist entsprechend länger hier."
Ria fröstelte es. Dreißig Tage hier drin, ohne David. Sie konnte ihn nicht einmal benachrichtigen. Oder doch?
„Kann ich hier irgendwo telefonieren?", fragte sie.
Heike lachte. „Das vergiss mal gleich. Keine Chance. Wen willst du denn anrufen? Deine Mutter?"

Ria schüttelte den Kopf. „Meinen Freund. Wir sind seit dem letzten Wochenende verlobt."
Heike wurde ernst. „Selbst wenn, ruf ihn lieber nicht an. Glaubst du, dass er versteht, warum du hier bist?"
„Ich verstehe es ja selbst nicht. Ich habe nichts getan. Ich dachte, hier kommen nur Prostituierte her. Weißt du, die mit ‚HwG'."
Heike lachte bitter auf. „HwG? Ernsthaft? Das ist doch ein Mythos, dass man jemandem das Merkmal ‚Häufig wechselnde Geschlechtspartner' in den Ausweis stempelt." Heike sah sich demonstrativ um. „Siehst du dahinten die zierliche Blonde? Die hatte Streit mit ihrer Mutter. Hatte sie wohl öfter. Die Familie sind alles stramme Genossen, Vater in der SED, Mutter und großer Bruder auch. Bei dem Streit hat Lydia gesagt, sie will in den Westen rübermachen, zu ihrem Onkel. Daraufhin hat die eigene Mutter sie angezeigt und sie wurde abgeholt und hierhergebracht."
Ria war entsetzt. „Die eigene Mutter?"
„Ja!" Heike zeigte auf eine dralle Schwarzhaarige. „Ivonne dahinten, hat was mit einem Mosambikaner. Die haben sie bei einer Kontrolle in seinem Wohnheim aus seinem Bettkasten geholt. Die ist nur hier, weil sie was mit einem Schwarzen hat, dabei ist das ein ganz lieber Kerl, der bringt Ivonne immer Zigaretten und Schokolade."
Ria hatte keine Vorstellung, wie das mit der Schokolade ablaufen sollte. „Und was ist mit dir?", fragte sie Heike.
„Ich?" Heike lachte. „Ich bin eine Herumtreiberin."
Ria schaute wohl etwas verständnislos, denn Heike erklärte es sofort.

„Mein Vater ist ein Säufer. Wenn ich mal vom Tanzen nicht ganz pünktlich nach Hause komme, schlägt er mal ausnahmsweise nicht meine Mutter, sondern wartet hinter der Tür und verdrischt mich. Und darauf hatte ich irgendwann keine Lust mehr und bin gar nicht nach Hause gekommen. Ich habe bei Freundinnen gepennt oder auch schon mal im Freien, wenn es warm war. Und dann hat sich meine Mutter Sorgen gemacht und die Polizei gerufen und die hat mich hierhergebracht."

Ria war immer trauriger geworden. Was passierte in diesem Land? Warum wurden junge Frauen so drangsaliert? Weil sie nicht der Norm entsprachen? Oder sich nicht nach verstaubten Moralregeln richten wollten?

Heike hatte aufgehört zu reden. Die Erinnerung an zu Hause schien sie sehr aufgewühlt zu haben. Dann schaute sie Ria an und fragte: „Und? Hast du jetzt eine Vorstellung, warum du hier bist?"

Ria überlegte. Hatte sie irgendjemand bei der Polizei denunziert? Ihre Kollegin Sylvia vielleicht? Neidisch wie die war, traute ihr Ria das durchaus zu. Oder einer der Beteiligten der Party gestern Abend? Peter, weil sie ihn abgewiesen hatte? Sie zuckte mit den Schultern. Eine kräftige Frau von Ende zwanzig kam auf die beiden zu. Heike stieß sie an und zischte: „Vorsicht Kapo!" Dann ging sie schnell weg.

Ria schaute vom Bett zu der Frau hoch. Die trat nah an sie heran, griff ihr mit einer Hand in die roten Haare und riss Ria nach oben. Die quietschte auf und Tränen schossen ihr ins Gesicht.

„Auf dem Bett sitzen ist verboten", brüllte die Frau. Dann ließ sie die Haare los, drehte sich um und ging wieder. Nach

zwei Schritten drehte sie sich um: „Du hast Glück, Rotlöckchen, früher wurden hier die Haare noch abrasiert."
Heike kam zurück. „Da hast du ja gleich Bekanntschaft mit der lieben Elisabeth gemacht."
Ria tat immer noch die Kopfhaut weh. „Was ist das denn für ein Drachen?"
„Das ist eine Professionelle. Die war schon öfter hier und wurde als Stubenälteste eingesetzt. Sei bloß vorsichtig. Die scheißt dich schnell mal bei den Ärzten oder Schwestern an."

Als es Abend wurde, konnte Ria lange nicht einschlafen. Immer wieder grübelte sie, was sie verbrochen hatte, dass man so mit ihr umsprang.
Am nächsten Morgen geschah alles so, wie Heike es gesagt hatte. Nach einem hektischen Besuch im Gemeinschaftsbad stand Ria in der Schlange vor dem Untersuchungszimmer. Ivonne kam heraus und senkte den Daumen.
Heike, die vor ihr stand, drehte sich zu Ria um und raunte: „Heute ist die grobe Schwester dran. Du kannst dich schon mal darauf gefasst machen, dass es gleich richtig wehtut."
Ria bekam es mit der Angst zu tun. Als sie an der Reihe war, biss sie die Zähne zusammen, um nicht laut aufzuschreien. Noch während des Frühstücks hatte sie Schmerzen.
Nach dem Frühstück tat sie es den anderen gleich und lief im Saal zwischen den Betten auf und ab. Sie spürte, wie die Wut in ihr hochstieg. Sie war unschuldig! Sie wollte hier raus.
Gegen zehn Uhr hörte sie Lärm aus dem nebenan liegenden Untersuchungszimmer. Ein Mädchen kreischte, zwei

Frauenstimmen schrien dazwischen, dann erklangen klatschende Geräusche. In der darauf folgenden Stille hörte man nur noch ein Wimmern und Schluchzen und immer wieder Schmerzenslaute. Schließlich herrschte Ruhe.
Minuten später wurde ein Mädchen hereingeschoben, kaum dreizehn Jahre alt. Es zitterte und schwankte. Zwei ältere Mädchen gingen auf sie zu und auch Heike beeilte sich, zu helfen. Gemeinsam brachten sie die Kleine zu einem freien Bett und deckten sie zu. Heike setzte sich zu ihr.
Als Elisabeth kam, um die Ordnung wieder herzustellen, standen zwei weitere Frauen vor dem Bett. Ihre finsteren Blicke sagten Elisabeth, dass sie hier nicht erwünscht war, und so zog sie sich zurück. Ria fand das bemerkenswert. Man war also nicht komplett ohnmächtig, man konnte sich wehren.
Kurz überlegte sie, ob sie sich auch zu den Helferinnen des jungen Mädchens gesellen sollte, aber es schienen schon genügend Trösterinnen da zu sein.
Nach einer ganzen Weile, Ria hatte ihren Marsch um die Betten wieder aufgenommen, kam Heike zu ihr. „Weißt du, was passiert ist?"
„Nein, was?"
„Die Kleine wusste nicht, wie sie auf den Stuhl klettern sollte. Die Schwester hat sie angebrüllt, aber die Kleine hat noch nie mit einem Jungen geschlafen und war noch nie in der Gyn. Die wusste es einfach nicht und wollte auch nicht. Da hat die Schwester dann Elisabeth dazugeholt, die hat ihr die Beine auseinander gedrückt. Und die Schwester hat ihr auf die nackten Schenkel gehauen, das war das klatschende Geräusch."

Jetzt war Ria empört. „Aber das geht doch nicht! Das können die doch nicht machen!"
Bevor Heike antworten konnte, wurde von der Tür Rias Name gerufen. Sie blickte überrascht auf. In der Tür stand ein älterer Mann im Arztkittel. Ria ging langsam auf ihn zu. Sie spürte, wie ihr Magen zu einem Klumpen wurde, und wurde immer langsamer.
Der Mann winkte ungeduldig. „Ria Vietze?"
Sie stand jetzt direkt vor ihm. „Ja."
„Zwei Herren vom Ministerium wollen Sie sprechen."
In Rias Kopf schossen die Gedanken kreuz und quer. Was für Herren und von welchem Ministerium? Sie traute sich nicht zu fragen. Der Arzt führte sie einen Gang entlang zu einem Zimmer, an dem ein Schild „Pausenraum" hing. Er öffnete die Tür, ließ Ria hindurch und schloss die Tür von außen wieder.
An einem langen Tisch mit Wachstuchdecke saßen zwei Herren, die neugierig hochblickten, als Ria den Raum betrat.

45
HVA

DDR 1988

Die Tür schloss sich hinter Ria und einen Moment lang sagte niemand etwas. Die beiden Männer musterten sie neugierig, die Blicke zurückhaltend. Trotzdem fühlte sich Ria plötzlich unbehaglich. Ihr wurde ihr Aussehen bewusst: ungeschminkt, gekleidet in einen blauen, viel zu weiten Kittel, die bloßen Füße in hässlichen Schuhen. Und wahrscheinlich hatte sie dunkle Ringe unter den Augen, weil sie bereits die zweite Nacht in Folge zu wenig geschlafen hatte.

„Setzen Sie sich doch bitte." Der Jüngere der beiden deutete auf den Stuhl am Kopfende des Tisches. Erst jetzt wurde Ria bewusst, dass die Männer Anzug und Krawatte trugen. Die Anzüge waren grau, in unterschiedlichen Grautönen. Dazu trug der jüngere einen dunkelgrünen, der andere einen dunkelblauen Schlips.

Sie setzte sich. Ihre Anspannung ließ nicht nach, der Magen war immer noch ein Klumpen und ihr Mund trocken. Überdeutlich nahm sie auf dem Tisch eine Zuckerdose und eine kleine Vase mit Tulpen war.

„Ich weise Sie darauf hin, dass alles, was in diesem Gespräch besprochen wird, der Geheimhaltung unterliegt. Das heißt, dass Sie mit niemandem über dieses Gespräch reden dürfen. Das betrifft auch Ihren Freund, den Offiziersschüler."

Ria wurde augenblicklich klar, von welchem Ministerium die beiden waren: Staatssicherheit! Die Angst griff wie eine kalte Hand nach ihr, sie fröstelte. Sie hatte schon so viele Geschichten von der Stasi gehört. Da verschwanden plötz-

lich Leute, nur weil sie einen politischen Witz gemacht hatten. Keiner sah sie je wieder. Und dann das Knacken im Telefon, wenn sich die „Genossen“ zuschalteten ...
Furchtsam blickte sie die Männer an.
Der Ältere redete weiter. „Uns ist bekannt geworden, dass Sie einen asozialen Lebenswandel haben. Darüber müssen wir reden.“
Die Ereignisse der letzten Tage hatten Rias Selbstbewusstsein angegriffen, aber jetzt erwachte wieder ihre kämpferische Ader. „Was heißt denn hier asozialer Lebenswandel?“, sagte sie empört. „Ich habe eine ordentliche Arbeit, bin immer pünktlich und es gibt keine Beschwerden über mich. Außerdem habe ich eine Wohnung und schlafe nicht unter der Brücke.“
Dann biss sie sich auf die Lippen. Das mit der Wohnung war ein schlechtes Argument, schließlich wohnte sie dort illegal.
Die Männer hatten ihr Stocken registriert. Der Jüngere hakte ein. „Wir wissen über Ihre Wohnverhältnisse Bescheid. Sie wohnen mit zwei Männern zusammen in einer Wohnung, mit einem einzigen Bad. Wie intim sind Sie mit den Herren?“
Ria lachte los. Es klang schrill, aber das Lachen befreite sie. „Die Herren! Und ich intim mit denen? So ein Unfug! Wir wohnen zusammen und fertig. Mehr ist da nicht.“
„Na gut, lassen wir die Einzelheiten. Wir wissen auch, dass Sie nächtelang zu Partys mit Gruppensex gehen. Nehmen Sie Geld dafür?“
Jetzt platzte Ria endgültig der Kragen. „Was erzählen Sie denn da? Ich bin doch keine Hure“, rief sie laut. Dann verstummte sie. Wussten diese Kerle etwa von der Party in

Halle? Aber das war doch alles Verleumdung. Verzweifelt schaute sie von einem zum anderen.
Die beiden Männer sahen sich an. Der Ältere nickte dem Jüngeren zu. Darauf griff dieser unter den Tisch und holte aus einer Tasche eine dicke Akte. Mit Schwung warf er sie auf den Tisch, dass es knallte. Ria zuckte zusammen.
„Das ist Ihre Akte. Wir beobachten Ihr Treiben schon längere Zeit und wir wollen dem ein Ende setzen. Sie halten sich nicht an die sozialistischen Normen. Glauben Sie ernsthaft, dass Sie mit einem solchen Verhalten in einem Militärkrankenhaus arbeiten dürfen? Dass Sie in irgendeinem Krankenhaus arbeiten dürfen? Oder dass Sie einen Offizier heiraten werden?"
Ria begriff nicht. Wollten diese Männer ihr ein Berufsverbot erteilen? Das ging doch nicht. Wollten sie ihr David wegnehmen? Sie konnte nicht verhindern, dass sie in Tränen ausbrach. „Aber ich habe doch nicht …"
„Reden Sie sich nicht raus. Wir haben hier die Beweise."
Jetzt machte der Stasi-Mann eine Pause. Ria schluchzte laut. Das konnte doch alles nur ein böser Traum sein.
Der Ältere ergriff wieder das Wort. „Jetzt beruhigen Sie sich mal. Wir denken, dass Sie sich bessern können."
Hoffnungsvoll schaute Ria ihn an, nickte und versuchte, mit dem Ärmel ihres Kittels die Tränen wegzuwischen.
„Aber um zu zeigen, ob Sie es ernst meinen, sich zu bessern, müssen Sie schon etwas tun."
Ria schaute ihn an. Was sollte sie tun? Sie hatte doch nichts verbrochen. „Was soll ich tun?", fragte sie also.
„Sie werden für uns arbeiten."

„Nein!“ Erschrocken hielt Ria die Hand vor den Mund. Das „Nein“ war so spontan aus ihr hervorgebrochen. Das nahmen die beiden sicher übel. Aber die Vorstellung, für die Stasi als Spitzel zu arbeiten, lehnte sie mit jeder Faser ihres Körpers ab. Das würde sie niemals tun.
Erstaunlicherweise umspielte ein leichtes Lächeln das Gesicht des jüngeren Mannes. Plötzlich fand Ria ihn beinahe sympathisch. „Was meinen Sie mit ‚Nein‘?“, fragte er.
„Ich werde kein Spitzel! Machen Sie mit mir, was Sie wollen, aber ich belausche keine Arbeitskollegen oder so.“ Trotzig sah Ria von einem zum anderen.
Der Ältere mischte sich ein. „Was soll das Gezicke? Alle, die hier vor uns gesessen haben, haben letztendlich zugestimmt.“
Ria versuchte noch immer, sich zu wehren. „Ich bin aber nicht alle!“
Der ältere Stasioffizier grinste. „Ich erzähle Ihnen mal was. Ich hatte eine Tante, die hielt auf ihrem Hof ein paar Hühner. Die legten brav ihre Eier in die Nester im Stall. Bis auf eines. Das versteckte seine Eier im Holzstapel, im Geräteschuppen, unter der Treppe. Das war nicht wie alle.“
Ria schaute ihn an. Sie hatte keine Ahnung, worauf das hinauslaufen sollte.
„Wissen Sie, was meine Tante getan hat?“
Er machte eine Pause. Ria bekam eine Gänsehaut.
„Sie hat dem Huhn den Hals umgedreht. Gab ’ne leckere Suppe.“

David hatte immer entsetzter zugehört. „Was für eine Infamie! Nach der Wende kam heraus, mit welchen Tricks die Stasi gearbeitet hat. Aber dass sie einer Frau unterstellen,

sie sei eine Prostituierte … Und dann trifft es ausgerechnet dich."
Ria sah ihn ernst an. „Die Mächtigen haben schon immer Angst vor aufmüpfigen Frauen gehabt. Denk nur an Maria Magdalena. Wir wissen heute, dass sie die Gefährtin von Jesus war, aber jahrhundertelang hat sie die allmächtige Kirche als Hure diffamiert."
David war verwirrt. „Ja aber, warst du denn aufmüpfig?"
„Ich weiß es nicht! Ich war Hausbesetzerin. Aber das allein war es sicher nicht. Vielleicht hat mich jemand diffamiert oder ich bin zufällig in das unsichtbare Visier des Geheimdienstes geraten. Wer weiß das schon?"
„Und wie ging das Gespräch dann weiter?"

46
VENUSFALLE

DDR 1988

Ria war von der schieren Größe des Messegeländes wie erschlagen. Das riesige doppelte M hatte sie schon gesehen, vor einigen Jahren. Als es noch Werbefernsehen im Ersten Programm aus Adlershof gab, gab es auch das Messemännchen. Aber diese gewaltigen Hallen hatte sie noch nie von innen gesehen. Von außen war ihr bisher nur die Messehalle 7 aufgefallen, wenn sie mit der Straßenbahn daran vorbeifuhr.

Jetzt stand sie in ebendieser Halle. Bereits gestern hatte es einen Rundgang und eine ausführliche Einweisung für sie und mindestens zwanzig andere Hostessen gegeben.

Heute früh war sie zeitig aufgestanden. Sie schminkte sich dezent, schlüpfte in eine weiße Bluse mit einem kleinen Kragen und zog einen dunkelblauen Rock und einen gleichfarbigen Blazer über. Am meisten freute sie sich über das Halstuch mit dem Messelogo. Ihre feuerrote Haarpracht fing sie zu einem Pferdeschwanz ein. So angezogen fühlte sie sich wichtig, auch wenn sie nur Getränke an den Messeständen verteilen würde.

Vor der Messehalle hatte sie einen Kranwagen mit ausgefahrenem Ausleger gesehen. Sehr weit oben wehte die Fahne der BRD, weiter unten stand der Name der Firma: Liebherr. An deren Stand stellte sie gerade ein paar Gläser auf.

„Das ist nett von Ihnen." Eine angenehme Stimme sprach sie von hinten an. Der Mann im dunklen Anzug trug einen Messeausweis am Bändchen um den Hals.

Ria betrachtete ihn neugierig. Ein attraktiver Mann, schätzungsweise Mitte dreißig, seinem Akzent nach kein Deutscher, war aus einem Raum im hinteren Teil des Messestandes hervorgekommen. Er lächelte freundlich. Ria lächelte vorsichtig zurück.
„Das mach ich gern", sagte sie höflich. „Hätten Sie sonst noch einen Wunsch?" Sie hörte ihren Worten hinterher: War das zu anzüglich gewesen?
Das Lächeln des Mannes wurde breiter. „Bestimmt." Er linste auf ihr Namensschild am Busen und ergänzte: „Fräulein Vietze."
Rias Lächeln wurde sicherer. Mit Flirten kannte sie sich aus. „Ich bin jederzeit für Sie da, sagen Sie Bescheid, wenn Sie etwas brauchen." Damit drehte sie sich um und schob ihren Wagen zurück zur Küche, um Nachschub aufzuladen.
Sie spürte seinen Blick auf ihren Rücken. Das war leichter als gedacht!

Zwei Stunden später ging sie wieder am Liebherr-Stand vorbei. Der Mann war in ein Gespräch mit Standbesuchern vertieft, also lief sie enttäuscht weiter. Kurz bevor sie ihren Servierwagen um die Ecke schob, drehte sie sich doch noch einmal um. Er schaute ihr nicht hinterher, war nach wie vor beschäftigt.
Der Messetag neigte sich dem Ende zu und sie begann ihre letzte Runde. Der Besucherstrom hatte merklich nachgelassen. Ihre Füße schmerzten von den ungewohnten Pumps. Auf Station trug sie deutlich bequemere Schuhe.
Etwa in der Mitte der Runde kam sie ein letztes Mal am Liebherr-Stand vorbei.

Der Mann stand allein da und lächelte, als er sie mit ihrem Wagen ankommen sah.
„So spät noch im Dienst?“, fragte er.
Sie mochte seine tiefe Stimme.
Ria lächelte zurück. „Ja, aber nicht mehr lange.“
Sie begann den Stand aufzuräumen. Er beobachtete sie. Sie genoss seine Blicke und arbeitete etwas langsamer. Als Ria fertig war, schob sie ihren Wagen weiter. Wieder schaute er ihr hinterher.
Als sie gerade um die Ecke zum nächsten Stand biegen wollte, sprach er sie von hinten an: „Wie wäre es, Fräulein Vietze, wenn Sie mir heute Abend etwas von Leipzig zeigen würden?“
Sie drehte sich zu ihm um. Er stand direkt vor ihr, sie roch sein Aftershave. Und sie spürte, wie sie rot wurde. Zögernd schaute sie ihn an und überlegte: War er so ein Kontakt, wie ihn der Stasileutnant beschrieben hatte? Würde der zufrieden sein? War der Unbekannte mit dem Akzent ihre Rettung, dass die Stasi sie vom Haken ließ?
„Aber ich kenne Sie doch nicht“, sagte sie laut. „Ich weiß nicht einmal Ihren Namen.“
Der Mann lachte leise. „Heißt das, dass Sie mir Gesellschaft leisten, wenn ich Ihnen meinen Namen verrate?“
Ria lächelte herausfordernd und schwieg.
Er zog seinen Messeausweis am Band aus der Jackett-Innentasche und präsentierte ihn ihr. „Ich heiße Gary.“
„G. Greene“ stand auf dem Ausweis.

Ria hatte mit Greene ausgemacht, dass sie ihn im Interhotel Mercure abholen würde. Sie sollte ihm etwas von der Stadt zeigen, hatte er gesagt, und das war ein Problem. Was sollte sie ihm zeigen? Ria war unschlüssig. Sie konnten einen Spaziergang durch das Zentrum machen. Vielleicht eine Runde vom Centrum-Warenhaus über Coffe Baum zur Moritzbastei, dem Studentenklub.

Um diese Zeit hatte halt alles schon zu. Außer der Moritzbastei, aber es war nicht sicher, ob sie da hineinkamen. Sie war ein paar Mal mit befreundeten Studenten in den Gewölbekeller gegangen, zum Konzert und anschließendem Reden und Trinken. Aber ohne Studentenausweis war es schwierig, Einlass zu kriegen.

Was machte man um die Zeit im Zentrum, mit einem aus dem Westen? Es gab noch ein paar Bars. Selbst das Café am Bayrischen Platz hatte man während der Messe zu einer Nachtbar für Gäste, die mit Westgeld zahlten, umfunktioniert. Sollten sie am Ende dorthin gehen?

Daraus ergab sich das zweite Problem. Was sollte sie anziehen? Bequeme Schuhe für die Runde durch die Stadt? Oder lieber was Hochhackiges? Sie hatte sich vor ein paar Wochen im Exquisit sündhaft teure Schuhe mit hohen Hacken geholt. Sie drehte sie unschlüssig in der Hand.

Dann gab sie sich einen Ruck. Sie wollte den Mann ja nicht verführen, sondern was von Leipzig zeigen. Also die Bequemen!

Sie bereute die Entscheidung in dem Moment, als sie das Mercure betrat. Die Frauen, die dort standen und saßen, hatten alle Schuhe mit Absätzen an, die man auch als Waffen benutzen konnte. Wo gab es solche Dinger zu kaufen? Die fand man nicht mal im Exquisit.

Alle Frauen waren aufgedonnert und machten den Eindruck, dass sie ihre meiste Zeit in Bars verbrachten. Jetzt kam sich Ria schäbig gekleidet vor. Sie hatte auch kein „Nahkampfgesicht“ gemalt, sondern für den heutigen Abend ein natürlich wirkendes Make-up gewählt. Was mochte Gary Greene von ihr denken?
Eingeschüchtert stand sie im Foyer des Hotels und überlegte, was sie tun sollte. Eine Stimme unterbrach ihre Gedanken. „Fräulein Vietze, schön, dass Sie hergefunden haben. Sie sehen bezaubernd aus.“
Ria errötete. Es war nicht selten, dass sie Komplimente für ihr Aussehen bekam. Trotzdem machte es sie verlegen.
Greene sah sich um. „Ich würde Sie ganz gern zu einem Glas Sekt einladen, aber mir gefällt die Umgebung hier nicht. Es sind einfach zu viele Ohren, die zuhören“, sagte er.
Ria erstarrte innerlich. Was meinte er damit? Sie hatte schon früher gehört, dass die Stasi in Hotels ausländische Gäste belauschen würde. Ahnte Greene etwas?
Geistesgegenwärtig lächelte sie ihn an. „Wir wollten uns ja sowieso die Stadt ansehen, nicht?“
Nachdem Greene seinen Mantel geholt hatte, liefen sie Richtung Stadtzentrum. Fieberhaft überlegte Ria, was sie mit ihrem Begleiter anfangen sollte. Sie passierten den Hauptbahnhof und hielten sich etwas rechts. Vor einer Hausfassade stand eine Menschenschlange. Ria war noch nie im „Esplanade“ gewesen, wusste aber, dass die Schlange vor dem Eingang zu diesem Tanzlokal stand.
Sie erklärte Greene, dass es ein angesagter Klub war. Er wollte hinein, also stellten sie sich an. Nach fünf Minuten wurde es Greene zu viel. „Wie lange muss man hier warten?“, fragte er.

Eine junge Frau vor ihnen drehte sich um. „Es ist Messe“, erklärte sie. „Da kommen erst mal nur die mit Westgeld rein.“

Ria wollte schon weitergehen. Vielleicht war die Moritzbastei ja doch eine Alternative?

Greene jedoch kramte seine Brieftasche hervor und zog einen Geldschein raus. Dann nahm er Rias Hand und lief mit ihr an der murrenden Schlange vorbei zum Eingang des Lokals. Er klopfte kräftig an die Tür und wedelte mit dem Geldschein vor dem Türspion. Die Tür öffnete sich sofort, der Türsteher nahm den Schein wie selbstverständlich in Empfang und winkte einen Kellner herbei. Sie bekamen einen Tisch für zwei in der Nähe der Tanzfläche.

Triumphierend setzte sich Greene und sagte: „Na, das ging doch gut. Oder?“

Beifall heischend schaute er Ria an. In ihr kämpften die Gefühle. Sein protziges Gehabe stieß sie ab, aber sie genoss es auch, so verwöhnt zu werden. Er bestellte Wein für beide.

Dann unterhielten sie sich. Er erzählte freimütig von seiner Arbeit als Ingenieur für Liebherr. Von den technischen Sachen verstand Ria nicht viel, versuchte aber trotzdem, sich so viel wie möglich einzuprägen. Zwischendurch verschwand sie einmal auf die Toilette, um sich dort ein paar Notizen zu machen.

Sie bestellten Abendessen. Beim Blick in die Karte wäre Ria fast der Appetit vergangen, denn die Preise hatten wahrlich Messeniveau.

Greene bemerkte es offensichtlich. „Ich lade Sie ein, Fräulein Vietze“, sagte er. „Das geht alles über Spesen, heißt, die Firma zahlt.“

„Aha“, dachte Ria, „wenn das so ist, kann man großzügig sein.“
Sie bestellten Steak mit Würzfleisch und Pommes frites. Greene kannte das nicht, als Ria jedoch lächelnd sagte: „Das ist Pflicht in Sachsen“, fügte er sich.
Beim Essen plätscherte das Gespräch weiter, aber Ria fühlte sich merkwürdig verkrampft. Sie war sonst eine charmante Plauderin, konnte gut zuhören und locker erzählen. Aber heute fühlte sie sich beobachtet. Vor allem von sich selbst. Kam sie natürlich rüber? Wenn sie etwas fragte, klang es womöglich, als wollte sie den Mann aushorchen? Die ganze Zeit flirtete Greene heftig mit ihr. Sie war sicher, dass er gern mit ihr ins Bett gehen wollte. Aber Leutnant Hasse hatte gesagt, dass sie das nicht müsse. Es wäre sogar besser, wenn sie das nicht tun würde.
Sie brauchte eine Pause. Sollte sie vor die Tür gehen?
In diesem Moment spielte die Musik endlich eines ihrer Lieblingslieder: Cindy Lauper sang „Girls Just Want to Have Fun“.
Sie sprang auf. „Komm“, sagte sie zu dem überraschten Greene. „Lass uns tanzen.“
Sie bemerkte gar nicht, dass sie ihn plötzlich duzte. Dann stürmte sie auf die Tanzfläche und tanzte so wild wie lange nicht. Greene versuchte nicht einmal, es ihr gleich zu tun. Er bewegte sich eher behäbig und bemühte sich, den Rhythmus zu erwischen. Ria aber tanzte sich die Beklemmungen, die Unsicherheit, den Frust der letzten Tage aus dem Leib. Jetzt war sie wieder sie selbst.

47
RIA ERSTATTET BERICHT

DDR 1988

Fast eine Stunde hatte sie in der konspirativen Wohnung Zettel um Zettel vollgeschrieben. Die Hand tat ihr langsam weh, aber die Aussicht, mit diesem Bericht wieder in ihr altes Leben zurückzukehren, beflügelte sie. Inzwischen kam sich Ria vor wie bei der Prüfung zum Abschluss der zehnten Klasse. Da musste auch ein ellenlanger Aufsatz geschrieben werden.

Nicht alles, was Gary ihr erzählt hatte, schrieb sie auf, denn manches ging die Stasi einfach nichts an. Hauptsache, es sah nach viel aus und entsprach überwiegend der Wahrheit. Dann war sie die Typen los und konnte endlich wieder David anrufen. Mal sehen, was der zu ihrem Abenteuer sagte.

Sie schaute auf die Uhr. Die Stunde war um, jetzt konnte der Leutnant wieder hereinkommen, sie war fertig.

Hasse trat ein. Zufrieden betrachtete er den Stapel Papier. „Da waren Sie fleißig", lobte er. Er schaute flüchtig auf die Zettel. „Unterschreiben Sie bitte zum Schluss noch mit vollem Vor- und Zunamen und setzen Sie das heutige Datum darunter."

Ria tat es. Dann sah sie gespannt auf.

Hasse öffnete seine Aktentasche und zog einen Schlüsselbund hervor. Den legte er zwischen sich und Ria auf den Tisch. Sie blickte verständnislos darauf.

Er zog einen Schlüssel nach dem anderen am Ring zur Seite. „Das ist der Kellerschlüssel", erklärte er dabei. „Dies der

Haustürschlüssel, das der Wohnungsschlüssel. Und der kleine hier ist für den Briefkasten."
Ria schaute ihn noch immer fragend an und ganz langsam keimte eine Hoffnung in ihr.
Hasse lächelte. „Das sind die Schlüssel für Ihre Zwei-Zimmer-Wohnung in Grünau. Eine Vollkomfortwohnung mit Fernheizung, Gasherd und fließend warmem Wasser. Und es tropft nicht in die Badewanne."
Ria konnte sich einen kleinen Freudenschrei nicht verkneifen. „Meine Wohnung?", fragte sie fassungslos.
„Ja. Als inoffizielle Mitarbeiterin mit Feindberührung haben Sie gute Arbeit geleistet. Ich gratuliere, Genossin Vietze."
Ria konnte ihr Glück nicht fassen. Eine eigene Wohnung! David würde Augen machen.
Hasse sah ihr einen Moment lang zu, wie sie sich freute. „Ich denke, Sie sind jetzt so weit, den nächsten Schritt zu tun. Sie haben Talent. Wir erwarten von Ihnen noch viele gute Kontakte", sagte er lächelnd.
Ria brauchte einen Moment, bis sie begriff, was der Stasi-Leutnant da gerade gesagt hatte. Die ließen sie nicht los, die wollten, dass das immer so weiterging. Nichts mit altem Leben.
Entschlossen schob sie den Schlüsselbund von sich weg. „Das kann ich nicht tun!", sagte sie entschieden.
Hasse entgleisten die Gesichtszüge. Eben noch lächelnd, wurde seine Miene jetzt zu einer wütenden Grimasse. „Was soll das heißen? Glauben Sie, dass Sie Ihre Schuld an der Gesellschaft bereits abgetragen haben? Wir sind noch lange nicht fertig mit Ihnen!"
Ria brach in Tränen aus. „Aber ich kann das nicht!"

„Was heißt, Sie können nicht? Sie wollen nicht! Es ist Ihnen vielleicht nicht klar, Fräulein Vietze, aber wer nicht für uns ist, der ist gegen uns! Sind Sie gegen uns?“

Ria schwirrte der Kopf. War sie für „uns“? Wer war denn „uns“? War sie nicht auch „uns“? Wie konnte sie gegen sich sein, sie war doch „uns“!

Verzweifelt brach es aus ihr heraus: „Aber ich bin doch schwanger.“

Das schlug ein wie eine Bombe. Der Leutnant war tatsächlich sprachlos.

48
FLUCHT

DDR 1988
Völlig verstört verließ Ria die konspirative Wohnung. Hatte der Leutnant wirklich gesagt, sie solle ihr Kind abtreiben lassen? Oder hatte sie ihn in ihrer Not nur falsch verstanden? Was sollte sie denn jetzt tun? Was hatte sie für Alternativen? Sie saß in der Straßenbahn und unterdrückte mühsam Tränen der Verzweiflung. Sie bemerkte kaum, dass sie ihre zitternden Hände knetete, bis sie ganz rot waren. Eine ältere Frau saß ihr gegenüber und schaute sie mitleidig an.
„Na, Kindchen, ist alles gut?", fragte die Frau.
Ria sah sie an und nickte. Der Kloß in ihrem Hals verhinderte, dass sie sprechen konnte. Jetzt kullerten doch ein paar Tränen.
„Brauchst du Hilfe?"
Am liebsten hätte sie Ja gesagt; „Ja, ich brauche Hilfe." Aber die Frau konnte ihr nicht helfen. Wer konnte das schon? David? Sie hatte die letzten drei Wochen keinen Kontakt mehr mit ihm gehabt. Wie sollte sie erklären, was vorgefallen war, welche Entscheidungen sie getroffen hatte? Würde er das alles verstehen? Möglicherweise. Allerdings war er auch fest in dem System verankert, ließ keine Zweifel an der Rechtmäßigkeit der Taten der Polizei oder der Stasi zu. Würde er ihr glauben, dass ihr Kind von ihm war? Hätte er nicht zumindest Zweifel? Zweifel brächten ihre Liebe um! Und nun? Sollte sie ihr Kind umbringen?
Die Straßenbahn hielt und sie stieg aus. Sie hatte nicht auf ihre Umgebung geachtet und sah jetzt, dass sie am Karl-

Marx-Platz gelandet war. Gleich gegenüber war die Hauptpost. Sie war erst einmal dort gewesen. Menschenmengen belagerten den großen Innenraum und warteten auf ihre angemeldete Telefonverbindung in alle Welt. Die meisten warteten viele Stunden, um nach Afrika, Palästina oder Mittelamerika zu telefonieren. Angeblich gab es zu wenig Leitungen von der DDR ins Ausland, aber Ria hatte auch gehört, dass alle diese Telefongespräche abgehört würden.

Da wusste sie, mit wem sie reden wollte. Aber nicht hier und nicht jetzt.

Einige Stunden später stieg sie in der Philip-Rosenthal-Straße aus der Straßenbahn und lief in die „Straße des 18. Oktober". Hier vor einem der Studentenheime standen zwei besondere Telefonzellen. Einer der Jungs aus ihrer WG hatte es ihr erzählt.

„In dem Wohnheim wohnen etliche ausländische Studenten", hatte er erklärt. „Irgendwer ist in der Lage, die Apparate in den Telefonzellen so zu manipulieren, dass man umsonst überallhin telefonieren kann. Die Post bekommt das nach ein paar Tagen mit und ändert das, aber dann kommt wieder einer, der das kann und das Spiel geht von vorn los."

So eine Telefonzelle wollte sie jetzt aufsuchen. Hoffentlich führte nicht gerade einer der Afrikaner ein Bandwurmgespräch nach Hause. Oder die Post hatte das Telefon wieder umgestellt.

Sie hatte Glück, beide Zellen waren leer. Sie ging hinein und wählte eine Nummer, die sie sich auf einen Zettel geschrieben hatte. Die hatte sie bei den Berichten für den Stasileutnant „vergessen" aufzuschreiben.

Es tutete. Es tutete ein zweites Mal. Vor Nervosität begann sie an den Nägeln zu kauen. Nach dem fünften Mal wollte sie schon enttäuscht auflegen, als jemand an den Apparat ging. Eine brüchige, ältere Männerstimme meldete sich: „Hauke?"
„Ja, guten Tag." Vor Aufregung fing Ria fast an zu stottern. „Hier ist Ria, ich wollte Gary sprechen."
„Gary ist nicht da. Können Sie in einer Stunde wieder anrufen?"
„Ja. Na ja. Aber … Ja." Sie legte auf. Und nun? Wenn sie jetzt hier wegging, konnte es sein, dass jemand anderes die Zelle okkupierte. Allerdings konnte sie auch schlecht eine Stunde davor stehen bleiben, das wäre zu auffällig.
Hilflos schaute sie sich um. Gleich nebenan war der Eingang zum Wohnheim. Langsam ging sie darauf zu und setzte sich auf eine Treppenstufe. Vielleicht blieb sie einfach hier sitzen und beobachtete die Zelle und die Straße. Wenn sich jemand auf dem nächtlichen Gehsteig näherte, könnte sie aufspringen und in die Zelle huschen. Notfalls könnte sie, falls derjenige dann vor ihrer Telefonzelle wartete, mit der automatischen Zeitansage telefonieren.
Nachdem Ria sich das alles im Kopf zurechtgelegt hatte, wurde sie ruhiger. Vielleicht sollte sie sich jetzt mal überlegen, was sie zu Gary sagen würde.

„Hauke?" Wieder die brüchige Stimme. Er hörte nur kurz ihren Namen und reichte den Hörer weiter.
„Ria! Das ist ja eine schöne Überraschung. Von wo rufst du an?", fragte Gary. Er klang wirklich angenehm überrascht.

Sie beschrieb es ihm. „Denkst du, wir können ungestört reden?“, fragte sie dann.
Gary zögerte mit der Antwort. „Eher nicht“, sagte er. „Was ist denn dein Problem?“
Gut, dass Ria sich das vorher überlegt hatte. „Meine Mutter hat Geburtstag und ich möchte sie besuchen. Aber ich weiß nicht, ob ich lieber mit der Bahn oder mit dem Auto fahren sollte.“
Gary schien zu überlegen. „Bist du sicher, dass du zu Mutters Geburtstag möchtest?“, fragte er nach. „Weiß dein Verlobter davon?“
„Ich bin mir ganz sicher. Und nein, mein Verlobter weiß nichts. Ich möchte ihn überraschen.“
Wieder überlegte Gary. „Okay“, sagte er. „Ich schau mal in den Fahrplan und sag dir dann Bescheid.“
Ria war erleichtert. Er würde ihr helfen. „Wann sagst du mir Bescheid?“
„So in ein, zwei Tagen. Ich melde mich bei dir.“ Dann knackte es. Er hatte aufgelegt.
Zum ersten Mal an diesem Tag war Ria richtig froh. Gary würde ihr helfen. Sie war gespannt, wie er zu ihr Kontakt aufnehmen wollte.

Sie brauchte eine halbe Stunde, bis sie wieder vor ihrem Wohnhaus in Connewitz ankam. Vor der Tür stand ein beiger Wartburg. Ein Mann mittleren Alters stieg aus. Er hatte seine Schirmmütze tief in die Stirn gezogen und hob leicht die Hand, um ihre Aufmerksamkeit zu bekommen. Ihr Herz klopfte bis zum Hals: War das schon die Stasi, die das Telefonat abgehört hatte?

Verzweifelt überlegte sie, wegzulaufen. Aber wo sollte sie hin? Zögernd ging sie auf den Mann zu. Er schaute ungeduldig zu, wie sie immer langsamer wurde. Dann zischte er: „Kommen Sie. Fallen Sie mir um den Hals."
Sie war verwirrt, tat aber, was er gesagt hatte. Als sie ihm um den Hals gefallen war, lachte er sehr laut und gab ihr einen Kuss auf die Stirn.
„Steigen Sie in den Wagen." Wieder zischte er, sodass nur sie es hören konnte. Mit zitternden Knien setzte sie sich auf den Beifahrersitz. Sie begriff immer noch nicht, was das alles sollte. Der Mann stieg ebenfalls ein und fuhr langsam los.
Dann sprach er zum ersten Mal normal mit Ria. „Schöne Grüße von Gary. Entschuldige die Umstände, aber du durftest auf keinen Fall in deine Wohnung zurück. Jetzt ist Geschwindigkeit alles."
Ria fiel ein riesiger Stein vom Herzen. „Sie kommen von ihm?", fragte sie und fand im selben Moment die Frage überflüssig.
„Ja. Und jetzt hör genau zu. Wenn wir angehalten werden, sind wir alte Bekannte und haben uns während der Messe wiedergesehen. Wir duzen uns schon lange. Ich bringe dich jetzt zur Arbeit. Offiziell. Aber Gary hat für dich heute die Flucht organisiert. Deshalb musst du meinen Anweisungen genau folgen."
Er fuhr sie bis kurz vor den Haupteingang des Militärkrankenhauses. Sie stieg aus, lief an der Apotheke vorbei in Richtung Parkplatz, grüßte ein paar Kolleginnen, die von der Spätschicht kamen, und verließ durch den Hinterausgang das Gelände. Jetzt setzte sie eine Pudelmütze auf den

Kopf, die ihre auffälligen roten Haare verbarg und ging rasch in eine kleine, ruhige Seitenstraße.
In Richtung der Felder befand sich eine Garagensiedlung aus mehreren Reihen Garagen mit grau gestrichenen Holztüren. Sie zählte die Reihen und klopfte an die angegebene Tür. Die wurde sofort geöffnet.
In der Garage stand ein Westauto. Ria kannte das Fabrikat nicht, aber hatte einen Blick auf das Nummernschild erhascht. Es war eine Nummer, beginnend mit „CD“: ein Diplomatenauto. Ein anderer Mann, glattrasiert und nach Rasierwasser duftend, hieß sie, auf der Rückbank Platz zu nehmen, und fuhr den Wagen aus der Garage.
Unterwegs beschrieb er den weiteren Ablauf. „Wir fahren jetzt etwa eine Stunde Richtung Berlin. Wir halten noch einmal, da kannst du austreten und dann kommst du ins Versteck. Wenn du da drin bist, mach keinen Mucks. Es dauert nicht lange, dann sind wir durch die Grenzkontrolle. In Berlin fahre ich dich zum Flughafen und du fliegst nach Frankfurt. Das Ticket bekommst du von mir. Alles klar?“
Ria nickte beklommen. Es ging alles so schnell. Und so organisiert. Ihr kam der Gedanke, dass diese Leute das nicht zum ersten Mal machten. Es sollte also alles funktionieren. Aber was wäre dann? Was würde sie im Westen erwarten? Sie begann zu weinen. Der Fahrer hatte offensichtlich ihre Verfassung im Rückspiegel bemerkt: „Nu, nu“, sagte er. „Es wird schon alles gut.“

„Möchtest du was essen oder ein Glas Wein?“, fragte Ria.
David schüttelte den Kopf.

„Also ich hole mir ein Glas Wein." Ria stand auf und ging zum Kühlschrank.
„Na gut, dann bring mir auch was mit." Er sah ihr zu, wie sie mit den Gläsern hantierte. Sie hatte ihre Schwangerschaft erwähnt. Was war mit dem Kind? Sollte er fragen? Er musste es wissen, wollte sie aber auch nicht drängen. Wenn sie soweit war, würde sie es ihm erzählen. Er stand auf und folgte ihr in die Küche, nahm das Glas Wein entgegen.
Sie prosteten sich still zu. Dann sagte David: „Ich habe nie geglaubt, dass du ein Republikflüchtling bist. Ich habe bis heute emotionale Probleme mit Menschen, die stolz im Fernsehen verkünden, dass sie uns mit unseren Sorgen damals alleingelassen haben."
„Emotionale Probleme?"
„Ich kann sie nicht leiden."
Ria starrte ihn fassungslos an. „Wie? Du kannst sie nicht leiden? Weißt du denn, was sie durchgemacht haben, bis sie so weit waren, ihr Land, ihre Heimat zu verlassen? Alles hinter sich zu lassen, ihre Freunde, Familie, Beruf und Zukunft? Was weißt du darüber, wie es einem ergeht, fern von zu Hause? Das Herz zerrissen von Heimweh und Sehnsucht nach den vertrauten Geräuschen und Gerüchen. Und zu wissen, dass man dich dort stigmatisiert, dich einen Verräter nennt."
David war zusammengezuckt, als es so aus Ria herausbrach. „Bist du denn sicher, dass die alle in der DDR so furchtbar gelitten haben? Dass sie nicht auch oft wegen des Geldes abgehauen sind?"
„Du meinst, weil ich hier im Luxus lebe, hast du das Recht, mich zu verurteilen." Ria hatte Tränen in den Augen.

„Ich rede doch gar nicht von dir. Aber es gab genug Menschen, die ihre Privilegien hatten, Haus und dickes Auto und gedacht haben, im Westen könnte es ihnen noch besser gehen. Und diese Gier dann mit politischen Bauchschmerzen vor sich und der Welt begründet haben."

„Vielleicht gab es die." Ria hatte die Stimme erhoben. „Aber ich bin ganz sicher nicht wegen des Geldes fortgegangen. Ich wollte nur nicht weiter die Stasi-Hure sein." Dann fügte sie leiser hinzu: „Und das Leben meines Kindes schützen."

David war erregt. „Und du fandest die Idee, mit mir zu reden, wirklich völlig abwegig?"

„Sag mal, David, das kannst du doch nicht vergessen haben. Die Stasi war allmächtig. Wenn du dich ihnen in den Weg gestellt hättest, sie wären über dich hinweggerollt wie einer deiner Panzer. Du hättest vielleicht noch bei der Müllabfuhr einen Job bekommen, aber du wärst mit Sicherheit kein Offizier geworden."

David schluckte. Sie hatte recht, das wollte er jedoch noch nicht zugeben. „Du meinst also, du hast mich mit deiner Flucht beschützt?"

Einen Moment lang war es still zwischen den beiden. Dann kam Ria näher auf David zu, schaute ihn lange an und begann zu lächeln. „Und das dir, der du doch immer alle beschützen willst. Ja, ich wollte auch dich schützen." Sie zog mit beiden Händen seinen Kopf zu sich runter und küsste seine Lippen. Dann schob sie ihn wieder weg. „Aber lass uns nicht über die Vergangenheit streiten", sagte sie. „Ich habe längst alle Schiffe hinter mir verbrannt."

„Aber bleiben nicht auch nach dem Brand der Schiffe ein paar verkohlte Balken zurück, die im Wasser treiben?"

„Was meinst du damit?" Ria sah David fragend an.
„Na, ich meine: Du hast wirklich alle Verbindungen in die Heimat gekappt. Aber hattest du nie Lust, dir das neue Deutschland anzuschauen?"
„Das neue Deutschland", sagte Ria gedehnt. „Nein!"
„Und die Menschen, die du zurückgelassen hast?"
„Die meisten sind inzwischen tot. Und selbst mein Verlobter …" Sie sah ihn an und er bemerkte den Schmerz in ihren Augen. Ihm schien, als würde es doch noch etwas zwischen ihnen beiden geben. Er wollte sie schon danach fragen, als die Tür aufging und Pereira und Greene hereinkamen.
„Ah, die Turteltäubchen." Ria zuckte bei Pereiras Worten zusammen.
Greene grinste, sah ihre Weingläser und stieß Pereira an. „Komm, das sieht gemütlich aus. Wir nehmen uns auch was zu trinken und setzen uns dazu."
David war schon wieder sauer. Er konnte wahrscheinlich beim Anblick Greenes nicht anders, als sauer zu werden. Trotzdem versuchte er, locker zu wirken.
„Sag mal, Gary", sagte er. „Als wir uns letztes Jahr in Lima getroffen haben, warst du Mitarbeiter des Kulturattachés in der amerikanischen Botschaft in Peru. Und jetzt bist du in La Paz, in Bolivien?"
Greene grinste breit und nahm sein Weinglas am Kelch in die Hand. „Ich arbeite jetzt für die amerikanische Entwicklungshilfe USAID. Leider hat John Kerry letztens bei einer Anhörung vor dem Senat in Washington den Präsidenten Boliviens verärgert, indem er Lateinamerika als Hinterhof der USA bezeichnet hat. Das war ungeschickt, das kann man denken, aber …"

„Komm Gary, bleib fair“, fiel ihm Ria ins Wort. „Die USAID hat doch schon vor der Wahl von Morales dessen Konkurrenten mit viel Geld unterstützt, statt sich um Bildung und Armutsbekämpfung zu kümmern. Kerrys Äußerung war der Anlass, aber nicht der Grund für euren Rauswurf.“
„Sie haben euch rausgeworfen?“, fragte David überrascht.
Ria redete einfach weiter. „Außerdem ist es doch ein offenes Geheimnis, dass die CIA die USAID unterwandert hat und für ihre Zwecke missbraucht. Nicht wahr, Gary?“ Die letzten Worte betonte sie ganz besonders.
Der Angesprochene grinste überheblich und trank einen großen Schluck Wein.
„Aber wenn ihr hier nicht mehr arbeiten dürft, was machst du dann hier?“, fragte David.
„Ich räume auf. Und ich stelle Weichen für die Zeit nach Morales. Der kann schließlich nicht ewig Präsident sein.“ Greene hatte, während er sprach, einen Seitenblick auf Pereira geworfen. Der nickte nur knapp und schien ansonsten damit beschäftigt, Ria und David zu fixieren. „Und?“, fragte Greene dann. „Was macht ihr so Schönes? Die alte Liebe etwas auffrischen?“
„Reiß dich zusammen“, zischte Ria und funkelte ihn aus ihren grünen Augen an.
Greene hob die leere Hand und bedeckte seine Augen damit. „Nicht dieser Blick, Ria, nicht dieser Blick.“ Er lachte wieder und trank einen Schluck Wein.
„Der Mann hat einen mächtigen Zug am Leib“, dachte David. „Wer weiß, wie viel die beiden schon intus haben.“
Einen Moment war es still. Dann sagte Ria: „Ich war dabei, David zu erzählen, wie ich im Westen angekommen bin.“

„Ach so“, sagte Greene. „Das ist ja dann wohl der Zeitpunkt, an dem ich in der Geschichte auftrete.“
Ria lächelte leicht. „Ohne dich hätte es die ganze Geschichte nicht gegeben. Du hast schließlich die Flucht organisiert.“
Jetzt wurde Greene zum ersten Mal an dem Abend ernst. „Es ist ja mittlerweile über zwanzig Jahre her, da kann ich wohl erzählen, was so im Hintergrund geschah, während du raus wolltest.“ Einen Moment schien er seine Gedanken zu sammeln. „Als dein Anruf kam, war ich völlig überrascht“, begann er. „Zuerst hatte ich kurz den Gedanken, dass es eine Falle von Mischa war.“
„Mischa? Wer ist Mischa?“ Pereira sprach mit schwerer Zunge.
„Mischa war der Deckname von Markus Wolf, General Markus Wolf. Er war Leiter der Hauptverwaltung Aufklärung, dem Auslandsgeheimdienst der Stasi. Wir wussten von ihm, hatten aber bis 1989 nicht mal ein Foto von ihm, außer einem unscharfen Schnappschuss, der in Finnland aufgenommen worden war.“ Greene klang jetzt nachdenklich. „Uns war klar, dass Ria auf uns angesetzt war. Es war Strategie der Stasi, westdeutsche Menschen anzusprechen und einen festen Kontakt herzustellen. Meist geschah das in Urlaubsgebieten wie Jugoslawien oder Rumänien und Bulgarien. Einige Zeit nach dem Urlaub sollten die Angesprochenen wieder in die DDR einreisen, um die Urlaubsbekanntschaft fortzuführen. Dann trafen sie aber nicht auf den Urlaubsflirt, sondern auf Offiziere des Geheimdienstes. Die sollten sie überzeugen, für die Stasi zu arbeiten.
Auch die Messe war so ein beliebter Punkt. In den Hotels in Leipzig saßen junge Frauen an der Bar und ließen sich

ansprechen, um dann Informationen aus den Männern herauszuholen. Ria war allerdings etwas Besonderes. Sie war nicht nur unglaublich hübsch, sondern auch schüchtern. Ich hatte die ganze Zeit das Gefühl, dass sie echt war, nicht auf mich angesetzt."
David warf einen Blick auf Ria. Sie hörte Greene aufmerksam zu.
„Als die Messe vorbei war, wusste ich, dass ich sie nicht wiedersehen würde. Dann kam der Anruf. Bei mir wurde es hektisch, ich telefonierte sofort mit meinem Vorgesetzten. Der riet mir, die Finger davon zu lassen. Aber die Aussicht, Ria noch einmal zu treffen, ließ mich alle Vorsicht vergessen. Also organisierte ich die Flucht über eine professionelle Organisation und traf sie in Frankfurt. Ich brachte sie in einem Hotel unter und besorgte ihr was Vernünftiges zum Anziehen. Die Kollegen von der Abwehr haben sie drei Tage lang befragt und fanden sie unbedenklich. Und dann hatte ich sie wieder an der Backe." Greene lachte laut.
„Stimmt doch", sagte er direkt zu Ria gewandt. „Was sollte ich mit dir anfangen? Im Westen warst du mir nicht mehr nützlich." Ria sah ihn regungslos an. Unter ihrem Blick wand sich Greene und sagte, etwas kleinlauter: „Aber ich habe mich um dich gekümmert."
Ria zuckte mit den Schultern und ging ohne ein Wort aus dem Zimmer. Pereira sprang auf und folgte ihr.
„Was heißt, du hast dich um sie gekümmert?", fragte David.
„Mir kam die Innenpolitik der USA zu Hilfe. Schon unter Nixon war der Krieg gegen die Drogen ausgerufen worden. Eigentlich sollte die DEA den Krieg gewinnen, aber letztlich haben Dutzende konkurrierende Behörden und Dienste da-

rin mitgemischt. Es gab auch immer leichter Budget, wenn du auf den Antrag ‚War on Drugs' geschrieben hast. 1988 sollte Schluss damit sein, man gründete das ‚Office of National Drug Control Policy', das alle Aktivitäten koordinieren sollte. Auch meine Firma wurde zur Zusammenarbeit angewiesen. Als Erstes wurde eine neue Strategie entwickelt. Wir sollten nicht mehr die Drogentransporte auskundschaften, sondern direkt die Organisationen infiltrieren und steuern."

„Ich bin gespannt, wie Ria da ins Bild passt."

„Ich komme gleich zu ihr, David. Wir hatten damals einen jungen Diplomaten aus Paraguay im Visier. Der verfügte über beste Verbindungen zu einer der reichsten und kriminellsten Familien Paraguays. Wenn wir ihn in der Organisation des Schmuggels von Zigaretten, Gold oder auch Drogen platzieren könnten, hätten wir einen unschätzbaren Hebel für alle möglichen Aktionen gehabt. Das Problem war: Wir mussten ihn für eine Zusammenarbeit gewinnen und seine Loyalität uns gegenüber absichern. Das Gute war: Der Diplomat war jung, gut aussehend und ledig und er war in der Botschaft Paraguays in Bonn tätig." Greene schaute David triumphierend an. „Und dann hatte ich eine geniale Idee: Ich würde Ria mit Pereira bekanntmachen und mit etwas Glück …"

„Du hast sie verkuppelt?" David wollte nicht glauben, was ihm Greene da gerade erzählte. „Erst macht die Stasi sie zur Hure und dann schickst du sie auf den Strich wie so ein Zuhälter? Was bist du bloß für ein Mensch? Sie hat dir doch vertraut."

Greene schien von Davids Ausbruch überrascht. Dann stellte er das Glas so hart auf, dass der Stiel abbrach. Er warf mit einer heftigen Handbewegung den Kelch mit dem Rest Rotwein in die Zimmerecke und brüllte: „Was fällt dir ein? Ich war für sie da. Ich habe ihr eine Zukunft gegeben, eine reiche Zukunft. Du warst nicht da, hast dich in Angola rumgetrieben."

David stutzte. Woher wusste Greene von Angola? Egal! Jetzt war er auch richtig sauer.

„Das nennst du eine Zukunft?", rief er. „Konkubine eines Drogenschmugglers? Abhängig von einem Verbrecher. Hast du sie jemals richtig kennengelernt? Sie war immer ein unabhängiger Mensch, wollte immer frei sein."

Als er Luft holte, hörten beide Männer, dass auch vor der Tür laut gestritten wurde. Dann wurde die Tür aufgerissen. Ria rief Pereira etwas zu, was David nicht verstand. Pereira brüllte ebenso unverständlich zurück. Ria knallte die Tür hinter sich zu und setzte sich auf ihren Platz.

Heftig atmend saß sie einen Moment da, um dann gleich wieder aufzuspringen. Sie lief zur Bar mit der Weinflasche und goss sich ein frisches Glas voll. Dabei bemerkte sie die Scherben von Greenes Glas und stutzte. Mit einer wegwerfenden Handbewegung und einem verächtlichen Blick auf Greene setzte sie sich endgültig hin.

„Und, habt ihr euch gut unterhalten?", fragte sie tonlos.

David vermochte noch nicht zu antworten. Das tat Greene.

„Klar, wir haben nett über die alten Zeiten geplaudert."

Ria nickte, schien aber nicht zugehört zu haben. „Wir sollten alle ins Bett gehen. Morgen ist auch noch ein Tag."

49
DER BALL

Bolivien 2013
Auch am nächsten Morgen frühstückten sie zu zweit. Ria hatte Brot besorgen lassen, das deutschem Brot ähnlich sah. „Trinkst du immer noch so gern Kaffee wie früher?", fragte sie.
David musste an ihr Nest in Radebeul denken und nickte. „Ich hatte etwas Mühe, in San Pedro vernünftigen Kaffee zu bekommen, aber mit Geld …"
Während Ria Kaffee kochte, schnitt er das Brot auf. Delilah fiel ihm ein und wie er zuletzt mit ihr in Frankreich gefrühstückt hatte. Es schien eine Ewigkeit her zu sein. Er schaute auf Rias Rücken und die locker darüber fließenden roten Haare und versuchte, in sich hineinzuhören, was für Gefühle er für sie empfand. War das noch oder schon wieder Liebe? Zwischen ihnen standen mehr als zwanzig Jahre unterschiedliche Lebenserfahrungen. Aber diese alte Vertrautheit war trotzdem wieder da. Und das Bedürfnis, seine ehemalige Verlobte anzufassen, sein Gesicht in ihren Haaren zu vergraben, ihren Hals zu streicheln.
Ria schien seinen Blick zu spüren und drehte sich um. „Jetzt frühstücken wir wieder fast so wie früher in unserem Nest in Radebeul", sagte sie und lächelte.
„Lustig, dass du auch gerade an unser Nest denken musstest", antwortete David. Ria hatte sich wieder umgedreht, stand mit dem Rücken zu ihm und goss Kaffee in zwei Tassen. Er schaute auf ihren Rücken. „Was ist mit deiner Schwangerschaft passiert?", fragte er endlich.

Einen kurzen Moment erstarrten Rias Handbewegungen. Dann sagte sie, ohne sich umzudrehen: „Das Kind habe ich verloren."
Ihr Tonfall sagte David, dass er nicht weiterfragen sollte. Er nickte vor sich hin. Er vermutete, dass der ganze Stress mit der Flucht und dem neuen Leben im Westen zu viel für den Körper der jungen Frau gewesen war.
„Wie ging das dann weiter mit Pereira?", wechselte er rasch das Thema.
Ria stellte die beiden Kaffeetassen auf den Tisch und setzte sich. „Greene kam in das Hotel, wo er mich untergebracht hatte."

BRD 1988
Schon an der Tür krähte er vergnügt: „Pack deine Sachen, wir gehen einkaufen. Und heute Nachmittag fahren wir nach Bonn."
Viel zu packen hatte Ria nicht, also zog Greene zwei Stunden mit ihr durch die Frankfurter Nobelgeschäfte. Am Ende hatte sie eine komplette Abendgarderobe, einschließlich Spitzenunterwäsche.
Ria war verwirrt. Das ging alles so schnell. Und Abendgarderobe war das Letzte, was sie sich selbst gekauft hätte. Andererseits war sie begeistert von den schönen Läden, den freundlichen Verkäuferinnen und natürlich von Gary. Ein wenig störte sie allerdings seine dominante Art. Er entschied, was gekauft wurde, er hatte das Geld. Aber er hatte zum Glück auch Geschmack. Er empfahl ihr Sachen, die sie selbst nicht anprobiert hätte, aber wenn sie sich

dann im Spiegel besah, war sie glücklich. Jetzt würde sich alles zum Guten wenden.
Am Nachmittag fuhren sie mit dem Auto nach Bad Godesberg. Greene hatte zwei nebeneinanderliegende Zimmer im Hotel gebucht.
„Mach dich schick. Um 19.00 Uhr werden wir abgeholt", trug er ihr auf.
Als Ria in ihren neuen Sachen in der Limousine neben Greene saß, war ihr schwindelig. Das Tempo der Veränderungen war atemberaubend. Greene öffnete eine Flasche und goss einen perlenden Wein in ein langstieliges Glas.
Als er mit ihr anstieß, sagte er: „Wir fahren zum Ball der Österreichischen Gesellschaft hier in Bonn. Das ist die Miniausgabe des Wiener Opernballs. Der Wiener Bürgermeister wird auch da sein. Und alles, was glaubt, wichtig zu sein. Keine Angst vor großen Tieren! Halt dich an mich, ich helfe dir. Und denk immer dran: Die Typen glauben alle, sie sind was Besonderes, aber am Ende sind sie alle nackt unter ihren teuren Klamotten. Also entspann dich!" Dann fügte er noch, mit einem zweifelnden Blick in die Ecke, in der Ria saß und aufmerksam zuhörte, hinzu: „Du weißt, was ein Opernball ist?"
Ria fuhr hoch. „Natürlich weiß ich, was der Wiener Opernball ist. Glaubst du, nur weil ich aus dem Osten komme, bin ich dumm?"
Greene war überrascht von ihrem Ausbruch und murmelte eine Entschuldigung.
Das große Auto hielt vor der beeindruckenden Fassade der Redoute, einem klassizistischen Bau, hell erleuchtet und mit vielen Menschen davor. Die Autotür wurde von außen

geöffnet. Ein Mann mit Zylinder und Uniform hielt ihr die Hand entgegen und half Ria beim Aussteigen. Dann war auch schon wieder Greene an ihrer Seite und sie legte ihre Hand auf seinen Arm. Das hatte sie schon im Film gesehen. Und wie ein Film kam ihr das Ganze auch vor, wie Aschenputtel, nur schöner.

Greene stellte ihr verschiedene Männer vor. Meist ältere Herren, viele im Frack, die sich über ihre Hand beugten und einen gehauchten Kuss andeuteten.

Langsam wich die Anspannung von Ria und sie begann ihre Umgebung zu mustern, die großen Kronleuchter, die teuren Möbel. Sie nahm sich, genau wie Gary, der nicht von ihrer Seite wich, ein Glas von einem Tablett. Auf ihre geflüsterte Frage: „Champagner?", nickte er leicht. Diesmal stießen sie nicht an.

Das zweite Glas Perlwein schien ihr sofort in den Kopf zu steigen. Dann begann die Musik zu spielen: Wiener Walzer. Einen Moment war sie geschockt. Jetzt tanzen, in dem langen, teuren Kleid? Sie rief sich aus den Tanzstunden in der Schule die Schritte ins Gedächtnis. Gary nickte ihr zu und legte den Arm um sie. Anfangs kam sie sich noch hölzern vor, aber dann ließ sie sich auf Greenes Führung ein und begann zu schweben. Ihr Blick wanderte von seiner Fliege zu seinen Augen. Die lächelten und sie spürte seine Bewunderung.

Nach einem weiteren Tanz nahm Gary seine Wanderung durch den Saal wieder auf. Vor einem einzelnen Mann blieben sie stehen. „Señor Pereira, schön Sie hier zu treffen." Gary schien den Mann zu kennen.

Pereira begrüßte den Amerikaner etwas reserviert. Zumindest schien es Ria so. Sie sah ihn sich genauer an. Ein junger, großgewachsener, schwarzhaariger Mann mit modischem Schnurrbart. Er war vielleicht Anfang dreißig und betrachtete Ria mit unverhohlenem Interesse. Unter seinem Blick wurde ihr etwas unbehaglich.
Dann setzte die Musik wieder ein. Pereira beugte sich zu Ria vor. „Darf ich um diesen Tanz bitten?“, fragte er höflich. Ria schaute zu Greene. Der nickte und lächelte. Ein unergründliches Lächeln, wie Ria fand. Sie überließ Pereira ihren Arm und ging mit ihm auf die Tanzfläche.
Ria tanzte an diesem Abend noch öfter mit Pereira und unterhielt sich mit ihm. Er war ein charmanter Plauderer, der ihr von seiner schönen Heimat Paraguay erzählte. Er schwärmte so davon, dass Ria Lust bekam, dieses exotische Land einmal zu besuchen.
Als sie ihm das gestand, war Pereira wie elektrisiert. „Ich zeige Ihnen das ganze Land. Sie werden begeistert sein“, versprach er hastig.

David unterbrach Rias Erzählung. „Und dann bist du mit ihm dorthin gefahren?“
„Ganz so schnell ging es nicht. Ich blieb die nächsten Tage im Hotel. Jeden Abend holte mich Pereira ab und wir gingen ins Restaurant oder auch ins Kino. Wir kamen uns näher. Greene war zurück in Frankfurt, aber wir telefonierten jeden Morgen. Etwa eine Woche später war Gary wieder da. Ich war allein frühstücken gegangen, als er plötzlich neben meinem Stuhl stand.

‚Wir müssen uns unterhalten. Aber nicht hier', sagte er, weil ich ihm mit einer Handbewegung bedeutet hatte, Platz zu nehmen. Auf meinem Zimmer kam er gleich zur Sache: ‚Ich habe Pereira jetzt so weit, er wird dich heiraten.'
‚Was?' Ich war entsetzt. Tanzen mit Pereira? Ja! Flirten mit Pereira? Ja! Aber heiraten? Das kam nicht infrage. So sagte ich das dann auch; ‚Das kommt überhaupt nicht infrage.'
Gary guckte verdattert. ‚Wieso? Ich dachte, du magst ihn?'
Sicher mochte ich ihn, er war charmant, großzügig, gebildet. Aber ich war damals durchaus der Meinung, dass man sich lieben sollte, wenn man heiraten will. Und ich fühlte mich immer noch an unsere Verlobung, na, gebunden. Greene wurde stinksauer. Er blaffte mich an: ‚Dann such dir eine Bleibe, such dir einen Job. Ich werde dich nicht weiter aushalten. Ich habe schon genug Ärger mit meinem Boss für diese ganze Aktion. Krankenschwestern werden gesucht. Pack deine Sachen.'
‚Und wo soll ich hin?', wollte ich wissen.
‚Na, ins Auffanglager für DDR-Flüchtlinge in Marienfelde. Da gibt es Gemeinschaftszimmer, Kantinenessen, Gemeinschaftsduschen! Viel Spaß!' Ich zögerte, aber er schien das ernst zu meinen. ‚Na los, pack zusammen. Das Ballkleid kannst du behalten. Aber das Zimmer muss geräumt werden.'
Ich nahm das schöne Kleid aus dem Schrank und legte es aufs Bett. Der Stoff fühlte sich so gut an. In so einem Lager gab es wohl kaum Gelegenheit, es auszuführen. Und später? Wenn ich irgendwo in der Fremde von der Schicht im Krankenhaus kam? Wie war ich nur hier gelandet? Warum hatte ich meine Heimat verlassen? Zum x-ten Mal nach

meiner Flucht musste ich an dich denken. Mir kamen die Tränen.

Greene musste meine Gefühle bemerkt haben. ‚Hör mal: Wenn du zu Pereira gehst, werde ich immer für dich da sein, Tag und Nacht. Ich brauche dich doch. Wenn du willst, kann ich organisieren, dass du für die Firma arbeitest.‘

Ich schaute zu ihm hoch und überlegte. Jetzt also als Spitzel und Hure für den nächsten Geheimdienst? Nein! ‚Nein.‘ Greene guckte enttäuscht. ‚Ich werde für dich arbeiten‘, meinte ich dann, ‚aber nie für deine Firma. Und du schwörst mir, dass du immer auf mich aufpasst.‘

Greene ging zum Nachtschränkchen und öffnete die obere Schublade. Daraus entnahm er die obligatorische Bibel und drückte sie mir in die Hand. Ernst sah er mich an, legte die rechte Hand auf die Bibel und hob die Linke zum Schwur: ‚Ria Vietze, ich schwöre auf diese Bibel und bei meinem Leben, dass ich dich immer beschützen werde. So wahr mir Gott helfe.‘

Ich war beeindruckt. Du weißt, ich war nie gläubig, bin es bis heute nicht, aber ich wusste, dass er praktizierender Katholik ist. Ab da hab ich ihm vertraut.“

50
PEER GYNT

Bolivien 2013
Als Ria geendet hatte, ging sie zur Musikanlage und schaltete sie ein. Die Klänge kamen David bekannt vor.
„Was ist das?“, fragte er.
„Peer Gynt.“
„Ach richtig.“ Er erinnerte sich, hatte das Stück bereits früher gehört.
Sie setzte sich zu ihm auf die Couch und kam ganz nah heran. Vorsichtig legte er seinen Arm um sie. Sie ließ es geschehen und legte ihren Kopf an seine Schulter.
„Weißt du“, sagte sie dann. „Der zweite Teil erinnert mich immer an zu Hause.“
„Wie das?“
„Ich sehe bei der Musik immer unsere riesigen Wälder in Vorpommern vor mir, ab und zu einen See. Alles ist grün und saftig, dazu das Rauschen der Bäume. Dann bekomme ich immer Heimweh, dass es schmerzt.“
Er streichelte ihre Schulter. In dem zweiten Teil ging es um den Tod der Mutter von Peer Gynt. Aber das sagte er nicht.
Er hörte der Musik zu. „Morgenstimmung“ erklang, ein bekanntes Stück. Dann kam Ases Tod. Er schloss die Augen und war ganz eins mit Ria und der Musik. Und dann fühlte er es auch: Diese Weite, Ruhe, der erdige Geruch nach frisch gepflügtem Acker. Tränen stiegen in ihm auf und er dachte an den kleinen See, an dem er mit seinem Vater als Kind angeln gewesen war. In diesem Moment fiel

die Anspannung der letzten Wochen von ihm ab, kam er aus dem Gefängnis frei.
Die finalen Takte verklangen und Ria schaltete die Musik aus. Er öffnete die Augen. Sie hatte sich vorsichtig von seiner Schulter gelöst und sah ihm nun ins Gesicht, strich ihm über die Wange, eine Träne verwischend.
Es war still zwischen ihnen. Jeder hing seinen Gedanken nach.
David fragte leise in diese Stille: „Und du kommst sicher nicht wieder heim?"
Ria antwortete nicht.
David richtete sich auf und drehte sich vollends zu ihr um. „Verlass Pereira, komm mit mir. Ich habe Geld, wir können hingehen, wo wir wollen, uns was Neues aufbauen."
Sie schüttelte den Kopf. „Einen Mann wie Pereira verlässt man nicht. Er findet dich. Und selbst wenn wir uns vor ihm verstecken könnten, Greene und seine Firma finden uns auf jeden Fall."
„Was will Greene denn noch von dir?" David merkte, wie die Wut auf den Amerikaner schon wieder in ihm hochkochte.
„Er hat mich damals nicht umsonst zu Pereira geschickt."
„Er hat euch verkuppelt, willst du sagen."
„Sicher. Aber das war für ihn nicht Verlegenheit, weil er nicht wusste, was er mit mir anfangen sollte. Das war ein wohl kalkulierter Schachzug, ein langfristiger Plan, um Einfluss auf Pereira und seine Netzwerke zu bekommen. Er hat das doch gestern erzählt."
„Was sind das denn für Netzwerke?", fragte David nach.
„Pereira ist mit Horacio Cartes zusammen in die Goethe-Schule in Asunción gegangen. Dessen Onkel ist ein be-

kannter Drogenhändler. Seit diesem Jahr ist Horacio Staatspräsident von Paraguay. Aber es ist ein offenes Geheimnis, dass er selbst ein Schmuggler ist."
„Die Goethe-Schule ist eine deutsche Schule?"
„Ja, deshalb konnten wir uns von Anfang an gut unterhalten. Ich konnte keine Sprache außer Deutsch. Und etwas Russisch." Ria lächelte.
„Aber wenn er so gute Beziehungen zum Staatspräsidenten hat, warum habt ihr dann Paraguay verlassen?"
„Cartes ist zwar sehr reich, aber seine Vergangenheit hätte ihm auf die Füße fallen können. Darum hat er versucht, aufzuräumen. Einige Leute aus seinem früheren Umfeld verschwanden spurlos. Pereira hat er sogar persönlich gewarnt. Und dann habe ich Pereira gedrängt, abzuhauen. Ich weiß ja, wann es Zeit ist zu gehen."
David nickte versonnen in Erinnerung an ihre Erzählung.
„Und bei der Gelegenheit habe ich ihn auch überredet, aus dem Drogengeschäft auszusteigen."
„Er war also wirklich im Drogengeschäft?" Ria hatte es zwar schon mal angedeutet, aber jetzt ergab vieles, was sie erzählt hatte, viel mehr Sinn.
„Ja, von Anfang an, deshalb war ja Greene so scharf auf ihn. Er wollte über ihn den Drogenhandel infiltrieren. Greenes Firma weiß so viel über die Drogen, die Produzenten, die Schmuggelwege. Du machst dir keine Vorstellung."
„Und sie nutzen den Handel selbst, wenn sie ihn brauchen."
Ria schaute David groß an. „Woher weißt du das?"
„Ich denke da an die Finanzierung der Contras in Nicaragua. Da hat die CIA den Drogenschmuggel genutzt, um Gelder zu beschaffen, mit denen Waffen für die Konter-

revolutionäre in Nicaragua gekauft wurden", sagte David. „Greene war natürlich nicht begeistert über Pereiras Entscheidung. Aber was die beiden inzwischen aushecken, weiß ich nicht." Sie machte eine Pause und dachte nach. „Ich befürchte, die Katze lässt das mausen nicht. Vermutlich baut Pereira für seine Drogenkumpel Beziehungen hier zur MAS auf."

„Zur Regierungspartei von Morales?"

„Genau."

Beide schwiegen und hingen ihren Gedanken nach.

„Ich komme von diesen Männern wahrscheinlich nur los, wenn ich tot bin", sagte Ria resigniert.

Erschrocken sah David sie an. „Sag nicht so was. Damit macht man keine Scherze."

Sie lachte und gab ihm einen Kuss auf die Wange. „Nein, nein, so schnell stirbt es sich nicht." Dann schaute sie durch den Raum zur gegenüberliegenden Seite. „Siehst du das kleine Bild da?", fragte sie.

Er folgte ihrem Blick und sah ein Bild, nicht viel größer als ein Blatt eines Schreibblocks im Querformat. Es zeigte zwei menschliche Gestalten, schwarze Umrisse, an einem Strand.

„Ja, was ist das?"

„Das ist ein Gemälde von Caspar David Friedrich. Es heißt ‚Zwei Wanderer am Strande'. Pereira hat es mir vor einiger Zeit geschenkt."

David nickte, obwohl er nicht verstand. Was sollte jetzt das Gespräch über ein Gemälde, vermutlich eine einfache Kopie? Er wusste, dass Ria den Greifswalder Maler verehrte. Klar, dass sie ein Werk von ihm besaß.

„Er wollte mir damit eine Freude machen, sagte er. Das Bild ist ein Original und seit dem Zweiten Weltkrieg in Dresden vermisst. Er hat es aus irgendwelchen dunklen Kanälen gezogen."

Jetzt staunte David. Er stand auf, um es sich näher anzuschauen. Das Ölgemälde übte mit seiner Landschaft und seinen Figuren eine starke Faszination auf ihn aus.

„Und? Hast du dich gefreut?", fragte er und drehte sich zu ihr um.

„Ach weißt du, David, alles hat seinen Preis. Und wenn du eine Frau bist, erst recht. Er wollte, dass ich ihm einen Sohn schenke."

„Und?"

„Ich habe ihn hingehalten und dann abblitzen lassen. Seitdem hasst er mich und geht bei jeder sich bietenden Gelegenheit fremd."

„Aber ihr könntet euch doch scheiden lassen."

Ria lächelte traurig. „Er ist Katholik. Katholiken machen sich lieber das Leben auf Erden gegenseitig zur Hölle, als sich zu trennen."

Stille trat ein. David stand immer noch vor dem Bild und dachte an Dresden.

Ria schien seine Gedanken zu spüren. „Weißt du noch, Radebeul … wir hatten nichts, nur uns. Und ich habe immer geglaubt, das genügt nicht. Dabei war es die glücklichste Zeit meines Lebens. Du hattest eine Autoanmeldung und ich auch. Die Zeit sollte für uns arbeiten. Dabei war sie von Anfang an gegen uns."

Wieder erfüllte Schweigen den Raum.

Ria stand auf und ging auf David zu. „Glaubst du, dass wir das, was wir damals hatten, wiederfinden könnten?“ Sie stand vor ihm, wie damals auf der Brühlschen Terrasse in Dresden, vor ihrem ersten Kuss. Er legte, genau wie damals, seine Hände auf ihre Hüften und sie schaute zu ihm hoch. Dann schob sie seine Hände weg, ließ das Kleid von ihren Schultern gleiten und stand nackt vor ihm. David legte die rechte Hand auf ihre Wange, sie legte ihren Kopf schräg und schloss die Augen. Vorsichtig küsste er ihre Lippen. Seine linke Hand glitt von ihrer Schulter auf den Rücken.
„Ich habe dich so vermisst“, flüsterte er.
Die Tür wurde aufgerissen.
Pereira schnaubte. „Ich wusste es!“, rief er und stürzte davon. Ria stieß David von sich, zog hastig ihr Kleid hoch und rannte Pereira hinterher. David stand wie erstarrt. Dann folgte er Ria. Doch sie war weg.

51
DER HÖCHSTE PREIS

Bolivien 2013

Luis saß mit einem Bier in der Hand auf einem Plastikstuhl vor seiner Hütte. Über ihm wölbte sich ein fantastischer Sternenhimmel mit vielen Tausend Sternen. Das Kreuz des Südens schob sich gerade über den Horizont, aber für all das hatte er keinen Blick. Er stierte vor sich auf die staubige Straße, an der die Häuser der anderen Bergleute mit ihren unverputzten Ziegelwänden standen. Er trank kaum von seinem Bier, sondern grübelte.

So viel war während der letzten Tage passiert, dass ihm ganz schwindelig war. Die Krankheit seines Sohnes, die Fahrt nach Santiago de Okola, die Erinnerungen an die Geschehnisse in Achacachi – er war so aufgewühlt.

Er wusste nicht mehr, ob er David davon erzählt hatte, dass er sich nach dem Lynchmord in Achacachi geschworen hatte, nie wieder einer brüllenden Menge tatenlos zuzusehen.

War er sich gestern schon wieder selbst untreu geworden? Die brüllende Menge, die ihn einfach niedergeschrien hatte, als er vorschlug, die Mine stillzulegen, bis sie sich mit der Regierung auf bessere Bezahlung und bessere Wasserversorgung geeinigt hatten.

Er wollte doch nur seinen Sohn retten. Wie sollten sie hier wegziehen? Das Haus konnten sie nicht mitnehmen. Und wieder in die Stadt gehen, wie sein Vater mit ihm, als er ein Kind war?

Auch die Zusammenarbeit mit Pereira wollte er beenden. Immer mehr war ihm klar geworden, dass diese Zusammenarbeit sein Beitrag zu einem neuen Kolonialismus war. Und er hatte es auch noch selbst organisiert. Wie verblendet er doch war! Dieser Pereira hatte ihn überredet, ihr Lithium außer Landes zu schaffen und auf dem Weltmarkt zu verhökern. Er wollte den ersten Transport über den Titicacasee persönlich beaufsichtigen.

Dieser Wahnsinn musste enden! Die Aymara zerstörten ihr eigenes Leben, die Zukunft ihrer Kinder, ihre Welt, damit die Reichen das gute Gefühl hatten, die Welt, die sie zu besitzen glaubten, zu retten.

Außerdem war Pereira ein Verbrecher. Was er und seine Leute der Dorfvorsteherin in Santiago de Okola angetan hatten, war ein Verbrechen. Das konnte, nein durfte er ihm nicht durchgehen lassen. Und auf die Justiz der Reichen war ganz sicher auch kein Verlass.

Aber was konnte er tun? Wie konnte er die Meute, die seine Kollegen waren, aufrütteln?

Er musste an seinen Vater denken. Er hatte ihn einmal gefragt, ob der keine Angst hätte, bei den Protesten umzukommen. Der Vater hatte leicht gelächelt, ihm über den Kopf gestrichen und gesagt: „Für die Freiheit, das höchste Gut, muss man bereit sein, den höchsten Preis zu bezahlen."

Luis nahm einen tiefen Schluck von seinem Bier. Jetzt wusste er, was er zu tun hatte.

52
RIAS TOD

Bolivien 2013

David war in den halbdunklen Festsaal gerannt. Ria stand auf der anderen Seite des Raumes zwischen den Säulen, die die Empore stützten. Aus dem hinteren Raum kam gerade Pereira, dicht gefolgt von Greene, der versuchte, den tobenden Mann aufzuhalten.

David hörte Pereira schießen und sah, wie Ria zusammenzuckte und sich an den Hals griff. Blut quoll zwischen ihren Fingern hervor, während sie zu Boden sackte. Ihr Leibwächter Dominique war aus dem Dunkel aufgetaucht, sprang hinzu und wollte sie auffangen. Laut brüllte er: „Mörder, du hast sie ermordet!"

Pereira zielte inzwischen auf David. Greene, der sich aus der Schockstarre gelöst hatte, versuchte ihm die Waffe von oben aus der Hand zu schlagen. Ein weiterer Schuss löste sich. Greene schrie auf und fiel ebenfalls zu Boden. Dominique hatte inzwischen seine Waffe aus dem Holster gerissen und schoss seinerseits auf Pereira. Der ließ seine Pistole fallen und rannte zur Tür hinaus.

David hatte nicht erkennen können, ob Pereira getroffen war. Er wollte zu Ria eilen, bei der Dominique kniete. Der brüllte ihn an: „Sie ist tot, lass ihn nicht entkommen. Er will nach Okola."

David hob die Pistole auf und rannte Pereira hinterher. Vor dem Haus war niemand, das Auto Pereiras war weg, nur Rias Wagen stand noch da. Bodyguards waren keine zu sehen. David lief zurück in den Festsaal, aber Domi-

nique war fort und auch Rias Leiche war verschwunden. An einer Säule saß stöhnend Greene und drückte die Hand fest auf seinen Bauch. „Gott sei Dank, David hilf mir", stöhnte er.
Einen kurzen Moment zögerte David. „Kannst du laufen?", fragte er dann. Er zog Greene hoch, der sich weiter den Bauch hielt und sich schwer auf David stützte. So schleppte er den Amerikaner mehr, als dass er lief zu Rias Auto. Er stopfte ihn auf den Beifahrersitz und fragte: „Wo ist das nächste Krankenhaus?"
Greene schüttelte den Kopf. „Nicht ins Krankenhaus. Zur Botschaft."
David suchte im Navigationsgerät die Adresse und fuhr los. „Versuch, wach zu bleiben, Greene", befahl er immer wieder. Greene riss die Augen auf, die er schon geschlossen hatte. „Ich habe einen Fehler gemacht. Ich hätte dich im Gefängnis verrotten lassen sollen."
„So dankst du mir?" David war beleidigt.
„Ist nicht persönlich. Ich brauchte dich nur, um dich das machen zu lassen, was du am besten kannst." Greene klang angestrengt.
„Und was ist das?"
„Du bist ein menschlicher Katalysator."
David verstand kein Wort. War das schon das Fieber, das aus Greene sprach? Das wäre schnell gegangen.
„Du bringst Pattsituationen in Bewegung und treibst die Parteien aufeinander zu, bis es knallt. Und wenn sich der Rauch verzogen hat, stehst du als letzter da."
„Du willst damit sagen, dass du mich zu Pereira gebracht hast, weil du ihn und Ria aufeinanderhetzen wolltest?"

„Richtig, das war der Plan. Ich wollte Pereira wieder unter Kontrolle bekommen, mit oder ohne Ria. Sie hat ihre Sache jahrelang gut gemacht."

David hörte dem schwächer wirkenden Greene mit wachsendem Erstaunen zu. Dabei versuchte er sich auf den Verkehr und ihre Route zu konzentrieren. „Es war dir egal, was aus Ria wird?"

„Nein, ich liebe sie. Aber bei meinem Job ist Liebe nur hinderlich." Greene wurde kurz still. David glaubte schon, dass der Blutverlust ihn ohnmächtig werden ließ, aber dann redete er weiter. „Ich habe mich vom ersten Augenblick in sie verliebt. Damals in Leipzig, wie sie unbeholfen versucht hat, mich auszuhorchen. Mir war von Anfang an klar, wer sie zu mir geschickt hatte. Umso überraschter war ich, dass sie nie mit mir ins Bett gestiegen ist. Sie hat dich nie betrogen, David Thomsen. Seitdem habe ich mich für dich interessiert. Ich war über alles informiert, was du getan und nicht getan hast."

David warf einen schnellen Blick zum Beifahrersitz. Der Amerikaner war leichenblass und Schweiß stand auf seiner Stirn. „Halt durch, Gary, wir sind gleich da."

„Du bist ein echter Freund, David." Mühsam lächelte Greene. „Es war also richtig, dass ich mich immer um euer Kind gekümmert habe. Gut fürs Karma."

„Was meinst du?" Jetzt war David höchst erregt. Hatte Ria nicht gesagt, dass sie ihr Kind verloren hatte? „Was weißt du von unserem Kind? Wo ist es?"

Sie erreichten die Botschaft. Hinter einer hohen Mauer erhob sich ein etwa sechsstöckiges Gebäude. David fuhr auf die Toreinfahrt zu, sprang heraus und stürzte zu den Wachposten.

„Ich brauche dringend Sanitäter, einen Arzt. Ich habe Gary Greene im Auto. Er ist verletzt."
Während der Wachposten telefonierte, rannte David zum Auto zurück und öffnete die Beifahrertür. Greenes Oberkörper fiel ihm in die Arme. Und wieder fragte David: „Was ist mit unserem Kind?"
Greene murmelte etwas auf Englisch: „Your Son." Er keuchte. „You know." Er keuchte wieder. „Him."
Hatte er „about" gesagt?

Eine gefühlte Ewigkeit später stieg David wieder ins Auto. An seinem Hemd, an seiner Hose, überall war das Blut von Greene. Er beobachtete, wie die Marines die Trage mit dem Mann fortschafften und hinter dem großen Tor der Botschaft verschwanden. Ein Telefon klingelte. Hatte Greene sein Handy im Auto verloren? Dann wurde David klar, es war sein Handy, dass er in Achacachi gekauft hatte. Doch wer hatte diese Nummer? Luis vielleicht?
Dann fiel es ihm ein. Es konnte nur Jason sein, der mit dem Team in La Paz angekommen sein musste. Das Team hatte er völlig vergessen. Mal wieder!
Beschämt kramte er das Telefon hervor. „Hallo Jason, wo seid ihr?"
Susann war am Telefon. „Jason ist nicht da. Er hat uns noch mit Waffen versorgt und ist dann verschwunden. Irgendwas mit seiner Mutter, hat er gesagt. Wir sind in El Alto. Wo sollen wir hin?"
David war verwirrt. Jasons Mutter? Von der hatte Jason nie erzählt. Was war mit dem Jungen los?

Er musste sich konzentrieren. Pereira war immer noch mit großem Vorsprung auf der Flucht. Es machte also keinen Sinn, sich mit dem Team in La Paz zu treffen, das würde nur aufhalten. Aber er konnte sie auch nicht direkt nach Santiago de Okola schicken, immerhin kannten sie sich dort nicht aus, für die Dorfbewohner waren sie Fremde und sicherlich nicht gern gesehen.
Ein Gedanke durchzuckte ihn. Brauchte er das Team noch? Konnte er nicht Pereira auch allein stellen? Dann bräuchte er seine Freunde nicht zu gefährden.
Er stand mit dem Auto immer noch etwas schräg auf der Fahrbahn vor der Botschaft. Einer der Wachposten schaute aufmerksam zu ihm herüber und kam dann langsam herangeschlendert.
David hatte sich entschieden. „Wir treffen uns in Achacachi." Er beschrieb kurz den Treffpunkt und beendete das Telefonat. Dann ließ er die Scheibe herunter.
„Benötigen Sie noch weitere Hilfe, Sir?" Der Marine war ausgesprochen höflich.
David verneinte. „Ich habe vermutlich mehr Hilfe, als ich brauche."
Der Soldat zog leicht die Stirn kraus. Er verstand nicht. „Dann würde ich Sie bitten, weiterzufahren, Sir."
David nickte und startete den Wagen. Er war sowieso schon spät dran.

53
TREFFEN IN ACHACACHI

Bolivien 2013
David fuhr schnell und konzentriert. Er musste erst den Talkessel verlassen, um dann an El Alto vorbei auf die Nationalstraße Richtung Achacachi zu gelangen. Dieselbe Straße, die er zwei Tage zuvor mit Luis gefahren war.
Die Nacht wurde von den Lichtern der Stadt durchbrochen, dann, auf der Nationalstraße, war die Dunkelheit biblisch. Nur ab und zu überholte er große, langsam fahrende Lkw. Ihre unbeschrifteten Planen ließen keine Rückschlüsse auf ihre offensichtlich schwere Ladung zu.
Aber David machte sich darüber keine großen Gedanken. Er überholte einen nach dem anderen, ohne sein rasantes Tempo zu verringern.
Das Team erwartete ihn unweit der Avenida Cochabamba in einer Hähnchenbraterei. „Los Angeles" hatte noch geöffnet, war aber bis auf die Freunde leer. Sie hatten sich gerade ein paar Hühnerkeulen bringen lassen und tranken Cola dazu.
Er begrüßte jeden mit Handschlag und Umarmung. Als er sich setzte, hatte er Tränen in den Augen.
„Heulst du vor Freude, uns zu sehen?" Fred war zartfühlend wie eine Straßenwalze.
„Quatsch, das ist nur die scharfe Soße hier." David deutete auf Andys Pappteller, auf dem sich gerade eine Lache Chilisoße ausbreitete.
Andy tunkte ein Hühnerbein in die Soße und biss hinein. „Ich habe Hunger!", war alles, was er dazu zu sagen hatte.

„Ja, esst bitte schnell, wir müssen dann weiter. Habt ihr noch was von Jason gehört?“, fragte David.
Allgemeines Kopfschütteln.
Dann fiel ihm sein Gedanke von vor der Botschaft wieder ein. „Passt mal auf. Erst mal vielen Dank, dass ihr gekommen seid. Die Frage ist, ob ich euch noch brauche. Es geht vermutlich um einen einzelnen Mann mit maximal drei Leibwächtern. Mehr passen in das Auto nicht hinein, mit dem er geflohen ist.“
Fred unterbrach ihn, als er quer über den Tisch laut zu Andy sagte: „Findest du nicht auch, dass unser allseits geschätzter Anführer nicht ganz bei Sinnen ist? Zumindest spricht er in Rätseln.“
Andy nickte und tat besorgt. „Geht es dir gut, David? Tut dir der Kopf weh?“
Susann beobachtete die drei und lächelte.
Dann schaltete Andy um und wurde ernst. „Was erzählst du für ein Zeug? Wir haben uns vor Monaten bereit erklärt, dir zu helfen, und nun sind wir hier. Also werden wir dir helfen.“
Die anderen nickten. David dachte an Pereiras Vorsprung und entschied, keine größeren Diskussionen zu beginnen. Er war letztendlich erleichtert, die Truppe zu sehen. In wenigen Sätzen erklärte er den anderen, was während der letzten beiden Tage passiert und warum er voller Blut war.
„Okay, folgender Plan“, eröffnete er dann. „Wir machen uns sofort auf den Weg nach Santiago de Okola. Dort sollten wir Pereira finden. Wahrscheinlich wird ihn dort ein Boot abholen und über den Titicacasee nach Peru bringen. Das müssen wir verhindern. Wir nehmen ihn, wenn möglich, fest und übergeben ihn der Polizei, damit er sich für den

Mord an Ria verantworten muss. Und ich denke, dass die Amerikaner mit ihm auch noch ein Hühnchen rupfen werden, wegen der Verletzung von Greene. Da verstehen die wenig Spaß."
„Ich gebe zu bedenken, dass wir, wenn wir im Konvoi fahren, nur langsam vorankommen. Wir sollten vor Ort einen Treffpunkt ausmachen", sagte Arno ruhig.
David gab ihm recht. „Stimmt. Wir treffen uns an der Schule. Und jetzt los!"

Andy war zu David ins Auto gestiegen. „Dann können wir in Ruhe quatschen, bevor es losgeht." David war froh, den Freund an seiner Seite zu haben.
Doch wie so oft vor ihren Einsätzen „quatschten" sie nicht. Sie schwiegen gemeinsam und stellten sich innerlich auf die kommenden Stunden ein. Nur einmal, eine halbe Stunde vor dem Ziel, fragte Andy, als ob er mit seinen Gedanken zu einem Abschluss gekommen wäre: „Hast du es jemals bereut, ein Offizier geworden zu sein?"
David schwieg. Er dachte an die Entbehrungen, die er hatte erdulden müssen, um Offizier zu werden, die harte Ausbildung, das ewige Lernen. Und er dachte an den Hass, der ihm und seinen Freunden nach der Wende entgegengeschlagen war. An die Angst um die eigene Zukunft, an die Größe der neuen Herausforderungen.
Er drehte den Kopf zu Andreas und antwortete: „Ich habe einige meiner Entscheidungen bereut, aber nie die, Offizier zu werden."
„Auch wenn dein Job für die Blauhelme kaum etwas mit dem Berufsbild von damals zu tun hatte?"

„Ich bin nicht mehr so wie damals. Vieles hat sich geändert, auch du und ich.“ Und nach einer nachdenklichen Pause fügte David noch hinzu: „Ich glaube, durch die Wende im Osten Deutschlands mussten sich damals alle wenden, oder zumindest verändern. Als ich erst mal keinen Job bekam, habe ich oft Bruce Springsteen gehört: ‚Born in the USA‘.“
Andreas wirkte überrascht. „Born in the USA? Das war mir immer viel zu viel Pathos für Amerika.“
„Ja“, sagte David. „Mir auch. Bis ich mal eine Übersetzung des Textes gelesen habe. Darin geht es um die Soldaten, die aus dem Vietnamkrieg zurückkamen und oft keinen Job, keinen Boden unter die Füße bekamen. So habe ich mich damals auch gefühlt.“

54
POMORNIK

Bolivien 2013
Völliges Dunkel lag über Santiago de Okola, als sie von der Nationalstraße abbogen und in Richtung See fuhren. Der ausgefahrene, unbefestigte Weg brachte die Autos zum Schaukeln. David fuhr sehr langsam und schaltete die Scheinwerfer aus. Etwa fünfhundert Meter vor dem Seeufer bog er rechts ab und fuhr, an der Kirche vorbei, zur Schule. Vor der Schultür stellte er den Motor ab und stieg aus. In diesem Moment kamen zwei weitere Autos auf den Hof. Jetzt war das Team komplett.
David brauchte keine Kommandos zu geben, zu oft hatten sie solche Situationen bereits erlebt. Die anderen nahmen Rucksäcke und Waffen aus den Kofferräumen ihrer Wagen. Fred drückte David eine Maschinenpistole und zwei Magazine in die Hand. Er tastete im Dunkeln die Waffe ab und spürte die vertraute Form einer Kalaschnikow. Rasch klappte er die Schulterstütze ein und hängte sich die Waffe am Riemen um den Hals.
Die beiden Ersatzmagazine steckte er in die Taschen seiner Jacke und ging langsam voraus in Richtung Steg. Er musste sich nicht umdrehen, um zu wissen, dass die anderen ihm mit etwas Abstand zueinander in einer lang gezogenen Reihe folgten.
Sie waren etwa zweihundert Meter weit gekommen, als es plötzlich hell wurde auf dem See. Starke Scheinwerfer flammten auf dem Wasser auf und beleuchteten das Ufer. Gleichzeitig schwoll ein Geräusch immer stärker an. Ein

unheimliches Dröhnen, das näherkam und schließlich ohrenbetäubend laut am Strand weiterdröhnte. Hinter den Scheinwerfern zeichnete sich der Umriss eines riesigen Fahrzeugs vor dem tiefschwarzen Nachthimmel ab.
Davids Truppe war längst an einer Baumgruppe in Deckung gegangen. Jetzt krochen sie aufeinander zu und steckten die Köpfe zusammen.
„Was ist das?“ Susann versuchte, mit ihrer Stimme gegen den tosenden Lärm anzuschreien.
David schaute zu Fred. „Weißt du, was das sein könnte?“
Der zuckte mit den Schultern. „Es scheint ein Amphibienfahrzeug zu sein, ein Luftkissenboot. Aber eines von der Größe habe ich noch nie gesehen.“
David war ratlos. „Wir brauchen mehr Informationen. Fred geht weiter vor und versucht herauszufinden, was das für ein Fahrzeug ist. Du weißt Bescheid, wir brauchen Typ, Bewaffnung, Mannschaft.“
Fred nickte und verschwand in der Dunkelheit.
„Wir wissen nicht, wo Pereira sich aufhält“, sagte Ben. „Ich schlage vor, dass Arno und ich losgehen und die Gegend nach seinem Auto absuchen.“
David war einverstanden. „Ist gut, aber keine Alleingänge. Nur Erkunden und wieder hierher zurück.“ Die Zwillinge waren bekannt dafür, auch unter extremen Bedingungen Gefangene zu machen. Aber David wollte nichts riskieren. Die Situation war zu unübersichtlich.
Von der Nationalstraße näherten sich langsam Scheinwerfer. Während das Wasserfahrzeug den Strand erreichte und dann die Turbinen drosselte, rollte ein Lkw an ihrem Versteck vorüber. David glaubte, eines der Transportfahrzeuge zu

erkennen, die er auf der Nationalstraße überholt hatte. Es fuhr bis zum Strand und hielt dort unweit des Luftkissenfahrzeugs.
„Laden sie den jetzt ab? Was hat der geladen?", fragte Susann.
David vermutete Kokain, aber er war sich nicht sicher. Ria hatte gesagt, Pereira wäre nicht mehr im Kokaingeschäft. Aber vielleicht hatte Pereira sie auch angelogen. Und dass Pereira hinter dem Ganzen steckte, schien klar zu sein.
„Ich geh am besten nachsehen, was die geladen haben", sagte Susann.
David schüttelte den Kopf. „Nein, du bleibst hier." Er schaute Andy an und der verstand. Er legte seinen Rucksack ab und verschwand ebenfalls in der Dunkelheit.
Fred tauchte wieder auf. „Das werdet ihr nicht glauben!"
So hatte David Fred schon lange nicht mehr gesehen. In seinem Gesicht spiegelte sich eine Mischung aus Faszination und Erschrecken. „Was ist passiert?", fragte er.
„Die haben da einen Wisent, oder die Ukrainer würden Bison sagen."
„Fred, sprich nicht in Rätseln." David war zu ungeduldig für Dialoge mit Spannungsbogen. „Was ist das?"
Jetzt wurde Fred feierlich. „Freunde, wir haben es mit dem größten Hovercraft der Welt zu tun, davon gibt es keine zehn Stück auf der Welt."
„Also doch ein Luftkissenfahrzeug?" David war wie vor den Kopf geschlagen. „Wo kommt das denn her?"
Susann hatte mit wachsendem Erstaunen zugehört. „Was bedeutet, das Größte der Welt? Wie groß? Kann es uns gefährlich werden?"

Fred nickte. „Das Ding ist fast vierzig Meter lang. Es kann drei Kampfpanzer oder zehn Schützenpanzer tragen. Es könnte auch fünfhundert Soldaten aus seinem Bauch an den Strand spucken. Nachdem es mit seiner dreizehn Zentimeter Kanone und seinen Raketen den gesamten Strand umgepflügt hat. Es ist ein Luftkissenfahrzeug der russischen Pomornik-Klasse."
David stöhnte auf. „Eine schwimmende Festung. Jetzt weiß ich auch, wie der Lkw über den See kommen soll."
Susann berichtigte ihn. „Du meinst die Lkw." Zwei weitere schwere Fahrzeuge steuerten auf den Strand zu.
Andy kam nun auch zurück. Er warf sich zu den anderen drei auf den Boden. „Ich habe euch was mitgebracht."
Er griff in seine Tasche und holte eine helle, krümelige Substanz hervor. Fred lachte ungläubig. „So sieht doch kein Koks aus!"
„Nein", sagte David. „Das ist Spodumen." Dann erklärte er, was er in den letzten Wochen gelernt hatte: „Spodumen enthält Lithium. Und Lithium wird in illegalen Bergwerken hier in Bolivien abgebaut. Pereira schmuggelt das Zeug außer Landes und schickt es möglicherweise nach China. Ich hätte nicht gedacht, dass das für ihn so lukrativ ist."
„Man muss es nur groß genug aufziehen", sagte Susann. „Jetzt sind es bereits sieben Lkw. Und da kommen noch mehr."
Weitere Lichter näherten sich aus Richtung Nationalstraße. David überlegte fieberhaft, was sie tun konnten. Er musste davon ausgehen, dass Pereira an Bord des Hovercrafts war. Geschützt von der Bewaffnung des Ungetüms würde er sich absetzen und so einer Strafe entgehen.

Er wandte sich an Susann. „Könntest du eine Sprengladung so anbringen, dass das Hovercraft bewegungsunfähig wird?“

Susann zog die Stirn in Falten. Sie schaute zu Fred. Der schüttelte den Kopf. „Das Ding ist riesig“, erklärte er. „Dafür haben wir nicht genug Sprengstoff mit. Vielleicht, wenn man unterhalb der Wasserlinie …? Nein, das Monster hat nur einen Tiefgang von etwas mehr als einem Meter.“ Fred verstummte und überlegte.

„Und wenn wir eine Ladung am Munitionslager anbringen?“, schlug Andy vor.

„Wie sollen wir dahin kommen?“, fragte David. Dann stutzte er. „Wo bleiben eigentlich die Zwillinge?“

Am Hovercraft tat sich etwas. Die riesige Bugklappe öffnete sich und bildete eine Rampe zum Strand. Ein erster Lkw setzte sich in Bewegung und fuhr über diese Rampe in den Bauch des Schiffes. Weitere folgten. Bis alle verladen waren, vergingen nur wenige Minuten.

„Wir müssen was tun“, sagte David. „In ein paar Minuten schließen sie die Klappe und dann ist Pereira weg.“

„Okay“, meinte Andy. „Ich lenke die Mannschaft ab und Susann schleicht sich an Bord und bringt die Sprengladungen an.“

„Ich kann ein paar der Lkw verminen, dann haben sie ein Problem“, sagte Susann.

„Ich halte dir den Rücken frei“, sagte Fred.

„Dann los! Ich bilde die Reserve. Verdammt, wo bleiben die Zwillinge?“, fragte David.

Die anderen stürzten in die Dunkelheit. David legte sich auf den Bauch und versuchte, das Geschehen zu beobachten.

Dann geschah es: Eine Salve aus einer Maschinenpistole blitzte in der Dunkelheit auf. Die Leuchtspurgeschosse bildeten eine eindrucksvolle Linie, die geradewegs auf das Luftkissenboot zuflog.
„Kurze Feuerstöße, Gefreiter Holzer", dachte David und lächelte in sich hinein. Natürlich kannte Andy das, aber es kam ja gerade auf Sichtbarkeit an. Und es funktionierte. Die Männer an der Ladeklappe gingen erst in Deckung und schwärmten dann aus. David legte sich flach auf den Bauch, um noch mehr mit der Finsternis zu verschmelzen. Dabei drückte etwas in seiner Hosentasche auf seinen Oberschenkel. David erinnerte sich, er hatte immer noch das Feuerzeug von Luis in der Tasche. Er hatte glatt vergessen, es ihm zu geben, als sie sich nach der Entlassung getroffen hatten. Nun würde er es wohl für immer behalten.
Hinter ihm wurde eine Maschinenpistole durchgeladen. Er kannte das Geräusch. Langsam drehte er sich um. Zwei Männer in Tarnanzügen standen hinter ihm und zeigten mit den Mündungen ihrer Kalaschnikows auf seine Brust. David erhob sich in Zeitlupe, wobei er versuchte, keine hastigen Bewegungen zu machen.
Er legte seine eigene Waffe auf den Boden und hob beide Hände. Einer der Männer trat hinter ihn und tastete ihn schnell und professionell ab. „Dawai", sagte er, als er fertig war, und deutete mit dem Gewehr in Richtung Amphibienfahrzeug.
Gehorsam ging David vor den beiden her, die Hände weiter erhoben. Dabei arbeitete sein Gehirn fieberhaft. Der Mann hatte Russisch gesprochen. So weit weg von zu Hause war er wahrscheinlich Söldner. Vielleicht ehemaliger „Speznaz",

also Mitglied einer Spezialeinheit des militärischen Geheimdienstes Russlands. Das waren richtig harte Hunde. Mit denen legte man sich besser nicht an.
Wohin brachten sie ihn? Auf das Schiff? Würde er dort Pereira treffen? Wo waren Susann und Fred? Und wo verdammt blieben die Zwillinge?
Durch die offene Ladeluke ging es, vorbei an den bereits verladenen Lkw zu einer stählernen Treppe, die geradewegs nach oben führte. Als er zögerte, spürte er den Stoß einer Kalaschnikow im Rücken und wieder hieß es: „Dawai."
Die schmale Treppe führte zur Brücke. In dem kleinen Kommandoraum herrschte dichtes Gedränge. Die Fahrer der Lkw standen dort, offensichtlich um sich ihren Lohn abzuholen.
Pereira schaute aus einem der Fenster auf das Meer hinaus. Er drehte sich um und blickte auf den Bildschirm des Radargerätes. Dann bemerkte er David. Einen Moment lang stockte er, dann lief er rot an. „Alle raus hier, raus", brüllte er ungehalten.
Sein Leibwächter, der, ein Bündel Geldscheine in der Hand, mit den Fahrern gesprochen hatte, murrte. „Wir sind noch nicht fertig."
„Das ist mir egal, zahl sie draußen weiter aus." Pereira duldete offensichtlich keinen Widerspruch.
David stand immer noch mit erhobenen Händen da und beobachtete, wie die Fahrer abzogen, gefolgt von dem Leibwächter. Jetzt waren er, die beiden Russen und Pereira allein.
Einer der Russen wurde geschäftig. Er hatte einen Strick in der Hand, mit dem er David fesselte. Dann drückte er ihn

auf einen Stuhl und band ihn daran fest. Währenddessen blieb Pereira still, nur sein Gesicht sprach Bände. Ein triumphierendes Grinsen wechselte sich mit einer bedrohlichen Grimasse ab. Offensichtlich überlegte er, was er mit David anstellen sollte.

Ein Gedanke schien sich durchzusetzen. „Ihr hättet ihn gleich erschießen sollen", blaffte er. Dann machte er eine Handbewegung und die Söldner polterten die Treppe hinunter. „Du wolltest doch schon während der letzten beiden Tage mit mir sprechen. Allerdings hat deine geliebte Ria das gut zu verhindern gewusst. Sonst wärst du längst tot."

David schaute in Pereiras hasserfüllt funkelnde Augen. Erst jetzt fiel ihm der Verband an dessen rechter Hand auf. Vorher hatte er den Strick inspiziert, mit dem ihn die beiden Russen gefesselt hatten, ein einfaches Tau, wie es auf Schiffen häufig verwendet wurde. David fand es erstaunlich, dass er nicht mit Handschellen oder wenigstens Kabelbindern gefesselt worden war. Man hatte wohl ursprünglich nicht vorgehabt, Gefangene zu machen.

„Was heißt meine Geliebte? War sie nicht deine Frau? Hast du sie nicht geliebt? Oder brauchtest du nur jemanden Schwächeres, den du verprügeln konntest?" David wollte Pereira provozieren. Vielleicht machte der dann einen Fehler.

Pereira blieb kalt. „Ich will dir mal was über deine Geliebte erzählen. Die war nämlich großartig im Geschichtenerfinden. Hast du wirklich geglaubt, die Stasi hätte ihr gedroht, ihr das Kind wegzunehmen? Und dass sie deswegen geflohen ist? Alles erlogen. Sie wollte einfach zu Greene, sie war in den verliebt, falls sie überhaupt jemals gewusst hat, was Liebe ist. Hat sie dir von den Geschenken erzählt, die Gary

ihr gemacht hat, während sie ihn auf der Messe betreut hat?“
Das „betreut“ betonte er besonders. In David wuchs das Erstaunen. Nein, von Geschenken hatte Ria nichts erzählt.
„Sie hatte sich eine rosige Zeit mit Greene ausgemalt. Doch der hatte kein Interesse mehr an ihr, als sie dann auf der anderen Seite des Eisernen Vorhangs war. Vielleicht auch, weil du sie ja angebumst hattest. Also hat er zugesehen, wie er sie loswurde. Da kam ich gerade recht. Und ich war so jung und dumm und habe es nicht bemerkt.“
„Hast du sie denn geliebt?“
Pereira reagierte ungehalten. „Was spielt das noch für eine Rolle? Ich habe ihr ein reiches Zuhause geschaffen. Das wollte sie immer. Und zum Dank dafür hat sie mich ständig verraten und manipuliert.“
„Sie hat dich verraten?“
„Ja klar, sie gab die Informationen über meine Geschäfte an Greene weiter.“ Pereira machte eine kleine Pause und sprach dann weiter. „Und dann noch ihr Balg.“ Mit einem höhnischen Blick zu David fügte er hinzu: „Ist ja wohl auch deiner. Ich wollte ihn nicht im Haus haben, also haben wir ihn zu einer Pflegefamilie gegeben, bis er ins Internat konnte. Dazu haben wir ihn nach England geschickt. Gary hat das alles organisiert. Hat mich ein Vermögen gekostet. Aber für Ria war das Beste immer gerade gut genug.“
Es war ein Glück für Pereira, dass David gefesselt war. Spätestens jetzt hätte er den Typen umgebracht. Doch so versuchte er, sich zu beherrschen. „Mal abgesehen von Ria, was ziehst du hier für eine Riesenshow ab?“, fragte er.
Pereira stutzte. Dann schaltete sein Gesicht um auf Stolz.

„Gigantisch, nicht wahr? Hat mich ein Vermögen gekostet, dieses Schiff. Aber damit bin ich der King auf dem See."
„Und warum das Ganze? Lohnt sich denn der Aufwand?", hakte David nach.
Pereira schaute auf die Uhr, die hinter ihm an der Wand hing. „Ich weiß, du versuchst, Zeit zu schinden. Das wird dir nichts bringen. In einer halben Stunde lasse ich deine Leiche über Bord werfen, ganz weit draußen." Versonnen grinste er.
David ließ ihm die Vorfreude für einen Moment. Dann fing er wieder an. „Rechnen sich die paar Tonnen Spodumen denn, für den Aufwand?"
Pereira, so unsanft aus seinem Traum gerissen, sah böse zu David. „Du hast doch keine Ahnung, was hier und jetzt gerade beginnt. Die Welt schreit nach Rohstoffen, weil die Welt nur mit diesen Rohstoffen überleben kann. Und wenn wir weiter so damit umgehen, stirbt die Welt auch. Die meisten Menschen wissen das längst, kennen aber keinen Ausweg aus diesem Dilemma. Also machen die einen stumpfsinnig immer weiter und die anderen betäuben sich – genauso stumpfsinnig. Ich kann ihnen beides liefern: Rohstoffe und Drogen. Es ist kaum jemandem klar, was mit dem Lithium gerade jetzt für eine Entwicklung beginnt. Und ich bin ganz vorn mit dabei."
„Aber warum musste Ria sterben? Warst du so eifersüchtig auf mich? Hättest du dann nicht lieber mich zuerst erschossen?"
„Stimmt, das hätte ich tun sollen. Ria hatte mich überredet, die Finger von den Drogen zu lassen. Stattdessen hat sie mich nach Bolivien gelotst. Sie ist ..." Er stockte. „Sie war

der Meinung, dass nach dem weißen Gold Kokain nun die Zeit für das weiße Gold Lithium kommt. In dieser Hinsicht hatte sie recht. Aber Lithium löst Kokain nicht ab, sie ergänzen sich. So wie der Süchtige immer mehr Kokain braucht, so braucht die Wirtschaft immer mehr Lithium. Und das geht so lange, bis der Tod eintritt."

„Und welche Rolle spielt Greene in diesem Spiel?"

„Der hat die Verbindungen geschaffen. Der hat die richtigen Leute geschmiert, damit der bolivianische Staat den eigenen Lithiumabbau immer mehr verzögert. Deswegen seid ihr Deutschen auch aus dem Geschäft geflogen. Sollte es so weit kommen, dass ein anderes Land als die Amerikaner den Zuschlag für den richtig großen Abbau bekommt, dann wird Amerika nicht zögern, diese Regierung wegzuputschen. Die Cowboys wissen ja, wie das geht."

Die Tür zur Treppe öffnete sich und David gefror das Blut in den Adern. Die beiden Russen stießen Susann herein.

„Gehört die da zu dir?", fragte Pereira.

David schüttelte den Kopf. Dann nickte er.

Pereira grinste triumphierend. „Na dann, setzt sie neben ihn", sagte er zu den beiden Söldnern.

Susann ließ es wortlos mit sich geschehen. Als die Russen weg waren, sagte sie zu Pereira: „Sie sollten das Schiff evakuieren lassen."

Der schaute sie ungläubig an und begann zu lachen. „Warum sollte ich das tun?"

„Weil es in wenigen Minuten in die Luft fliegt."

„Wieso sollte das passieren?" Pereiras Lachen war ein wenig nervöser geworden.

„Weil ich überall Sprengladungen angebracht habe."

„Das ist ein Bluff", dachte David. So viel Sprengstoff hatten sie schließlich gar nicht mitgebracht. Laut sagte er: „Du solltest ihr glauben, sie versteht was vom Sprengen."
Pereira lachte jetzt höhnisch. „Diese Cholita soll was vom Sprengen verstehen?"
David nickte. „Sie ist in Deutschland beim Kampfmittelräumdienst."
Misstrauisch äugte Pereira von Susann zu David und wieder zurück: „Was soll das sein ‚Kampfmittel…'?"
David ergänzte: „Räumdienst. Sie entschärft täglich siebzig Jahre alte Bomben aus dem Zweiten Weltkrieg."
Pereira zögerte. David sah dem Schmuggler an, dass seine Arroganz ins Wanken geriet. Also gab er ihm eine Entscheidungshilfe. „Was macht ihr, wenn ihr eine Fünf-Zentner-Bombe der Amerikaner nicht entschärfen könnt?", fragte er Susann.
Die schaute nicht ihn an, sondern Pereira. „Die wird von mir kontrolliert gesprengt."
„Ist das nicht gefährlich?", hakte David nach.
„Nicht, wenn man weiß, wie es geht."
Das reichte. Pereira stürzte zur Tür und die Treppe hinunter in den Laderaum.
„Schnell!", rief David. „Es wird nicht lange dauern, bis er merkt, dass es ein Bluff ist." Dabei begann er seinen Stuhl durch ruckartige Bewegungen zu Susanns zu rutschen.
„Das ist kein Bluff", meinte sie. „Bevor sie mich gefangen nahmen, habe ich mit Fred ein paar Lkw-Tanks vermint. Der wartet nur auf das Zeichen, dass du frei bist."
David stand ihrem Stuhl nah gegenüber. „Fass in meine rechte Hosentasche. Da ist ein Feuerzeug drin, damit zün-

dest du die Stricke an.“ Susann versuchte es. David kicherte nervös, als er ihre Hand in seiner Hosentasche spürte. „Nur das Feuerzeug.“
Susann lachte schrill. „Ernsthaft, David?“
Dann hatte sie das Feuerzeug und hielt die Flamme an den Strick, der Davids Hände fesselte. Quälend langsam begann das Material zu glimmen. David zerrte die ganze Zeit daran, um das Seil zu zerreißen. Mit einem Ruck gab es schließlich nach. Er befreite seine Hände und dann Susann.
Während David noch seine Füße aus den Fesseln löste, sprang Susann auf und stürzte zum Eingang. In diesem Moment klappte die Tür zur Treppe auf und einer der russischen Söldner stand in der Tür.
Gedankenschnell hatte er die Situation erfasst und riss die Maschinenpistole von der Schulter, aber da erreichte ihn schon Susann. Der Soldat begriff nicht, was mit ihm geschah, so schnell hatte sie ihn zu Boden geworfen und mit einem Ellenbogenstoß ins Land der Träume geschickt.
David hatte ihre Nahkampfkünste lange nicht mehr erlebt. Erleichtert lief er zu ihr und sie verbarrikadierten die Tür.
„Wo ist Fred?“, fragte er.
„Der kümmert sich um die Lkw. Er will ein paar der Tanks hochjagen.“
„Und dich haben sie dabei erwischt?“
„Nicht direkt. Wir haben gesehen, wie sie dich hier hochgebracht haben. Da hatten wir die Idee, dass ich dir zu Hilfe komme.“
Fassungslos starrte David sie an. „Seid ihr komplett übergeschnappt? Darüber reden wir noch.“

Er sah sich um. Es gab eine zweite Tür im Führerhaus. Er öffnete sie. Ein paar Metallsprossen führten außen am Kommandoturm in die Tiefe. „Hier geht's lang."
Susann griff sich die Maschinenpistole des Russen und lief ihm hinterher. Durch den Lärm der Motoren brüllte sie ihm zu: „Wir müssen aufpassen. Diese Ventilatoren sind gefährlich. Die könnten uns reinziehen." Sie machte eine Handbewegung, als würde sie Kräuter klein hacken. „Wir müssen runter vom Deck, bevor sie volle Pulle düsen."
„Woher weißt du das?"
„Fred."
„Na klar", dachte David, „wenn sich einer auskennt, dann Fred."
Er kam auf dem Deck an, an dem entlang sich in Bauchhöhe ein Geländer zog. Es trennte ihn von großen Vertiefungen, in denen sich ebenfalls riesige Ventilatoren drehten.
„Die sorgen für das Luftkissen." Susann rief es direkt hinter ihm.
Eine schwarze Rauchwolke zog über das Deck. Sie schien vom Bug zu kommen, vielleicht aus der offenen Bugklappe. Der Sog auf Deck wurde immer stärker. Beide hielten sich am Geländer fest, um auf den Beinen zu bleiben. Der künstliche Sturm peitschte jetzt das Wasser auf. Es prasselte als dichter Regen auf die beiden nieder. Innerhalb von Sekunden waren sie durchnässt.
Das Geländer machte einen Knick und ließ einen Gang zum Rand des Schiffes frei. Sie tasteten sich darauf zu.
David schaute hinunter. „Noch eine Leiter", rief er. „Da geht's runter auf das Kissen."

Er ließ Susann als erste klettern und drehte sich, um auf die Leiter zu steigen. Oben am Turm sah er Pereira in der Tür zum Kommandoraum. Der zielte mit einer Pistole auf David. David hörte in dem Lärm keinen Schuss, aber duckte sich und kletterte schnell Susann hinterher. Jetzt standen sie beide auf einem schmalen Sims über dem eigentlichen Luftkissen.
„Wirf das Ding weg. Wir müssen springen und so weit wie möglich weg von dem Schiff." David hatte erst auf die Waffe über Susanns Schulter und dann in die Tiefe gedeutet.
Kopfüber sprangen sie ins Wasser und schwammen um ihr Leben. Schon nach wenigen Minuten waren sie ein gutes Stück vom Schiff entfernt und schauten zurück. Der von ihnen ausgelöste Brand im Laderaum der Pomornik schien gelöscht. Es sah aus, als wollte das Schiff jeden Moment abfahren.
David und Susann schwammen im weiten Bogen zum Ufer und stiegen an Land.
Die Ladeluke ging langsam zu. Ein letzter Lkw fuhr laut hupend zum Ufer. Offensichtlich ein Nachzügler, der noch mitmusste. Die Bugluke öffnete sich wieder.
Im Vorbeifahren erkannte David den Fahrer. „Luis?", sagte er ungläubig. Dann schrie er laut: „Luis!"
Der Fahrer konnte ihn nicht hören, aber als hätte er Davids Anwesenheit gespürt, reckte er die Faust aus dem Fenster zu einem letzten Gruß. Dann verschwand der Lkw im Bauch des Schiffes und die Ladeluke schloss sich.
David stand einen Moment da und seine Gedanken rasten. Was machte Luis an Bord des Schiffes? Er hatte mit Pereira Geschäfte gemacht, das wusste David. War das nicht vorbei?

Susann zog ihn weiter vom Ufer weg.
Dann ertönte ein unglaubliches Krachen. Die Explosion riss sie von den Beinen. Das riesige Amphibienfahrzeug, mit Tonnen von Munition, ein Dutzend Lkw und der gesamten Besatzung flog in die Luft. Der Lärm betäubte ihre Ohren, der Druck nahm ihnen den Atem.
Als alles vorbei schien, erwartete David Stille. Doch die wurde vom Klingeln in seinen Ohren übertönt. Susann rief ihm etwas zu, das er nicht hörte, und er schüttelte den Kopf, während er auf seine Ohren deutete. Sie nickte und machte ein Zeichen, dass sie auch vorübergehend taub war.
David war aufgestanden und klopfte sich den Staub von der Hose. Mittendrin unterbrach er sich. Was war denn jetzt genau passiert? Waren die Lkw erneut in Brand geraten und explodiert?
Was hatte es mit Luis auf sich?
Hektisch schaute er sich um. Vom Pomornik war nur ein riesiger Trümmerhaufen übrig geblieben. Das Auge konnte auf diese Entfernung kaum Einzelheiten in diesem Haufen erkennen, aber an einigen Stellen brannte es. Es schien immer noch Explosionen zu geben, jedenfalls sah es so aus. Sicher Munition oder Benzintanks oder Ähnliches.
Langsam ließ das Klingeln in seinen Ohren nach. Susann kam nah an ihn heran. „Wo sind die anderen?“, brüllte sie ihm ins Ohr.
Er schob sie weg. „Was schreist du so?“, fragte er. Dann grinste er sie an. Aber sie hatte recht: Wo war das Team? „Wo hast du Fred zuletzt gesehen?“
„Auf dem Schiff. Bevor ich gefangen genommen wurde.“
„Was meinst du, hat er es vom Schiff geschafft?“

Susann zog ein zweifelndes Gesicht. „Ich weiß es nicht."
David nickte. Wie sollte sie auch? Er schaute sich erneut um, diesmal etwas ruhiger.
Die Druckwelle hatte einige Bäume umgeknickt. In der Richtung, in der Santiago de Okola lag, waren Lichter angegangen. Bald würden die Dorfbewohner hier auftauchen.
Eine Gestalt kam aus dem Dunkel auf sie zu. Im Licht des Feuers vom Hovercraft erkannte er Andy. Er ging ihm entgegen und umarmte ihn still.
„Weißt du, wo die Zwillinge sind?", fragte er dann.
Andy schüttelte den Kopf.
Fred tauchte aus der Dunkelheit auf. „Das war doch mal ein Feuerwerk", krähte er fröhlich. „Das letztes Jahr habe ich ja verpasst." Er verstummte, als er Davids Blick bemerkte.
Der war zu einer Schlussfolgerung gelangt. „Ich vermute, dass Luis sich selbst und das ganze Boot in die Luft gejagt hat. Wahrscheinlich hatte er den Lkw voll mit Sprengstoff aus dem Bergwerk."
Es hupte. Ein Auto kam auf sie zu. Andy riss seine Maschinenpistole hoch und zielte darauf.
Susann hielt ihn auf. „Das sind die Zwillinge", rief sie.
Das Fahrzeug hielt und Ben und Arno stiegen aus. „Wir haben Pereira!", rief Ben.
Ein freudiger Schreck durchfuhr David. Im selben Moment zweifelte er. Das konnte nicht sein, er hatte Pereira doch noch kurz vor der Explosion auf dem Schiff gesehen.
Die beiden zogen eine gefesselte Gestalt aus dem Auto und stießen sie vor sich her. Schon von Weitem war David klar, das konnte nicht Pereira sein, dieser Mann war deutlich größer als der Kriminelle aus Paraguay.

Es war einer der Leibwächter Pereiras. „Tut mir leid Jungs, aber das ist nicht Pereira“, erklärte David.
Enttäuscht schauten die Zwillinge erst auf den Gefangenen und dann auf David. „Und was machen wir jetzt mit ihm?“
David überlegte kurz. „Lasst ihn laufen“, sagte er dann.
Der Mann, der die ganze Zeit ängstlich dem Gespräch, das er nicht verstand, gelauscht hatte, war sichtlich überrascht, als Ben seine Fesseln durchschnitt.
Ben zeigte in Richtung der Nationalstraße. „Da geht's lang. Hau ab.“
Wieder verstand der Leibwächter keines der deutschen Worte. Dennoch setzte er sich zögernd in Bewegung. Er drehte sich immer wieder um, als hätte er Angst, in den Rücken geschossen zu werden. In einiger Entfernung fing er an zu rennen und verschwand in der Dunkelheit.
David verspürte ein leichtes Gefühl der Enttäuschung. Er hätte Pereira gern festgenommen. So blieb ein schales Gefühl zurück, kein Triumph.
Andy stieß David an. „Na siehst du, alles wird gut. Aber hast du dich nicht auch gefragt, wer es fertigbringt, so ein riesiges Fahrzeug von Russland auf den Titicacasee zu bringen?“
David schaute ihn erstaunt an. „Du meinst …?“
Andreas nickte. „Ja, ich denke an unseren gemeinsamen Freund.“
„Na, dann solltest du mal dringend mit ihm reden.“ David schlug Andy auf die Schulter.
Jetzt wandte sich David an die Gruppe, die schwatzend und lachend zusammenstand. „Ich sage es vielleicht nicht oft genug, aber ich bin stolz auf euch!“
„Das hast du noch nie gesagt!“, rief Fred.

Alles lachte und auch David grinste. „Mit dir rede ich noch mal, wegen der Aktion mit Susann", sagte er.
Fred hörte auf zu lachen, murmelte etwas Unverständliches und versteckte sich hinter den Zwillingen.
Davids Handy piepste. Pedro hatte ein Selfie von sich und Emilia geschickt. Beide lächelten in die Kamera, Pedro selig, Emilia angestrengt. Aber sie lächelte.

55
NACHSPIEL

Atlantik 2013
Auf dem Weg zur Ostküste der USA kreuzte der Flugzeugträger USS George H. W. Bush vor Südamerika. An Bord befand sich das modernste Krankenhaus der Region.
Greene war frustriert. Jetzt war er schon vier Tage hier in der Klinik des Schiffs und durfte immer noch nicht aufstehen. Nicht mal auf Toilette ließen ihn die Ärzte. Und es war so entwürdigend, auf den Schieber zu gehen. Das mit der Urinflasche war auch nicht schön, aber der Schieber …
Er schaltete den Fernseher ein. Und gleich wieder aus. Um diese Zeit kamen im Bordprogramm nur uralte Westernschinken. Er mochte Western, aber im Moment stand ihm nicht der Sinn danach.
Also lag er einfach im Bett und schaute an die Decke. Seine Gedanken kreisten, seit er aus der Narkose erwacht war, um die Frage, ob er etwas falsch gemacht hatte. Sein Plan war so raffiniert wie simpel gewesen. Aber der Deutsche hatte alles durcheinandergebracht. Er hatte ihn wohl unterschätzt.
Die Tür ging auf. Vize-Admiral Snyder betrat das Zimmer. Greene hatte ihn schon erwartet, immerhin war Snyder sein Vorgesetzter bei der Firma.
„Gary!“ Snyder trat an das Bett. Greene fuhr das Kopfteil nach oben. Dabei schmerzte die Op-Narbe an seinem Bauch. Er versuchte, sich nichts anmerken zu lassen.
„Wie geht’s?“, fragte Snyder.
Greene nickte. „Gut.“

„Sie hatten Glück."
Wieder nickte Greene.
Der Vize-Admiral zog die faltige Stirn kraus. „War das so geplant?"
Gary spürte, jetzt ging es los. „Nein. Definitiv nicht." Beim Vize-Admiral sollte man besser nicht mit Ausreden kommen. „Es ist ein Desaster. Der Deutsche hat nicht so funktioniert, wie er sollte. Das habe ich im Vorfeld falsch eingeschätzt."
Jetzt nickte der Vize-Admiral. „Es war Ihre Arroganz, an der Sie gescheitert sind. Hatten Sie nicht schon letztes Jahr in Peru Probleme mit ihm? Das hätte Sie warnen müssen."
Obwohl der Vize-Admiral ruhig gesprochen hatte, merkte Greene, dass der Mann verärgert war. Nun wurde ihm doch etwas mulmig zumute. Bei seiner Firma machte man keine Fehler. Und wenn er den Vize-Admiral richtig verstand, dann war er der Meinung, er hätte schon den zweiten gemacht.
„Die Sache mit Pereira ist aus dem Ruder gelaufen. Aber ich konnte vorher noch ein paar wichtige Kontakte knüpfen, zu wichtigen Leuten in der Regierung und zur Opposition von Morales. Die fressen uns aus der Hand. Und wenn wir sagen: ‚Springt!', dann springen die."
Der Vize-Admiral schwieg.
Greene setzte nach: „Und für den Deutschen habe ich noch eine fette Überraschung. Der hat noch keine Ahnung, was auf ihn zukommt."
Nach einer Pause sagte Snyder: „Nach Bolivien werden Sie nicht zurückkehren, Gary. Ich weiß noch nicht, was ich mit Ihnen mache, das entscheide ich später. Vielleicht werden

Sie langsam zu alt.“ Damit drehte er sich um und verließ das Zimmer. Auf der Schwelle blickte er noch einmal zurück. „Aber jetzt werden Sie erst mal gesund, Gary.“
Greene schaute auf die Tür, die sich hinter Snyder geschlossen hatte. Ein wenig war er erleichtert. Vielleicht bekam er doch noch einmal eine Chance.
Das Abendessen wurde gebracht, immer noch Schonkost. Bei dem Gedanken an ein saftiges Steak lief ihm das Wasser im Mund zusammen. Er hatte sich gerade entschieden, den Rest nicht mehr zu essen, als erneut die Tür aufging.
„Hi, Dad.“ Der junge Mann lachte ihn an.
„Na, wen sehe ich da?“, rief Gary erfreut. „Hast du dich in diesem Labyrinth nicht verlaufen?“
„Das Schiff ist wirklich der Wahnsinn. Aber man hat mich hergebracht. Besucher dürfen hier nicht allein rumlaufen.“
Greene zeigte auf den einzelnen Stuhl in der kleinen Kabine. „Setz dich.“
„Schöne Aussicht hast du hier“, sagte der junge Mann. Dabei deutete er auf ein großes Wandfoto mit Strand und Palmen an der Wand der fensterlosen Krankenkabine.
Greene lachte laut. „Wie war es denn mit deinem Erzeuger?“, fragte er dann.
„Ach der!“ Der junge Mann machte eine wegwerfende Handbewegung. „Aber sag mir lieber erst mal, was mit Mama ist.“
Gary Greene spürte, wie ein spitzer Schmerz von ihm Besitz ergriff. Er wurde sehr ernst und sagte dann mit heiserer Stimme: „Ich fürchte, deine Mutter ist tot, Jason.“

ENDE

ALTE GESCHICHTEN

Es war einer dieser langen Abende, an denen ich mit David zusammensaß und er von seinen Abenteuern erzählte. Meist ließ ich ihn reden und machte mir Notizen. Wenn er ins Stocken geriet, musste ich ihm nur ein Stichwort geben und er begann die nächste Geschichte.
An diesem Abend unterbrach er sich mitten im Satz und beobachtete, wie ich mit fliegendem Stift in mein kleines schwarzes Notizbuch schrieb.
„Du hast ja eine ziemliche Sauklaue“, sagte er und sah mich forschend an. „Kannst du das alles wieder entziffern?“
„Ehrlich gesagt? Nein. Aber ich hatte schon immer eine schlechte Schrift. In der Unterstufe, heute sagt man Grundschule dazu, hatte ich immer nur Einsen und Zweien. Außer im Schönschreiben. Da hatte ich eine Drei“, antwortete ich und lachte leise.
„Da warst du sicher froh, als diese Zeit vorbei war?“, fragte David und lächelte ebenfalls.
„Und ob.“
„Und wie machst du das dann mit deinen Notizen?“, fragte er und deutete auf mein Büchlein.
„Ich versuche es zeitnah, also heute Nacht noch, in den Computer zu tippen.“ Ich seufzte und klappte die Notizen zu. „Ich kann ja schlecht von dir verlangen, dass du deine Erinnerungen selbst aufschreibst.“
David verdrehte die Augen. „Um Himmels willen, nein! Schreiben liegt mir überhaupt nicht. Das überlasse ich schön dir.“ Sprachs und grinste mich an.
Ich überlegte. „Weißt du, ich kann mir gar nicht so richtig

vorstellen, was ihr an der Militärakademie oder richtiger, an der Offiziershochschule so gemacht habt. Willst du mir nicht davon was erzählen?", fragte ich dann.
Wieder verdrehte er die Augen. „Wer will denn so was lesen, alte Erinnerungen von der Armee? Das ist doch nur interessant, wenn man selbst dabei war. Weißt du, das ist wie beim Zeigen alter Urlaubsbilder. Glaubst du, dass ein Unbeteiligter dasselbe Gefühl abrufen kann, dass du bekommst, wenn du dir mit deiner Frau Bilder, na sagen wir mal vom Eisessen in der Gelateria Natale in Lecce in Italien ansiehst? Du hast direkt den Geschmack vom Bacio auf der Zunge und die Wärme der Sommersonne auf der Haut. Dein Gegenüber sagt sich wahrscheinlich, das hätte man auch auf der Königstrasse in Dresden haben können und versteht nicht, dass ihr fünfzig Kilometer Umweg gefahren seid, nur um dieses Eis noch einmal zu essen."
Ich gab ihm innerlich recht. Aber so schnell wollte ich noch nicht aufgeben. „Es kommt aber doch darauf an, wie du es erzählst. Vielleicht gelingt es dir ja, in deinen Lesern ein bestimmtes Gefühl zu erzeugen", insistierte ich. „Willst du es nicht wenigstens mal probieren?"
Er sah mich zweifelnd an. Aber ein paar Tage später kam er mit einem Blatt Papier zu mir.
„Ich habe hier mal was aufgeschrieben", sagte er unsicher. „Aber nicht lachen!"
Und dann las ich:

„DER PANZER“

DDR 1984

Er hörte das Ungetüm schon, bevor er es sah. Der brüllende 300-PS-Motor schob den Stahlkoloss um die Straßenecke, die Panzerketten rasselten auf dem Pflaster. Bedrohlich schwenkte der Turm mit der Kanone langsam hin und her. Von der Infanterie war nichts zu sehen. Ein fataler Fehler im Häuserkampf.

David packte die Plane, die er in den Händen hielt, fester und stellte sich auf das Fensterbrett. Er stand in der Hauswand der Ruine in der ersten Etage. Die Besatzung des Panzers konnte ihn durch ihre Sehschlitze in dieser Höhe nicht entdecken. Er spürte sein Herz klopfen, Adrenalin peitschte durch seine Adern. Jetzt konnte er auch die Abgase des Dieselmotors riechen. Mit allen seinen Sinnen nahm er die Umgebung überdeutlich wahr.

Das, was er jetzt vorhatte, war nicht besonders schwer, aber es erforderte Mut. Als der Panzer unter ihm war, sprang er aus der Hauswand auf den Bug, taumelte kurz Richtung Kanone und warf die Plane über die Sehschlitze des Fahrers. Ein weiterer Sprung brachte ihn auf den Boden neben dem Gefährt, er rollte sich zur Seite und brachte sich so vor den Panzerketten in Sicherheit.

Der Panzer stoppte abrupt. Da der Fahrer nun blind war, konnte er nicht weiter. Hektisch drehte sich der Turm auf der Suche nach dem Angreifer hin und her.

Jetzt konnten seine Kameraden Haftminen an dem feindlichen Panzer anbringen und ihn mit deren Explosionen

unschädlich machen. Doch bevor es so weit war, ertönte die Trillerpfeife des Ausbilders.
´Ende der Übung. Gut gemacht, Genosse Thomsen.`"
Ich habe nicht gelacht. Wirklich nicht. Aber er hat, glaube ich, trotzdem gemerkt, dass ich nicht zufrieden war.
Wenn er die Geschichte wenigstens in der Ich-Form geschrieben hätte. Vielleicht wären seine Emotionen für den Leser eher greifbar gewesen. Aber so …
Ich glaube, wir bleiben weiter bei unserer Arbeitsteilung: Er erzählt und ich schreibe.

DANKE!

Auch wenn der Job des Schreibens per se ein einsamer ist, braucht es doch viele fleißige Helfer, damit aus dem Geschreibsel ein Buch wird. Bei ihnen möchte ich mich an dieser Stelle bedanken. (Die Reihenfolge der Nennung hat nichts mit dem Grad meiner Wertschätzung zu tun.)

Ich bedanke mich bei den Grafikerinnen der Firma „Ansichtssache“, die sich geduldig meine, manchmal etwas wirren, „Verbesserungsvorschläge“ zu ihren sehr schönen Coverentwürfen anhören und adäquat umsetzen.

Ich bedanke mich bei Simona Turini, die - glaube ich - vor gar nichts Angst hat, nicht mal vor meinen Buchskripten.

Bedanken möchte ich mich auch bei den Probelesern Katrin, Frank und Georg. Die Armen kennen das Buch in seiner unfertigen Version. Was sollte sie motivieren, das Ganze noch einmal zu lesen?

Und jetzt bin ich auch schon bei all denen, die das erste Buch gelesen haben. Freunde und Bekannte, die mir Zuspruch gaben und den Mut, weiterzuschreiben. Die LeserInnen von Lovely-Books, die mein Buch bewertet haben und diese Bewertungen auf vielen Buchportalen veröffentlichten. Vielen Dank dafür!

Gerne möchte ich an dieser Stelle alle LeserInnen ermutigen: Bewertet mich! Und wenn ihr euch nicht in die Öffentlichkeit wagt, dann schreibt mir über meine Website heiko.flemming@thomsen-books.com.

Zu guter Letzt, nein: Zu bester Letzt danke ich meiner Frau, die mir bei meinen Erinnerungen hilft, mich beim Cover berät und geduldig die Stimmungsschwankungen des Autors erträgt. Danke Schatz!